KB036618

춘 향 전 외

sodampublishingcompany

베스트셀러고전문학선8

춘향전 외

펴낸날 | 2004년 1월 15일 초판 1쇄

지은이 | 작자미상
펴낸이 | 이태권
펴낸곳 | 소담출판사
　　　　서울시 성북구 성북동 178-2 (우)136-020
　　　　전화 | 745-8566　팩스 | 747-3238
　　　　E-mail | sodam@dreamsodam.co.kr
　　　　등록번호 | 제2-42호(1979년 11월 14일)

www.dreamsodam.co.kr

베스트셀러고전문학선 8

춘향전 외

작자미상

소담출판사

책 을
펴 내 며

고려대학교인문대학장 설중환.

고전문학작품이란 말 그대로 예로부터 전해 내려오는 훌륭한 문학작품들을 말한다. 이는 우리 조상들이 생활하면서 생각하고 느낀 모든 것들이 깃들어 있는 '보물창고'라 할 수 있다.

흔히 21세기는 인간과 문화가 가장 큰 화두가 될 것이라고들 한다. 근대에 들어 지금까지 기계화와 산업화와 정보화에 매달려 온 인간들은 어느새 스스로의 참모습을 잃어버리고 말았다. 나를 잃어버린 것이다. 우리가 길을 잃으면 어떻게 해야 할까. 다시 원래의 출발점으로 되돌아가는 것이 가장 빠른 길이 아닐까.

고전문학은 우리들을 새로운 출발점으로 안내할 것이다. 고전문학은 오염되지 않는 지혜의 보고로 항상 우리 곁에 남아 있기 때문이다. 현대인들은 다시 고전으로 되돌아가야 한다. 그 속에서 우리는 우리의 본래 모습을 되찾을 수 있을 것이다.

이번에 새로이 기획한 〈베스트셀러 고전문학선〉은 오늘날 한국인들이 꼭 읽어 보아야 할 주옥 같은 작품들을 수록하였다. 특히 모든 사람들이 쉽게 읽을 수 있도록 평이하게 편집하였다. 또한 책의 뒤에는 저자와 작품에 대한 자세한 정보뿐만 아니라 각 작품들 안에서 독자들이 생각해 볼 수 있는 점들을 첨부하였다. 독자들은 이를 통해 더 깊은 고전의 세계를 맛볼 수 있을 것이다.

모든 사람들이 고전문학작품을 통해서 한국인의 정체성을 되찾고, 참 한국인으로 살아갈 수 있다면 그보다 더 반가운 일은 없을 것이다.

일 러 두 기

1. 선정된 작품은 한국 고전 소설사의 대표적 작품들로서 현행 고등학고 검인정 문학 8종 교과서에 실린 작품 외 개별 작가의 대표적 작품을 중심으로 엮었다.
2. 방언은 살리되 의미 전달을 위해 되도록 현대표기법을 따랐다.
3. 띄어쓰기는 개정된 한글맞춤법에 따랐다.
4. 대화는 " "로, 설명이나 인용, 생각, 독백 및 강조하는 말은 ' '로 표시하였다.
5. 본문에 나오는 향가나 가사 등은 서체를 다르게 했다.
6. 각주는 원주와 역주를 구분하지 않았다.
7. 본 도서는 대입수능시험은 물론 중·고교생의 문학적 소양 및 교양의 함양을 위해 참고서식 발췌 수록이 아닌 되도록 모든 작품의 전문을 수록하였다.

차 례

춘향전

만
남

숙종대왕 즉위 초에 성덕이 넓으사 성자성손(聖子聖孫)은 계계승승하사 금고옥적(金鼓玉笛)[1]은 요순(堯舜)의 태평 시절이요, 의관과 문물은 우(禹)임금과 탕(湯)임금에 버금갔다.

좌우 보필하는 신하들은 주석지신(柱石之臣)[2]이요, 용양호시(龍驤虎視)[3]의 각위(各衛)[4]에는 나라를 지키는 군사마다 모두 장군의 기질을 지녔다.

조정에 흐르는 덕이 향리마다 방방곡곡마다 퍼졌으니 사해에 굳은 기운이 원조에 어리어 있다.

충신은 조정에 가득하고 효자와 열녀는 집집마다 있으니 아름답고 아름답구나.

비와 바람은 때를 어기지 아니하고 순조로우니 함포고복

---

[1] **금고옥적(金鼓玉笛)** 군중(軍中)에서 쓰는 쇠붙이와 북, 옥으로 만든 피리.
[2] **주석지신(柱石之臣)** 나라에 없어서는 안 될 중요한 신하.
[3] **용양호시(龍驤虎視)** 용처럼 날래고 호랑이처럼 날카로움.
[4] **각위(各衛)** 각각의 자리, 지위.

(含哺鼓腹)[5] 백성들은 곳곳에서 격양가(擊壤歌)를 부른다.

이때 전라도 남원부(南原府)에 월매(月梅)라 하는 기생이 있었으니, 삼남의 명기로서 일찍이 퇴기(退妓)[6]하여 성씨(成氏)라는 양반을 데리고 세월을 보내었다. 그의 나이 바야흐로 사십이 넘었으나 일점혈육이 없어 이것이 한이 되어 길게 탄식하고 깊은 수심하는 차에 병이 되겠구나.

하루는 크게 깨우쳐 옛사람을 생각하고 남편을 청하여 들이고는 공손히 하는 말이,

"들으시오. 전생에 무슨 은혜를 끼쳤던지 이생에 부부 되어, 창기 행실 다 버리고 예모도 숭상하고 길쌈도 힘썼건만 무슨 죄가 이리 많아 일점혈육 없으니, 육친무족(六親無族) 우리 신세 선영(先塋)의 향화 누가 받들 것이며 죽은 뒤의 감장(監葬)[7]을 어이하겠소. 명산대찰에 불공이나 들여 아들이건 딸이건 간에 낳기만 하면 평생의 한을 풀 것이니 당신의 뜻이 어떠하시오?"

성 참판 하는 말이,

"우리 부부 일생 신세 생각하면 자네 말이 당연하나, 빌어서 자식을 낳을 양이면 자식 없을 사람이 어디 있겠소?"

월매가 대답하기를,

"천하 대성(大聖) 공자님도 이구산(尼丘山)에 비셨고, 정나라 정자산(鄭

---

5. **함포고복(含哺鼓腹)** 배불리 먹고 배를 두들기니 평화로운 삶을 뜻함.
6. **퇴기(退妓)** 나이가 들어 기안(妓案)에서 물러난 기생.
7. **감장(監葬)** 장사지내는 일.

子産)은 우형산(右荊山)에 빌어서 낳았소. 우리 동방의 강산을 둘러보면 명산대찰이 없겠소? 경상도 웅천(熊川)의 주천의(朱天儀)는 늙도록 자녀 없어 최고봉에 빌었더니 대명천자(大明天子) 낳으시사 대명천지 밝았으니 우리도 정성이나 들여 봅시다. 공든 탑이 무너지며 심은 나무가 꺾이겠소?"

이날부터 목욕재계 정히 하고 명산승지 찾아갈 제 오작교(烏鵲橋) 썩 나서서 좌우 산천 둘러보니, 서북의 교룡산(蛟龍山)은 서북방을 막아놓고 동으로는 장림(長林)[8] 수풀 깊은 곳에 선원사(禪院寺) 은은히 보이고 남으로는 지리산이 웅장한데, 그 가운데 요천수(蓼川水)[9]는 일대 장강 푸른 물 되어 동남으로 둘렀으니 별유건곤(別有乾坤)[10]이 여기로다. 푸른 숲을 더위잡고 산수를 밟아 들어가니 지리산이 여기구나.

반야봉(般若峰) 올라서서 사면을 둘러보니 명산대천이 완연하다. 상봉에 단(壇)을 모아 재물을 차려놓고 단 아래 엎드려서 천신만고 빌었더니, 산신님의 덕이신지 이때가 5월 5일 갑자시라 꿈 하나를 얻었으니 서기(瑞氣) 서리면서 오색이 영롱하더니 선녀 한 분이 청학을 타고 오는데 머리에는 화관(花冠)이요. 몸에는 고운 옷이더라 요패(腰佩)[11] 소리 쟁쟁하고 손에 계화(桂花) 한 가지를 들고 당에 오르며 손들어 길게 읍하고 공손히 여쭈기를,

---

[8] **장림(長林)** 남원 근교에 있는 숲 이름.
[9] **요천수(蓼川水)** 남원 근교의 강.
[10] **별유건곤(別有乾坤)** 별유천지. 별세계. 신선이 산다는 세계를 이름.
[11] **요패(腰佩)** 허리에 차던 나무패.

"소녀 낙포(洛浦)[12]의 딸이옵니다. 어느날 하늘 복숭아를 진상코자 옥경(玉京)에 나아갔다가 광한전에서 적송자(赤松子)[13]를 만나 풀지 못한 정회를 나누느라 시간가는 줄 모르다가, 때에 늦어 죄를 받게 되었사옵니다. 옥황상제께서 크게 노하시어 인간 세계로 내쫓으셨는데 갈 바를 알지 못하니 두류산(頭流山) 신령께서 부인 댁으로 가라 지시하기로 왔사오니 어여삐 여기소서."

하며 품으로 달려들자, 학의 높은 울음소리가 났으니 이는 그의 목이 긴 까닭이라, 학의 울음에 놀라 깨니 실로 남가일몽(南柯一夢)[14]이었다.

황홀한 정신을 진정하여 바깥양반과 꿈 이야기를 말한 후, 하늘이 도움으로 사내아이가 태어날까 기다렸더니 과연 그달부터 태기 있어 열 달이 차니, 하루는 향기가 방 안에 가득하며 오색구름이 빛나는데 정신이 혼미한 가운데 아기를 낳았다. 낳고 보니 한 낱의 구슬 같은 딸이었다. 월매가 일구월심 마음에 그리던 아들은 아니지만 그만한 대로 소원을 이룬 셈이었다.

그 사랑하는 정성을 어찌 다 말로 할까. 이름을 춘향(春香)이라 부르면서 손 안에 넣은 보옥같이 길러내니, 효행이 비길 데 없고 어질고 착하기 기린과 같았다. 춘향이 칠팔 세가 되매 글 읽기에 마음을 붙여 예모정절(禮貌貞節)을 일삼으니, 춘향의 효행을 남원읍 사람 중에 칭송치 않는 이 없

---

12. **낙포(洛浦)** 낙수(洛水)의 여신.
13. **적송자(赤松子)** 선인 이름.
14. **남가일몽(南柯一夢)** 한바탕의 허망한 꿈.

었다.

　이때 삼청동(三淸洞) 이 한림(李翰林)이라 하는 양반이 있었으니 세대의 명가요, 충신의 후손으로 하루는 전하께옵서 충효록(忠孝錄)을 올려 보시고 충신과 효자를 가려내시어 지방관으로 임명하시는데, 이 한림으로 하여금 과천(果川) 현감에서 금산(錦山) 군수를 제수하시었다가 다시 남원(南原) 부사(府使)를 제수하시니, 이 한림이 사은(謝恩)하여 절하며 임금을 하직하고 행장을 차려 남원부에 도임(到任)하여 민정을 잘 살피니 사방에 일이 없고 지방의 백성들은 더디 옴을 칭송하였다.

　남원 고을에 태평세월을 노래하는 노랫가락이 들려오고 나라 안은 태평하고 풍년 들어 곡식이 넘쳐나고 백성이 효도하니 옛날 중국의 요(堯)임금, 순(舜)임금 시절과 같았다.

　이때는 어느 때냐 하면 놀기 좋은 화창한 봄날이라. 제비와 나는 새들은 서로 수작하고 짝을 지어 쌍방이 날아들고 온갖 춘정(春情)을 다투는데, 남산에 꽃이 피니 북산도 붉어졌다. 천사만사의 수양버들 가지에 꾀꼬리는 벗을 부르니, 나무와 나무는 모여 숲을 이루고 두견새 접동새는 다 지나가니 일 년 중에 가장 아름다운 계절이라.

　이때 사또 자제 이 도령이 나이가 이팔이요, 풍채는 당나라의 잘생긴 시인 두목지(杜牧之)와 같고, 도량은 푸른 바다 같고, 지혜는 활달하고 문장은 이태백(李太白)이요, 글씨는 왕희지(王羲之) 같았다.

　이 도령 하루는 방자를 불러 말하되,

　"이 고을에 경치 좋은 곳이 어디냐? 시흥(詩興)과 춘흥(春興)이 도도하니 절승 경치를 말하여라."

방자 놈이 여쭙기를,

"글공부 하시는 도련님이 경치를 찾으시다니 부질없소이다."

이 도령 이르는 말이,

"네 하는 말이 무식하구나. 옛날로부터 이 고장 문장재사[5]가 절승한 강산을 구경하는 것은 풍월을 읊는 것과 글 짓는 데 근본이 되는 것이다. 신선도 두루 돌아다니며 널리 보러 다니는데 어이하여 부당할 것이냐? 사마장경(司馬長卿)[16] 같은 인물은 남으로 강회(江淮)에 떴다가 큰 강을 거슬러 올라갈 제 미친 물결 거센 파도에 음풍(陰風)[17] 부르짖음을 예로부터 가르쳤으니, 천지간 만물의 변화가 놀랍고 반갑고 아름다운 것이 글 아닌 게 없다 하였다. 시중천자(詩中天子) 이태백[18]은 채석강(採石江)에서 놀았고, 추야월에는 소동파(蘇東坡)[19]가 놀았다. 또 심양강 달 밝은 밤에는 백낙천(白樂天)[20]이 풍류를 즐겼고, 보은(報恩) 속리산 문장대에서는 세조대왕 노셨으니 나라고 아니 놀지는 못하리라."

이때 방자, 도련님의 뜻을 받아 사방 경치를 말한다.

"서울로 이를진댄 자문(紫門) 밖에 내달아 칠성암·청련암(靑漣庵)·세

[15.] **문장재사** 문장가, 재주가 있는 사람.

[16.] **사마장경(司馬長卿)** 사마상여. 전한(前漢)의 문장가.

[17.] **음풍(陰風)** 겨울바람, 음산한 바람.

[18.] **이태백** 이백. 당의 문학가.

[19.] **소동파(蘇東坡)** 소식. 송의 문학가.

[20.] **백낙천(白樂天)** 백거이. 당의 문학가.

검정과 평양 연광정(練光亭)·대동루(大同樓)·모란봉, 양양의 낙산사, 보은 속리산 문장대, 안의(安義)의 수승대(搜勝臺), 진주의 촉석루(矗石樓), 밀양의 영남루(嶺南樓)가 어떠한지 모르오나 전라도로 이를진대 태인의 평양정(平壤亭), 무주의 한풍루(寒風樓), 전주의 한벽루(寒碧樓) 좋사옵니다. 남원의 경치 들어보사이다. 동문 밖에 나가오면 관왕묘(關王廟)는 천고의 영웅 엄숙한 위풍 어제 오늘 같사옵고, 남문 밖에 나가오면 광한루·오작교·영주각(瀛州閣)이 좋사옵니다. 북문 밖에 나가오면 푸른 하늘에 금부용 꽃이 빼어나 기이하게도 우뚝 섰으니 기암 둥실 교룡산성(蛟龍山城) 좋사오니 원하시는 대로 가사이다."

도련님 이르는 말씀이,

"얘야, 네 말을 듣자하니 광한루와 오작교가 절경인 모양이로구나, 그리로 구경 가자."

도련님 거동 좀 보소.

사또 앞에 들어가서 공손히 말씀하기를

"오늘 날씨 화창하오니 잠깐 나가 풍월이나 읊겠사옵니다. 시의 운(韻)이나 생각해 볼까 하오니, 성이나 한 바퀴 돌아보고 오겠나이다."

사또 몹시 기뻐하시며 허락하시고 분부하시기를,

"남주(南州) 풍물을 구경하고 돌아오되 시제(詩題)를 생각하여라."

"아버님 가르치시는 대로 하겠사옵니다."

이 도령 물러나와,

"방자야, 나귀 안장 올려라."

방자 분부 듣고 나귀의 안장 짓는다. 나귀의 안장을 얹을 제 붉은 실로 만든 굴레와 좋은 채찍과 좋은 안장, 아름다운 언치, 황금으로 만든 자갈, 청홍사 고운 굴레며 주락상모(珠絡象毛)[21]를 덥석 달아 층층 다래[22]·은입등자·호피(虎皮) 돋음의 전후걸이 줄방울을 염불하는 법사(法師) 염주 매듯 하여 놓고는 도련님께 이르는 말이,

"나귀 등대하였소."

이 도령 거동 보소, 옥안 선풍 고운 얼굴, 전판(剪板) 같은 채머리[23] 곱게 빗어 밀기름에 잠재워 궁초댕기 석황[24] 물려 맵시 있게 잡아 땋고, 성천(成川) 수주(水紬)[25] 접동베 세백저(細白苧) 상침바지[26], 극상세목(極上細木) 겹버선에, 남갑사 대님 치고, 육사단(六紗緞) 겹배자 밀화단추[27] 달아 입고 통행전(筒行纏)[28]을 무릎 아래 늦추 매고 영초단[29] 허리띠, 모초단(毛綃緞) 도리낭[30] 당팔사 갖은 매듭 고를 내어 늦추 매고, 쌍문초 긴 동정, 중추막[31]에 도포 받쳐 흑사띠를 가슴 위로 눌러 매고 육분당혜(六分唐鞋)[32] 끌며,

"나귀를 붙들어라!"

---

[21] **주락상모(珠絡象毛)** 말의 갈기를 모숨모숨 땋고 붉은 줄을 드리워 그 끝에 붉은 털로 넓적하게 술과 비슷이 만들어 댄 것.
[22] **다래** 다래는 말다래의 준말. 말의 배 양쪽에 달아서 흙이 튀는 것을 막는 제구.
[23] **채머리** 땋아내린 머리가 치렁치렁하고 숱이 많음.
[24] **석황** 천연비소화합물.
[25] **수주(水紬)** 품질 좋은 비단의 일종.
[26] **상침바지** 장식으로 바느질이 겉으로 드러나게 한 바지.
[27] **밀화단추** 호박으로 만든 단추.
[28] **통행전(筒行纏)** 한복을 입을 때 발목에서 정강이 위까지 바짓가랑이를 둘러싸는 물건.
[29] **영초단** 중국 비단.
[30] **도리낭** 모양이 알꼴로 된 주머니.

등자 딛고 선뜻 올라 뒤를 싸고 나오실 때 금물 올린 호당선(胡唐扇)[33]으로 일광을 가리우고, 관도(官道) 성남 넓은 길에 생기 있게 나아가니, 취래 양주(取來楊洲)[34]하던 두목지의 풍채인가. 시시오불(時時誤拂)하던 주랑(周郎)[35]의 고음(顧音)[36]인가. 향가자맥춘성내(香街紫陌春城內)요, 만성견자수불애(滿城見者誰不愛)라[37].

광한루에 얼른 올라 사면을 살펴보니 경개가 장히 좋다. 적성(赤城)[38] 아침 날의 늦은 안개 끼어 있고 녹수(綠樹)의 저문 봄은 화류동풍(花柳東風) 둘러 있다. 온갖 붉은 누각들은 어지럽게 빛나고 '푸른 가옥과 비단 궁전은 서로 영롱하여 찬란하게 빛난다'는 말은 임고대(臨高臺)를 일러 하는 말이오, '아름다운 처마와 서까래가 먼 데서도 빛난다'는 말은 광한루를 두고 하는 말이로다.

악양루(岳陽樓) 고소대(姑蘇臺)와 오(吳)·초(楚)의 동남수(東南水)는 동정호(洞庭湖)로 흘러가고 연자(燕子)[39] 서북의 팽택(彭澤)[40]이 완연한데 또

---

31. **중추막** 벼슬하지 않은 선비가 입던 웃옷.
32. **육분당혜(六分唐鞋)** 가죽신의 일종.
33. **호당선(胡唐扇)** 호·당에서 만든 부채.
34. **취래양주(取來楊洲)** 두목이 술에 취해서 수레를 타고 양주를 지나매 그의 풍채를 연모하던 기생들이 귤을 던져 수레에 가득 차게 되었다는 이야기.
35. **주랑(周郎)** 주유를 말함. 중국 삼국시대 오나라의 명장.
36. **고음(顧音)** 음을 돌아봄.
37. **향가자맥춘성내(香街紫陌春城內)요, 성견자수불애(滿城見者誰不愛)라** 향기로운 서울의 거리 봄의 성 안에 있으니, 뭇 백성과 군자 누군들 사랑하지 않겠는가.
38. **적성(赤城)** 순창지방에 있는 적성산.
39. **연자(燕子)** 중국에 있는 누각 이름.
40. **팽택(彭澤)** 연자루가 있는 곳, 즉 창성을 이름.

한곳 바라보니 백백홍홍이 난만한 속에서 앵무 공작이 날아들고, 산천경개 둘러보니 에굽은 반송솔 떡갈잎은 아주 춘풍을 못 이기어 흐늘흐늘, 폭포 유수 시냇가의 계변화(溪邊花)⁴¹는 빵긋빵긋, 낙락장송은 울창하고 녹음과 향기로운 잡초가 불꽃보다 나을 때로다.

계수나무, 자단(紫檀), 모란, 벽도(碧桃)에 취한 산색, 장천 요천, 풍덩실 잠겨 있고, 또 한곳 바라보니 어떠한 여인이 봄새 울음과 같은 자태로 온갖 춘정 이기지 못해 두견화를 질끈 꺾어 머리에도 꽂아 보며 함박꽃도 질끈 꺾어 입에 담쑥 물어 보고, 옥수 나삼(羅衫) 반만 걷고 청산유수 맑은 물에 손도 씻고 발도 씻고 물 마시며 양치하며 조약을 덥석 쥐어 버들가지 꾀꼬리를 희롱하니, 꾀꼬리를 깨워 일으킨다는 옛 시가 이 아니더냐. 버들 잎도 주르륵 훑어 물에 훨훨 띄워 보고, 백설 같은 흰 나비 웅봉자접(雄蜂雌蝶)⁴²은 꽃 수염 물고 너울너울 춤을 추며, 황금 같은 꾀꼬리는 숲 속으로 날아든다.

광한 진경(眞景) 좋거니와 오작교는 더욱 좋다. 바야흐로 이르되 호남(湖南)의 제일성(第一城)이라 하겠더라. 오작교가 분명하면 견우 직녀 어디 있나? 이런 승지(勝地)에 풍월이 없을쏘냐.

도련님이 글 두 구를 지었으니,

드높고 밝은 오작의 배에 (高明烏鵲船)

---

⁴¹ **계변화(溪邊花)** 시냇가에 피는 꽃.
⁴² **웅봉자접(雄蜂雌蝶)** 수벌과 암나비.

광한루 옥섬 돌 고운 다락이라. (廣寒玉階樓)
감히 묻노니 하늘의 직녀 누구인가 (借問天上誰織女)
지극히 흥겨운 오늘 내가 바로 견우일세. (至興今日我牽牛)

　이때 내아(內衙)[43]에서 잡술상이 나오거늘 한잔 술 먹은 후에 통인(通引)과 방자에게 물려주고, 취흥이 도도하여 담배 피워 입에다 물고 이리저리 거닐 적에 경처(景處)에 흥이 겨우니 충청도 곰산[熊山], 수영(水營) 보련암(寶蓮庵)을 자랑한댔자 이곳 경치를 당할 수 있을 것인가.

　붉을 단(丹), 푸를 청(靑), 흰 백(白), 붉을 홍(紅), 고을고을이 단청(丹靑), 버드나무, 꾀꼬리가 짝 부르는 소리는 내 춘흥(春興)을 도와 낸다. 노랑벌 흰나비 황나비도 향기 찾는 거동이라, 날아가고 날아오니 춘성의 안이요, 영주(瀛州)는 바야흐로 봉래산이 눈 아래 가까우니 물은 보니 은하수요, 경치는 잠깐 천상 옥경과 같더라, 옥경이 분명하면 월궁(月宮)의 항아(姮娥)가 없을쏘냐. 이때는 춘삼월이라 일렀으되 오월 단오일이렷다. 일년 가운데 제일 좋은 시절이라. 이때 월매 딸 춘향이도 또한 시서음률(詩書音律)이 능통하니 천중절(天中節)을 모를쏘냐.

　그네를 뛰려고 향단(香丹)이를 앞세우고 내려올 제 난초같이 고운 머리 두 귀를 눌러 곱게 땋아 금봉비녀를 바로 꽂고, 얇은 비단치마 두른 허리 다 피지 아니한 버들 힘없이 드리운 듯, 아름답고 고운 태도로 아장아장 흐늘흐늘거리며 가만가만 다닐 적에 장림 속으로 들어가니, 녹음방초 우

---

43. **내아(內衙)** 지방관청의 안채.

거져 금잔디 좌르르 깔린 곳에 황금 같은 꾀꼬리는 쌍쌍이 오고 간다.

무성한 버들나무에 백자 길이로 높이 매고 그네를 뛰려 할 제, 수화주에 고운 무늬 놓은 비단 녹색 장옷, 남방사 홑단치마 훨훨 벗어 걸어두고 자주빛 영초단 아름답게 수놓은 당혜(唐鞋)를 썩썩 벗어 던져두고, 백방사(白紡絲) 진솔속곳[44] 턱밑에 훨씬 추켜올리고, 연숙마[45] 그넷줄을 섬섬옥수 넌짓 들어 양 손에 갈라 잡고, 백릉[46] 버선 두 발길로 살짝 올라 발을 구를 적에, 세류 같은 고운 몸이 단정히 노니는데 뒷단장 옥비녀 은죽절(銀竹節)과 앞치레 볼 것 같으면 밀화장도(蜜花粧刀), 옥장도며 광원사[47] 겹저고리 제색 고름이 모양난다.

"향단아, 밀어라!"

한 번 힘을 주며 두 번 굴러 힘을 주니 발 밑의 가는 티끌 바람 따라 펄펄, 앞뒤 점점 멀어가니 머리 위의 나뭇잎은 몸을 따라 흔들흔들거린다. 오고 갈 제 살펴보니 녹음 속의 붉은 치맛자락이 바람결에 내비치니, 한없이 높게 뜬 흰구름 속에 번갯불이 비치는 듯. 문득 보면 앞에 있더니 문득 다시 뒤에 있네. 앞으로 얼른 하는 양은 가벼운 저 제비가 도화일점(桃花一點) 떨어질 제 제 차례 하고 쫓아가듯, 뒤로 번듯 하는 양은 광풍에 놀란 나비 짝을 잃고 날아가다 돌이키는 듯, 무산선녀(巫山仙女)[48] 구름 타고 양대

---

[44] **진솔속곳** 새 속곳.
[45] **연숙마** 잿물에 담갔다가 솥에 찐, 삼껍질.
[46] **백릉** 흰색 비단.
[47] **광원사** 비단 이름.
[48] **무산선녀(巫山仙女)** 중국 초나라 회왕이 만났다는 소녀.

(陽臺) 위에 내리는 듯, 나뭇잎도 물어보고 꽃도 질끈 꺾어 머리에다 실근 실근하며,

"이애, 향단아! 그네 바람이 독해서 정신이 어질어질한다. 그넷줄 붙들 어라."

향단이 그넷줄 붙들려고 무수히 진퇴하며 한창 이렇게 노닐 적에, 시냇 가 반석 위에 옥비녀 떨어져 쨍그렁 소리 나니,

"비녀, 비녀!"

하는 소리, 산호채[49]를 들어 옥쟁반을 깨치는 듯, 그 태도 그 형용이 정녕 이 세상사람이 아니로다.

이 모양이 연자삼춘비거래(燕子三春飛去來)[50]라. 이 도령 마음이 울적하 고 정신이 아찔하여 별 생각이 다 나것다.

혼잣말로 중얼거리며,

"오호[51]에 편주를 타고 범소백(范小伯)[52]을 쫓았으니 서시(西施)도 올 리 없고, 해성(垓城) 달밤에 슬픈 노래로 패왕을 이별하던 우미인(虞美人)도 올 리 없고, 단봉궐(丹鳳闕) 하직하고 백룡퇴로 간 연후에 독류청총(獨留 靑塚)하였으니 왕소군(王昭君)도 올 리 없고, 장신궁(長信宮) 깊이 닫고 백 두음(白頭吟)을 읊었으니 반첩여도 올 리 없고, 소양궁(昭陽宮) 아침날에 시중들고 돌아오니 조비연(趙飛燕)도 올 리 없다. 낙포의 선녀란 말인가,

---

[49] **산호채** 산호로 만든 머리꽂이.

[50] **연자삼춘비거래(燕子三春飛去來)** 제비는 봄 내내 오락가락 날아다님.

[51] **오호** 태호(太湖). 중국 강소와 절강 양 성 사이에 있는 큰 담수호.

[52] **범소백(范小伯)** 오나라를 멸하고 오호에서 서시와 함께 사라진 사람.

무산의 선녀란 말인가."

도련님은 혼이 중천에 날아 일신이 고단하니, 진실로 미혼지인(未婚之
人)이로다.

"통인아!"

"예!"

"저 건너 화류 중에 오락가락 희뜩희뜩 얼른얼른 하는 게 무엇인지 자세
히 보고 오너라."

통인이 살펴보고 말하기를,

"그것이 무엇이 아니오라 이 고을 퇴기 월매의 딸 춘향이란 계집아이로
소이다."

도련님이 엉겁결에 하는 말이,

"장히 좋다. 거 훌륭하다."

통인이 아뢰되,

"제 어미는 기생이오나 춘향이는 도도하여 기생 구실 마다하고 백화초
엽(百花草葉)에 글자도 생각하고, 바느질이며 길쌈이며 못하는 것이 없고,
문장도 여러 가지를 두루 갖추어 완전하니 여염집 처자와 다름이 없나이
다."

도령이 허허 웃고 방자를 불러서 분부하기를,

"들은즉 기생의 딸이라는 말이렷다. 급히 가 불러오라."

방자놈이 대답하기를,

"흰 눈 같은 살결에 꽃 같은 얼굴이 남방(南方)에 유명키로 방첨사(方僉

使), 병부사(兵府使), 군수, 현감, 관장(官長)님네 엄지발가락이 두 뼘 가웃씩 되는 양반 오입쟁이들도 무수히 보려 하였으나, 장강(莊姜)[53]의 색과 임사[54]의 덕행이며 이두(李杜)[55]의 문필이며 태사의 화순하는 마음과 이비(二妃)[56]의 정절을 품었으니 작금 천하제일의 절색이요, 만고에 여자 중에 군자이오니 황공하온 말씀으로 함부로 다루기 어렵내다."

도령이 대소하고,

"방자야, 네가 물건이란 각각 주인이 있음[57]을 모르느냐? 형산(荊山)의 백옥과 여수(麗水)[58]의 황금이 임자가 각각 있느니라. 잔말 말고 불러오라."

방자 분부를 듣고 춘향 부르러 건너갈 제, 맵시 있는 방자 녀석 서왕모(西王母) 요지(瑤池)[59]의 잔치에 편지 전하던 청조(靑鳥)[60]같이 이리저리 건너가서,

"여봐라, 이애 춘향아."

하고 부르는 소리에 춘향이 깜짝 놀라,

"무슨 소리를 그 따위로 질러 사람의 정신을 놀라게 하느냐?"

---

[53] **장강(莊姜)** 춘추시대 위장 공의 부인.
[54] **임사** 주문공의 어머니 태임(太姙)과 왕후인 태사.
[55] **이두(李杜)** 이태백과 두보.
[56] **이비(二妃)** 순임금의 두 왕비인 아황(娥皇)과 여영(女英).
[57] **물건이란 각각 주인이 있음** 소식의 〈전적벽부(前赤壁賦)〉에 나오는 한 구절.
[58] **여수(麗水)** 중국 운남에 있는 강. 금사강(金沙江)임.
[59] **요지(瑤池)** 주나라 목왕이 서왕모와 만났다는 신선이 산다는 세계.
[60] **청조(靑鳥)** 동방삭이 파랑새를 보고 서왕모의 사자라고 한 고사에서 유래함.

"이 애야, 말 말아라. 일이 났다."

"일이란 무슨 일?"

"사또 자제 도련님이 광한루에 오셨다가 너 노는 모양 보고 불러오란 영을 내렸다."

춘향이 화를 내어,

"네가 정녕 미친 자식이로다. 도련님이 어찌 나를 알아서 부른단 말이냐? 이 자식 네가 '종달새 열씨[61] 까듯' 내 말을 고해 바쳤나 보지."

"아니다. 내가 네 말을 할 리가 있겠느냐. 그러니 네가 그르지 내가 그르냐? 너 그른 내력을 들어 보아라. 계집아이 행실로 추천(鞦韆)[62]을 할 양이면 네 집 후원 담장 안에 줄을 매고 남이 알까 모를까 은근히 뛰는 것이 도리가 당연하다. 광한루 멀지 않고 또한 이곳을 논할진대 녹음방초 승화시라, 방초는 푸르른데 버들은 초록장 두르고 뒷내의 버들은 유록강 둘러 한 가지 늘어지고 또 한 가지 펑퍼져, 광풍이 겨워 흐늘흐늘 춤을 추는데, 광한루 구경처에 그네를 매고 네가 뛸 제 외씨 같은 두 발길로 백운간에 노닐 적에 홍상자락 펄펄, 백방사(白紡絲) 속곳 갈래 동남풍에 펄렁펄렁 박속 같은 네 살결이 백운간에 희뜩희뜩, 도련님이 보시고 너를 부르셨으니 내가 무슨 말을 한단 말이냐? 잔말 말고 건너가자."

춘향이 대답하되,

"네 말이 당연하나 오늘이 단오일이다. 비단 나뿐이랴? 다른 집 처자들

61. **열씨** 삼씨.
62. **추천** 그네.

도 예서 함께 그네를 뛰었으니 그럴 뿐 아니라 또 설혹 내 말을 할지라도 내가 지금 기적(妓籍)에 있는 바도 아니니 여염 사람을 함부로 부를 일도 없고, 부른대도 갈 리도 없다. 당초에 네가 말을 잘못 들은 모양이다."

방자 곤란한 지경에 빠져 광한루로 다시 돌아와 도련님께 여짜오니 도련님 그 말 듣고,

"기특한 사람이로다. 말인즉 바른말이로되 다시 가서 말을 전하기를 이리이리 하여라."

방자 전갈 모아 춘향에게 건너가니 그 사이에 제 집으로 돌아갔거늘, 저의 집을 찾아가니 모녀간 마주앉아 점심이 방장(方將)[63]이라.

방자 들어가자 춘향하는 말이,

"너 왜 또 오느냐?"

"황송타, 도련님이 다시 전갈하시더라. '내가 너를 기생으로 아는 것이 아니라, 들으니 네가 글을 잘 한다기에 청하는 것이니, 여염집에 있는 처녀 불러보는 것이 듣기에 괴이하기는 하나 미심쩍게 생각 말고 잠깐 다녀가라' 하시더라."

춘향의 도량[64]한 뜻 연분 되려고 그랬던지 생각하니 갈 마음이 홀연히 나되 모친의 뜻을 몰라 묵묵히 한참이나 말 않고 앉았더니, 춘향 모 썩 나 앉으며 정신없이 하는 말이,

"꿈이라 하는 것이 아주 전혀 허사가 아닌 게로다. 간밤에 꿈을 꾸니 난

---

[63]. **방장(方將)** 장차 곧 시작하려고 함.
[64]. **도량** 사물을 너그럽게 받아들이는 품성.

데없는 청룡 한 마리 벽도못[碧桃池]⁶⁵에 잠겨 보이기에 무슨 좋은 일이 있을까 하였더니, 우연한 일이 아니로다. 또한 들으니 사또 자제 도련님이 이름이 몽룡이라 하니 꿈 몽(夢) 자, 용 룡(龍) 자, 신통하게 맞히었다. 그러나저러나 양반이 부르시는데 아니 갈 수 있겠느냐? 잠깐 가서 다녀오라."

춘향이가 그제야 못 이기는 체하고 겨우 일어나 광한루로 건너갈 제 대명전 대들보에 명매기⁶⁶ 걸음으로, 양지 마당의 씨암탉 걸음으로, 백모래밭에 금자라 걸음으로, 월태화용(月態花容) 고운 태도 완보(緩步)로 건너갈 제, 흐늘흐늘 월나라의 서시가 토성습보(土城習步)⁶⁷하던 걸음으로 흐늘거려 건너올 제, 도련님 난간에 절반만 비껴서서 폈다 굽혔다 하며 바라보니 춘향이가 건너오는데 광한루에 가까워진지라, 도련님 좋아라고 자세히 살펴보니, 요요정정(妖妖貞靜)⁶⁸하여 월태화용이 세상에 비길 여자 없고, 얼굴이 조촐하니 청강에 노는 학이 설월(雪月)에 비친 것 같고, 붉은 입술과 흰 이가 반쯤 열리니 별 같기도 하고 구슬 같기도 하다.

연지를 품은 듯 아래위로 고운 맵시 안개어린 석양에 비치는 듯, 푸른 치마 아롱지니 무늬는 은하수의 물결과 같다. 연보(蓮步)를 정히 옮겨 천연히 다락에 올라 부끄러이 서 있거늘 통인 불러,

---

⁶⁵. **벽도못[碧桃池]** 벽도가 둘러싼 연못.

⁶⁶. **명매기** 칼새.

⁶⁷. **토성습보(土城習步)** 월(越) 왕 구천(九踐)이 서시를 오왕 부차에게 바칠 때 예의범절을 가르치면서 토성에서 걸음걸이를 가르쳤다는 말.

⁶⁸. **요요정정(妖妖貞靜)** 나이가 젊어 얼굴에 화색이 도는 한편 정숙한 모양.

"앉으라고 일러라."

춘향의 고운 태도 얼굴을 단정히 하여 앉은 모습 자세히 살펴보니 백색 창파(白色滄波) 새로 내린 비 뒤에 목욕하고 앉은 제비, 사람을 보고 놀라는 듯 별로 단장한 일 없이 천연한 국색(國色)이라.

옥안을 상대하니 구름 사이로 내보이는 밝은 달과 같고, 붉은 입술을 반쯤 여니 물 위에 뜬 한 송이 연꽃과 흡사하다. 신선은 내 알 수 없으나 영주에서 놀던 선녀가 남원에 귀양 와서 사니, 월궁에 모여 놀던 선녀가 벗 하나를 잃었구나. 네 얼굴 네 태도는 세상 인물이 아니로다.

이때 춘향이 추파[69]를 잠깐 들어 이 도령을 살펴보니 이 세상의 호걸이요, 진세(塵世)[70]간 기남자[71]라.

이마가 높으니 소년 공명[72] 할 것이요, 이마와 턱과 코와 좌우의 광대뼈가 조화를 이루었으니 보국(輔國) 충신 될 것이니, 마음으로 흠모하여 아미[73]를 숙이고 무릎을 여미며 단정히 앉았을 뿐이로다.

이 도령이 입을 열어,

"성현도 성이 같으면 장가 가지 않는다 하였으니, 네 성은 무엇이며 나이는 몇 살이뇨?"

"성은 성 가이옵고 나이는 열여섯이로소이다."

[69.] **추파** 사랑의 정을 나타내는 눈짓.
[70.] **진세(塵世)** 인간 세상.
[71.] **기남자** 기이한 남자.
[72.] **소년 공명** 아주 젊은 사람으로 공적을 쌓고 명성을 얻음.
[73.] **아미** 미인의 눈썹.

이 도령 거동 좀 보소.

"허허, 그 말 반갑구나. 네 나이 들어보니 나와 동갑 이팔이요, 성씨를 들어보니 나와 천정(天定) 연분 분명하다. 이성지합(二姓之合)[74] 좋은 연분 평생 동락하여 보자. 너의 부모 다 살아 계시냐?"

"편모 슬하로소이다."

"몇 형제나 되느냐?"

"올해 육십 되시는 나의 모친, 무남독녀 나 하나이로소이다."

"너도 남의 집 귀한 딸이로구나. 하늘이 정하신 연분으로 우리 둘이 만났으니 만년락(萬年樂)을 이뤄보자."

춘향이 거동을 보소. 눈썹을 찡그리며 붉은 입을 반쯤 열어 가는 목을 겨우 열고 옥성(玉聲)으로 말하는 것이렷다.

"옛글에 이르기를 충신은 두 임금을 섬기지 아니하고 열녀는 두 지아비를 섬기지 않는다 하였는데 도련님은 귀공자요, 소녀는 천첩이오라 한번 정을 맡긴 연후에 인하여 버리시면 일편단심 이내 마음 독숙공방(獨宿空房) 홀로 누워 우는 한은 이내 신세 내 아니면 누가 알랴. 그런 분부 다시는 마옵소서."

이 도령 이른 말이,

"네 말을 들어보니 어이 아니 기특하랴. 우리 둘이 인연 맺을 때 금석맹약 맺으리라. 네 집이 어드메냐?"

---

[74] **이성지합(二姓之合)** 두 개의 성이 결합함. 곧 결혼을 말함.

춘향이 여짜오되,

"방자 불러 물으소서."

이 도령 허허 웃고,

"내 너더러 묻는 말이 허황하다. 방자야!"

"예."

"춘향의 집을 네 일러라."

방자 손을 넌지시 들어 가리키는데,

"저기 저 건너, 동산은 울울하고 연못은 청정한데 양어생풍(養魚生風)[75] 하고 그 가운데 기화요초(琪花瑤草) 난만하여 나무 나무에 앉은 새는 호사를 자랑하고, 바위 위의 굽은 솔은 청풍이 건듯 부니 늙은 용이 꿈틀거리는 듯, 집 앞의 버드나무 유사무사(有絲無絲)[76] 같은 양류 가지요, 들쭉 죽백 전나무며 그 가운데 은행나무는 음양을 따라 마주서고 초당 문전에 오동, 대추나무, 깊은 산중 물푸레나무, 포도, 다래, 으름덩굴 휘휘친친 감겨 담장 밖에 우뚝 솟았는데 송정(松亭) 죽림 두 사이로 은은히 보이는 것이 춘향의 집이오이다."

도련님 이른 말이,

"장원(墻苑)[77]이 정결하고 송죽이 울울하니 여자의 절개 행실을 가히 알 만하구나."

---

[75]. **양어생풍(養魚生風)** 기르는 물고기가 바람을 일으킴. 즉 물에서 뛰놀고 있음.

[76]. **유사무사(有絲無絲)** 있는 듯 없는 듯.

[77]. **장원(墻苑)** 담.

춘향이 일어나며 부끄러이 말하기를,

"시속 인심 고약하니 그만 놀고 가겠나이다."

도련님 그 말 듣고,

"기특하다. 그럴 듯한 일이로다. 오늘 밤 퇴령(退令) 후에 너의 집에 갈 것이니 괄시나 부디 마라."

춘향이 대답하되,

"나는 몰라요."

"네가 모르면 쓰겠느냐. 잘 가거라. 금야(今夜)에 상봉하자."

누각에서 내려 건너가니 춘향 모 마중 나와,

"애고, 내 딸 이제 다녀오냐? 그래 도련님이 무엇이라 하시더냐?"

"무엇이라 하여요. 조금 앉았다가 가겠노라 하고 일어나니 오늘 밤에 우리 집에 오시마 하옵디다."

"그래, 어찌 대답하였느냐?"

"모른다 하였지요."

"잘하였다."

사
랑

　이때 도련님이 춘향을 아연히[1] 보낸 후에 잊을 수 없는 마음 둘 데가 없어 책방으로 돌아오니 만사에 뜻이 없고 다만 생각은 춘향뿐이라. 말소리 귀에 쟁쟁하고 고운 태도 눈에 삼삼하여 해지기만 기다리는데 방자를 불러,

　"해가 어느 때나 되었느냐?"

　"동쪽에 이제 아귀 트나이다."[2]

　도련님이 크게 노하여,

　"이놈, 괘씸한 놈, 서로 지는 해가 동으로 도로 가랴? 다시금 살펴보라."

　이윽고 방자 여짜오되,

　"해는 떨어져 함지(咸池)[3]에 황혼이 되고 달은 동쪽 고갯마

---

[1]. **아연히** 급히.
[2]. **동쪽에 이제 아귀 트나이다** 동쪽 해가 떠오르다.
[3]. **함지(咸池)** 해가 목욕한다는 서쪽에 있는 연못.

루에서 솟사옵니다."

저녁밥이 맛이 없어 전전반측(輾轉反側)[4] 어이하리. 퇴령을 기다리리라 하고 서책을 보려 할 제, 책상을 앞에 놓고 서책을 읽어 가는데 『중용』·『대학』·『논어』·『맹자』·『시전』·『주역』이며, 『고문진보』·『사략』과 『이백』·『두시(杜詩)』·『천자』까지 내어놓고 글을 읽는데, 『시전』이라.

"관관저구(關關雎鳩)는 재하지주(在河之洲)요, 요조숙녀는 군자호구(君子好逑)로다.[5] 아서라, 그 글도 못 읽겠다."

『대학』을 읽을새,

"대학지도(大學之道) 재명명덕재신민(在明明德在新民)[6] 재춘향(在春香)이로다. 이 글도 못 읽겠다."

『주역』을 읽는데,

"원(元)은 형(亨)코 정(貞)코,[7] 춘향이 코는 딱 댄 코 좋고 하니라. 그 글도 못 읽겠다."

"「등왕각(藤王閣)」[8]이라, 남창(南昌)은 고군(古郡)이요, 홍도(洪都)는 신부(新府)로다.[9] 옳다. 그 글 되었다."

---

[4] 전전반측(輾轉反側) 잠이 오지 않아 누워서 엎치락뒤치락 함.

[5] 관관저구는 재하지주(在河之洲)요, 요조숙녀는 군자호구(君子好逑)로다 서로 소리를 답하여 우는 징경이새는 물가에서 노닐고, 아름다운 아가씨는 군자의 좋은 짝이로다.

[6] 대학지도(大學之道) 재명명덕재신민(在明明德在新民) 대학의 도는 밝은 덕을 밝히고 백성을 새롭게 하는 데 있다.

[7] 원(元)은 형(亨)코 정(貞)코 원이란 것은 형하기도 하고 정하기도 하고…….

[8] 등왕각(藤王閣) 당나라 초기 문학가 왕발(王勃)의 작품인 「등왕각서」의 줄인 이름.

[9] 남창(南昌)은 고군(古郡)이요, 홍도(洪都)는 신부(新府)로다 원 뜻은 '남창은 옛 고을이요, 홍도는 새 마을이로다' 인데, 시골 부인들이 취미대로 '남방의 고운 처녀 홍도령의 신부로다' 로 읽음.

『맹자』를 읽을새,

"맹자께서 양혜왕을 보신대 왕이 말하기를 '수천 리를 멀다 않고 온다' 하시니 춘향이 보시러 오시니까?"

『사략』을 읽는데,

"태고라 천황씨도 이(以) 쑥떡으로 왕(王) 하여 세계섭제(世繼攝提)하니 무위이화(無爲而化)하시다[10]하여 형제 십일 인이 각각 일만팔천 세를 누리시다."

방자가 여짜오되,

"여보, 도련님. '천황씨가 목떡[木德]로 왕'이란 말은 들었으되 쑥떡으로 왕이란 말은 금시초문이오."

"이 자식, 네 모른다. 천황씨는 일만팔천 세를 살던 양반이라 이가 단단하여 목떡을 잘 자셨거니와 시속의 선비들은 목떡을 먹겠느냐? 공자님께옵서 후생을 생각하사 명륜당에 현몽하고, '시속 선비들은 이가 부족하여 목떡 못 먹기로 물씬물씬한 쑥떡[11]으로 하라' 하여 삼백육십 주 향교에 통문(通文)하고 쑥떡으로 고쳤느니라."

방자 듣다가 말하되,

"여보, 하느님이 들으시면 깜짝 놀라실 거짓말도 듣겠소 그려."

또 『적벽부(赤壁賦)』를 들여놓고,

---

[10] **태고라 천황씨도 이(以) 쑥떡으로 왕(王) 하여 세계섭제(世繼攝提)하니 무위이화(無爲而化)하시다** 섭제는 별 이름. 오랜 옛날 천황씨가 목덕으로 임금이 되었는데 태평한 세상을 섭제에서 일으키니 아무런 힘을 쓰지 않아도 백성이 감화되어 나라가 잘 다스려졌다.

[11] **쑥떡** 목덕(木德)의 잘못. 목덕은 목 토 화 금 수 등 오덕(五德)의 하나.

"'임술지추(壬戌之秋) 칠월 기망(既望)에 소자(蘇子)가 객으로 더불어 배를 띄워 적벽의 아래에 놀새 청풍은 서서히 불고 물결은 일지 않더라[12] 아서라. 그 글도 못 읽겠다."

『천자』를 읽을새,

"하늘 천 따 지."

방자 듣고,

"여보 도련님. 점잖은 분이 『천자』는 웬일이오?"

"천자라 하는 글이 칠서(七書)의 본문이라. 양나라 주사봉(周捨奉) 주흥사(周興嗣)[13]가 하룻밤에 이 글을 짓고 머리가 희었기로 책 이름을 백수문(白首文)이라 하니라. 낱낱이 새겨 보면 뼈똥 쌀 일이 많으니라."

"소인놈도 천자 속은 아옵니다."

"네가 알더란 말이냐?"

"알다뿐이겠소?"

"안다 하니 읽어보라."

"예, 들으시오. 높고 높은 하늘 천(天), 깊고 깊은 따 지(地), 홰홰친친 가물 현(玄), 불타졌다 누를 황(黃)."

"네 이놈, 상놈은 적실(的實)하다. 이놈, 어디서 장타령하는 놈의 말을

---

12. **임술지추(壬戌之秋) 칠월 기망(既望)에 소자(蘇子)가 객으로 더불어 배를 띄워 적벽의 아래에 놀새 청풍은 서서히 불고 물결은 일지 않더라** 임술년 가을 7월 16일에 내가 나그네와 더불어 적벽 밑에서 배를 띄우고 노닐 때 맑은 바람은 가볍게 불어오고 물결은 잔잔하였다. 전적벽부 앞 부분.

13. **주흥사(周興嗣)** 양나라 관직 이름.

들었구나. 내 읽을 테니 들어 보아라. 하늘이 자시에 열려 하늘을 낳으니 태극이 광대(廣大) 하늘 천(天), 땅이 축시에 개벽하니 오행과 팔괘로 따지(地), 삼십삼 천 공(空)은 다시 공[空復空]인 인심지시(人心指示) 가물 현(玄), 이십팔수(二十八宿) 금목수화토(金木水火土)의 정색(正色) 누를 황(黃), 우주일월중화(宇宙日月重華)하니 옥우쟁영(玉宇峥嶸)[14] 집 우(宇), 연대국도(年代國都) 흥성쇠(興盛衰), 예는 가고 이제는 오니 집 주(宙), 우치홍수(禹治洪水)[15] 기자 초에 홍범구주(洪範九疇) 넓을 홍(洪), 삼황오제(三皇五帝) 붕(崩)하신 후 난신적자(亂臣賊子)[16] 거칠 황(荒), 동방이 장차 계명키로 고고천변(杲杲天邊) 일륜(日輪) 홍(紅), 번듯 솟아날 일(日), 억조창생 격양가에 강구연월(康衢煙月)의 달 월(月), 한심미월(寒心微月) 때때로 불어나 삼오일야(三五日夜)[17]에 찰 영(盈), 세상만사 생각하니 달빛과 같은지라 십오야(十五夜) 밝은 달이 기망(旣望)부터 기울 측(昃), 이십 팔수부터 하도낙서(河圖洛書)[18] 버린 법(法), 일월성신 별 진(辰), 가련금야숙창가(可憐今夜宿娼家)라[19] 원앙금침에 잘 숙(宿), 절대가인 좋은 풍류 나열춘추(羅列春秋)의 벌일 열(列), 의의월색(依依月色) 야삼경의 만단정회(萬端情

---

[14] **옥우쟁영** 임금이 거하는 곳의 높은 모양.

[15] **우치홍수(禹治洪水)** 우임금이 홍수를 다스림.

[16] **난신적자(亂臣賊子)** 나라를 어지럽게 하고 군부(君父)를 죽이는 악인.

[17] **삼오일야(三五日夜)** 십오일 달 밤.

[18] **하도낙서(河圖洛書)** 하도는 복희씨(伏羲氏) 때 용마(龍馬)가 등에 지고 나왔다는 그림으로 주역의 팔괘(八卦)의 근원이 된 것. 낙서는 하우씨 때 낙수에서 나온 거북이의 등에 있었다는 글로서 서경(書經) 중의 홍범구조(洪範九疇)의 기원이 된 것.

[19] **가련금야숙창가(可憐今夜宿娼家)라** 애달프게도 오늘 밤에는 기생집에서 자겠구나.

懷) 베풀 장(張), 오늘 찬바람이 소슬히 불어오니 침실에 들어라 찰 한(寒), 베개가 높거든 내 팔을 베러 이 만큼 오너라 올 래(來), 에라 후리쳐 질끈 안고 임의 품에 드니 설한풍에도 더울 서(暑), 침실이 덥거든 음풍(陰風)을 취하여 이리저리 갈 왕(往), 불한불열(不寒不熱) 어느 때냐 낙엽오동 가을 추(秋), 백발이 장차 우거지니 소년 풍도를 거둘 수(收), 낙목한풍(落木寒風) 찬바람 백운강산의 겨울 동(冬), 자나깨나 잊지 못할 우리 사랑 규중심처에 감출 장(藏), 부용(芙蓉)[20]이 지난 밤의 가는 비에 광윤유태(光潤有態)[21] 부드러울 윤(潤), 이러한 고운 태도 평생을 보고도 남을 여(餘), 백년기약 깊은 맹세 만경창파 이를 성(成), 이리저리 노닐 적에 부지세월(不知歲月) 해 세(歲), 조강지처 불하당 아내 박대 못하느니 대전통편(大典通編) 법중 율(律), 군자호구(君子好逑) 이 아니냐. 춘향 입에 내 입을 한데다 대고 쪽쪽 빠니 법중 여(呂) 자가 이 아니냐. 애고 애고 보고지고."

소리를 크게 질러놓으니 이때 사또가 저녁 진지를 잡수시고 식곤증(食困症)이 나서서 평상에 취침하시다가, '애고 애고 보고지고' 소리에 깜짝 놀라,

"이리 오너라!"

"예!"

"책방에서 누가 생침을 맞느냐. 신다리[22]를 주물렀느냐? 알아 들여라."

---

[20] **부용(芙蓉)** 연꽃.
[21] **광윤유태(光潤有態)** 몸에 윤기가 흐름.
[22] **신다리** 아픈 다리.

통인이 들어가,

"도련님 웬 목통이오? 고함소리에 사또께서 놀라시사 염문하라 하옵시니 어찌 하오리까?"

"딱한 일이로다. 남의 집 늙은이는 이롱증(耳聾症)도 있느니라마는 귀너무 밝은 것도 예삿일 아니로구나."

도련님 크게 놀라,

"이대로 여쭈어라. 내가 『논어』라는 글을 읽다가 '슬프다, 나의 도가 오래 된지라 꿈에 주공을 뵙지 못하였도다!' 하는 대목을 보다가 나도 주공을 뵈오면 그리하여볼까 하여 흥취로 소리가 높아졌으니, 너 그대로만 여쭈어라."

통인이 들어가 그대로 여쭈니 사또는 도련님에게 승벽(勝癖)[23]이 있음을 크게 기꺼워하여,

"이리 오너라! 책방에 가서 목 낭청(睦郎廳)[24]을 가만히 오시라 하여라."

낭청이 들어오는데 이 양반이 어찌 고리게[25] 생기었던지 채신머리 없는 걸음으로 조심 없이 덥석 들었던 것이라.

"사또, 그새 심심하신지요?"

"아, 괜치 않네. 할말이 있네. 우리 피차 고우(故友)로서 동문수업(同門受業)하였거니와 어릴 때 글 읽기처럼 싫은 것이 없었건만 우리 아이 시흥

---

[23]. **승벽(勝癖)** 남을 이기고자 하는 성벽.
[24]. **낭청(睦郎廳)** 향관(鄕官)으로 이조시대 육품(六品)관 당하의 벼슬아치.
[25]. **고리게** 하는 짓이 용렬하고 더럽게.

(詩興)을 보니 어이 아니 즐거울쏜가."

이 양반 아는지 모르는지 하여간 대답하는 것이었다.

"아이 때 글 읽기처럼 싫은 게 어디 있으리요."

"읽기가 싫으면 잠도 오고 꾀가 무수하지. 이 아이는 글 읽기를 시작하면 읽고 쓰고 주야를 가리지 않고 한다네."

"예, 그럽다."

"배운 바 없어도 필재가 월등히 뛰어나지."

"그렇지요. 점 하나만 툭 적어도 고봉투석(高峰投石)²⁶ 같고, 한 일(一)을 그어놓으면 천리진운(千里陣雲)²⁷이요, 갓머리는 작두첨(雀頭添)²⁸이요, 필법을 논할지면 풍랑뇌전(風浪雷電)²⁹이요, 내리그어 치는 획은 노송도괘절벽(老松倒掛絕壁)³⁰이라. 창 과(戈)로 이를진댄 바른 등(藤) 덩굴같이 뻗어 갔다 도로 채는 데는 성낸 뇌쇠³¹ 끝 같고 기운이 부족하면 발길로 툭 차올려도 획은 획대로 갈 길을 가니 글씨를 가만히 보면 글은 글대로 되옵디다."

"글쎄 들어 보게. 저 아이 아홉 살 먹었을 제 서울 집 뜰에 늙은 매화가 있는 고로 매화나무를 두고 글을 지으라 하였더니, 잠시 지었으되 필요한

---

²⁶· **고봉투석(高峰投石)** 한문 글자의 좋은 필법.
²⁷· **천리진운(千里陣雲)** 천리에 구름이 뭉게뭉게 올라 진(陣)의 모양을 이룸.
²⁸· **작두첨(雀頭添)** 획의 모양이 참새 머리 같아야 한다는 말.
²⁹· **풍랑뇌전(風浪雷電)** 풍랑이 일고 천둥과 번개가 치는 것 같음.
³⁰· **노송도괘절벽(老松倒掛絕壁)** 늙은 소나무가 절벽에 거꾸로 매달려 있는 것 같음.
³¹· **뇌쇠** 여러 개의 화살이나 돌을 잇달아 쏘게 된 큰 활.

것만을 간추리는 솜씨가 대단하여 정성 들인 것과 매한가지라 한 번 본 것

은 문득 기억하였으니 조정의 당당한 명사가 될 것이요, 남면이북고(南眄

而北顧)[32]하고 부춘추어일수(賦春秋於一首)[33]하였네."

"장래 정승을 하오리다."

사또 너무 감격하여,

"정승이야 어찌 바라겠나마는 내 생전에 급제는 쉬이 할 게고, 급제만

쉽게 하면 육품의 벼슬에 오르는 것이야 어련히 하겠나?"

"아니오, 그리 말씀하실 것이 아니오라 정승을 못하면 장승(長丞)[34]이라

도 하지요."

사또가 호령하되,

"자네 뉘 말로 알고 대답을 그리 하는가?"

"대답은 하였사오나 뉘 말인지는 모릅지요."

그렇다고 하였으되 그게 또 다 거짓말이었다.

이때 이 도령은 퇴령 놓기를 기다리다가,

"방자야!"

"예!"

"퇴령 놓았나 보아라."

"아직 아니 놓았소."

---

[32] **남면이북고(南眄而北顧)** 남쪽을 곁눈질하며 북쪽을 돌아봄.

[33] **부춘추어일수(賦春秋於一首)** 춘추의 한 수를 지음.

[34] **장승(長丞)** 나무로 인형을 새겨 이수(里數)를 표하는 표목(標木). 장생.

조금 있더니,

"하인 불러라."

퇴령 소리 길게 나니,

"좋다, 좋다. 옳다, 옳다. 방자야, 등롱[35]에 불 밝혀라."

통인 하나 뒤를 따라 춘향의 집으로 건너갈 제 자취 없이 가만가만 걸으면서,

"방자야, 상방(上房)[36]에 불 비친다. 등롱을 옆에 껴라!"

삼문(三門) 밖에 썩 나서니 좁은 길 사이에는 월색이 영롱하고 꽃 사이에 푸른 버들 몇 번이나 꺾였으며 닭싸움 붙이는 소년아이들은 밤에 청루(靑樓)에 들어갔으니 지체 말고 어서 가자.

그렁저렁 당도하니 좋은 이 밤은 죽은 듯 고요한데 가기물색(佳期物色)[37]이 아니냐. 가소롭다. 어주사(漁舟師)[38]는 도원(桃源)길을 모르던가.

춘향의 문전에 당도하니 인적은 드물고 월색은 삼경이더라. 뛰는 고기는 출몰하고 대접 같은 금붕어는 임을 보고 반기는 듯, 월하의 두루미도 흥에 겨워 짝을 부른다.

이때 춘향이 칠현금(七絃琴) 비껴 안고 〈남풍시(南風詩)〉를 희롱하다가 침석에서 졸더니, 방자가 안으로 들어가되 개가 짖을까 염려하여 자취 없이 가만가만 춘향 방 영창(影窓)[39] 밑에 가만히 살짝 들어가서,

---

[35] **등롱** 등불을 켜서 어두운 곳을 밝히는 기구.
[36] **상방(上房)** 관청의 우두머리가 거처하는 방. 여기서는 사또가 거처하는 방.
[37] **가기물색(佳期物色)** 애인을 만나는 아름다운 시기.

"이애 춘향아, 잠들었냐?"

춘향이 깜짝 놀라,

"네 어찌 오냐?"

"도련님이 와 계시다."

춘향이가 이 말을 듣고 가슴이 울렁울렁 속이 답답하여 부끄럼을 이기지 못하여 문을 열고 나오더니 건넌방에 건너가서 저의 모친을 깨우는데,

"애고 어머니, 무슨 잠을 이다지 깊이 주무시오?"

춘향 모 잠을 깨어,

"아가, 무엇을 달라고 부르느냐?"

"누가 무엇을 달랬소?"

"그러면 어째서 불렀느냐?"

엉겁결에 하는 말이,

"도련님이 방자 뫼시고 오셨다오."

춘향의 모친이 문을 열고 방자 불러 묻는 말이

"뉘 왔냐?"

방자 대답하되,

"사또 자제 도련님이 와 계시오."

춘향 모 그 말을 듣고,

"향단아!"

---

38. **어주사(漁舟師)** 어부.

39. **영창(影窓)** 방을 밝게 하기 위하여 낸 두 쪽의 미닫이.

"네."

"뒤 초당에 좌석과 등촉을 신칙[40]하여 포진하라."

당부하고 춘향 모가 나오는데 세상 사람들이 다 춘향 모를 칭송하더니 과연 그 이유가 있었다.

예로부터 사람이 외탁[41]을 많이 하는 고로 춘향 같은 딸을 낳았구나.

춘향 모 나오는데 거동을 살펴보니, 반백이 넘었는데 소탈한 모양이며 단정한 거동이 표표정정(表表亭亭)[42]하고 살결이 윤택하여 복이 많게 보이더라. 숫접고 점잔하게 발막[43]을 끌고 나오는데 가만가만 방자 뒤를 따라온다.

이때 도련님이 천천히 이리저리 거닐며 좌우를 돌아보며 무료히 서 있을 제 방자가 여짜오되,

"저기 오는 게 춘향 모로소이다."

춘향 모가 나오더니 공수(拱手)[44]하고 우뚝 서며,

"그 사이 도련님 문안이 어떠시오?"

도련님 반만 웃고는,

"춘향의 모친이라지…… 평안한가?"

"예, 겨우 지냅니다. 오실 줄 진정 몰라 영접이 불민(不敏)하옵니다."

[40.] **신칙** 단단히 타일러 경계함.
[41.] **외탁** 용모나 성격이 외가 쪽을 닮는 것.
[42.] **표표정정(表表亭亭)** 굳세고 강건한 모양.
[43.] **발막** 신분이 높은 남녀 늙은이가 신는 마른신의 한가지.
[44.] **공수(拱手)** 공경하는 뜻을 표하기 위하여 두 손을 마주잡음.

"그럴 리가 있나?"

춘향 모 앞에 서서 인도하여 대문 중문 다 지나고 후원을 돌아가니 해묵은 별초당(別草堂)에 등촉을 밝혔는데, 버들가지 늘어져 불빛을 가린 모양이 구슬 발[簾]이 갈고랑이에 걸린 듯하고, 오른쪽의 벽오동(碧梧桐)은 맑은 이슬이 뚝뚝 떨어져 학의 꿈을 놀래주는 듯하고, 좌편에 섰는 반송(盤松)[45]은 청풍이 건듯 불면 늙은 용이 꿈틀거리는 듯하고, 창 앞에 심은 파초, 일난초(日暖初) 봉미장(鳳尾長)[46]은 속잎이 빼어나고 수심여주(水心如珠) 어린 연꽃 물 밖에 겨우 떠서 옥로는 비껴 있고, 대접 같은 금붕어는 고기 변해 용 되려 하고 때때로 물결쳐서 출렁출렁 굼실 놀 때마다 조롱하고, 새로 나는 연잎을 받을 듯이 벌어지고 급연삼봉(岌然三峰)[47] 석가산(石假山)[48]은 층층이 쌓였는데, 계하(階下)의 학두루미 사람을 보고 놀라서 두 쪽지를 떡 벌리고 긴 다리로 징검징검 끼룩 뚜루룩 소리하며 계화(桂花) 밑에 삽살개 컹컹 짖는구나.

그중에 반가운 것은 못 가운데 쌍오리 손님 오시노라 두둥실 떠서 기다리는 모양이요, 처마에 다다르니 그제야 저의 모친 영을 받들어 춘향이 사창[49]을 반쯤 열고 나오는데, 그 모양을 살펴보니 뚜렷한 일륜명월(一輪明月)이 구름 밖에 솟았는 듯 황홀한 그 모양은 측량키 어렵도다.

45. **반송(盤松)** 키가 작아 옆으로 퍼진 소나무.
46. **봉미장(鳳尾長)** 파초의 속잎이 봉의 꼬리와 같이 길다는 말.
47. **급연삼봉** 높이 솟아 있는 세 봉우리.
48. **석가산(石假山)** 뜰에 돌로 쌓아놓은 산.
49. **사창** 비단으로 만든 창.

부끄러이 당에 내려 천연스레 서 있는 거동은 사람의 간장을 다 녹인다. 도련님 반만 웃고 춘향더러 묻는 말이,

"곤(困)치 아니하며 밥이나 잘 먹었느냐?"

춘향이 부끄러워 대답치 못하고 묵묵히 서 있거늘 춘향 모가 먼저 당에 올라 도련님을 자리로 모신 후에 차를 들여 권하고 담배 붙여 올리니, 도련님 받아 물고 앉았을 제 도련님 춘향의 집 오실 때는 춘향에게 뜻이 있어 와 계시는 것이지 춘향의 새간 기물 구경 온 게 아니로되, 도련님의 첫 외입(外入)인지라 밖에서는 무슨 일이 있을 듯하더니 들어가 앉고 보니 별로이 할말이 없고, 공연히 기침 기운이 나서 오한증(惡寒症)이 들면서 아무리 생각하여 보아도 할말이 없었다.

방 가운데를 둘러보며 벽 위를 살펴보니 상당한 기물들이 놓여 있다. 용장(龍欌)과 봉장(鳳欌), 가께수리[50] 여기저기 벌여 있고 그림을 그려 붙여 있으되 서방 없는 춘향이요, 학문하는 계집아이가 세간과 그림이 왜 있을까마는 춘향 모가 유명한 명기라 그 딸을 주려고 장만한 것이었다. 조선의 유명한 명필(名筆) 글씨가 붙어 있고, 그 사치에 붙인 명화(名畵) 다 후리쳐 던져두고 월선도란 그림이 붙었으되 월선도의 화제가 다음과 같았다.

상제고거강절조(上帝高居絳節朝)에 군신조회[51] 받는 그림, 청년거사 이

---

[50] **가께수리** 화장하는 도구를 간직하는 작은 함(函)의 일종.

[51] **상제고거강절조(上帝高居絳節朝)에 군신조회(君臣朝會)** 아주 오랜 옛날의 제왕이 강절 있는 조정에 높이 앉아 조회를 받던. 강절이란 한나라 사자(使者)가 갖는 적색의 부절(符節). 부절은 나무조각 따위에 글을 쓰고 도장 같은 것을 찍은 후에 두 쪽으로 쪼개어 한 조각은 상대자에게 주고 다른 한조각은 자기가 보관하였다가 후일에 서로 맞추어 증거로 삼는 것.

태백이 황학전(黃鶴殿)에 꿇어앉아 〈황정경(黃庭經)〉[52] 읽는 그림, 백옥루(白玉樓)[53] 지은 후에 자기 불러올려 상량문(上樑文) 짓는 그림, 칠월 칠석 오작교에서 견우 직녀 만나는 그림, 광한전 달 밝은 밤에 약을 찧던 항아(姮娥)의 그림, 층층이 붙였으니 광채가 찬란하여 정신이 산만한 고로 또 한곳을 바라보니, 부춘산(富春山) 엄자릉(嚴子陵)[54]은 간의대부(諫議大夫)[55] 마다 하고 백구(白鷗)[56]로 벗을 삼고, 원숭이와 학으로 이웃 삼아 양구[57]를 떨쳐 입고, 가을 동강(桐江)[58]에 낚싯줄 던진 경치를 역력히 그려 놓았다. 방가위지(方可謂之)[59] 선경이라.

남자의 좋은 짝이 놀 곳이 바로 여기라, 춘향이 일편단심으로 일부종사 하려고 글 한 수를 지어 책상 위에 붙였으되,

운을 띤 것은 봄바람의 대나무요 (帶韻春風竹)
향불을 피우곤 밤들어 책 읽을러라. (焚香在讀書)

"기특하다. 이 글 뜻은 목란(木蘭)⁶⁰의 절개로다."

이렇듯 칭찬할 제 춘향 모 말하기를,

"귀중하신 도련님이 변변찮은 집에 와주시니 황공하고 감격하옵니다."

도련님 그 말 한마디에 말 궁기가 열리었다.

"그럴 리가 있는가? 우연히 광한루에서 춘향을 잠깐 보고 탐화봉접(探花
蜂蝶)⁶¹ 취한 마음, 오늘 밤에 온 뜻은 춘향의 모 보러 왔거니와 자네 딸 춘
향이와 백년언약을 맺고자 하니 자네의 마음 어떠한가?"

춘향의 모가 대답하되,

"말씀은 황송하오나 들어보오. 자하골[紫霞洞] 성 참판 영감이 보후(補
後)⁶²로 남원에 좌정하실 제 소리개를 매로 보고 수청을 들라 하옵기로 관
장의 영을 어길 수가 없어 모신 지 삼 삭 만에 올라가신 후 뜻밖으로 잉태
하여 낳은 것이 저것이라. 그런 연유로 성 참판께 아뢰니, '젖줄 떨어지면
데려가련다' 하시더니 그 양반이 불행하여 세상을 버리시니 보내지 못하
옵고 저것을 길러낼 제 어려서 잔병조차 그리 많고, 일곱 살에 소학 읽혀
수신제가(修身齋家) 화순심(和順心)을 낱낱이 가르치니, 씨가 있는 자식이
라 만사를 달통하고 삼강행실 뉘라서 내 딸이라 하리요. 가세가 부족하니
재상가(宰相家)에는 부당하고 사(士), 서인(庶人) 상하에 다 미치지 못하니
혼인이 늦어져서 주야로 걱정이나 도련님 말씀은 잠시 춘향과 백년기약한

---

⁶⁰· **목란(木蘭)** 북위시대 시인의 입에 오르내린 가상적 여인 이름.

⁶¹· **탐화봉접(探花蜂蝶)** 벌, 나비가 꽃을 탐함.

⁶²· **보후(補後)** 내직에 들어가기 전에 잠시 내관에 보임하는 것.

다는 말씀이오나 그런 말씀 마시고 노시다가 가시기나 하시오."

이 말이 참말 아니라 이 도령이 춘향을 얻는다 하니 앞으로 닥칠 일을 몰라 뒤를 둘러 하는 말이었다.

이 도령 기가 막혀,

"호사(好事)에 다마(多魔)로세. 춘향도 미혼 전이나 나도 미장가 전이라 피차 언약이 이렇고 육례는 못할망정 양반의 자식이 일구이언을 할 까닭이 있겠나?"

춘향의 모 이 말 듣고,

"또 내 말 들으시오. 고서(古書)에 하였으되 지신(知臣)은 막여주(莫如主)요 지자(知子)는 막여부(莫如父)[63]라 하니 지녀(知女)는 모(母) 아닌가. 내 딸 마음 속 내가 알지. 어려서부터 결곡[64]한 뜻이 있어 행여 신세를 그르칠까 의심이요 일부종사하려 하고 일마다 하는 행실 철석같이 굳은 뜻이 청송(靑松), 녹죽(綠竹), 전나무 사시절(四時節)을 다투는 듯 상전벽해(桑田碧海)[65] 될 지라도 내 딸 마음 변할손가. 금은(金銀), 오촉지백(吳蜀之帛)[66]이 적여구산(積如丘山)[67]이라도 받지 아니할 터이요, 백옥 같은 내 딸 마음 청풍인들 미치리요. 다만 고의(古義)를 효칙[68]코자 할 뿐이온데 도련

---

[63] 지신(知臣)은 막여부(莫如父)요 지자(知子)는 막여부(莫如父)라 신하의 속내를 아는 데 있어서는 임금만한 이가 없고 자식의 속내를 아는 데 있어서는 부모만한 이가 없다는 뜻.

[64] 결곡 얼굴이나 마음이 곧고 깨끗한.

[65] 상전벽해(桑田碧海) 뽕나무 밭이 변하여 푸른 바다가 된다는 뜻으로 시세의 변천이 심함을 이름.

[66] 오촉지백(吳蜀之帛) 오나라와 촉나라에서 나는 비단.

[67] 적여구산(積如丘山) 언덕이나 산처럼 많이 쌓여 있다는 뜻.

[68] 효칙(效則) 본받아서 법으로 삼음.

님은 욕심부려 인연을 맺었다가 미장전(未丈前) 도련님이 부모 몰래 깊은 사랑 금석(金石)같이 맺었다가 소문 어려[69] 버리시면 옥(玉)결 같은 내 딸 신세 문채(文采) 좋은 대모[70] 진주 고운 구슬 구멍노리[71] 깨어진 듯 청강(清江)에 놀던 원앙조(鴛鴦鳥)가 짝 하나를 잃었다 한들 어이 내 딸 같을손가. 도련님 속 마음이 말과 같을진대 심량[72]하여 행하소서."

도련님 더욱 답답하여,

"그건 두 번 다시 염려 마소. 내 마음 헤아리니 특별 간절 굳은 마음 흉중에 가득하니 분의(分義)는 다를망정 저와 나와 평생기약을 맺을 때에 전안납폐(奠雁納幣)[73] 아니한들 창파같이 깊은 마음 춘향 사정 모를손가."

이렇듯이 설화(說話)하니 청실홍실 육례를 갖춰 만난다 해도 이 위에 더 뾰족할 것인가.

"내 저를 초취(初娶)[74]모양 여길 터이니 시하(侍下)[75]라고 염려 말고 미장가 전이라고 염려 마오. 대장부 먹은 마음으로 박대하는 행실을 할 것인가? 허락만 하여 주오."

춘향의 모 이 말을 듣고 이윽히 앉았더니 몽조(夢兆)가 있는지라 연분인

---

69. **소문 어려** 소문이 어려워, 즉 무서워.
70. **대모** 바다거북. 등껍데기는 누른 바탕에 검은 점이 있는데 별 갑대(鼈甲玉毒)라 하여 각종 장식용품의 재료로 씀.
71. **구멍노리** 구멍이 있는 그 부분. 구슬에서 꿰어 매는 구멍 부분이 떨어지면 못쓰게 됨.
72. **심량(深量)** 깊이 헤아림.
73. **전안납폐(奠雁納幣)** 결혼식 때 예식의 하나.
74. **초취(初娶)** 첫 번 장가로 맞아들인 아내.
75. **시하(侍下)** 부모 또는 조부모가 생존한 사람.

줄 짐작하고 흔연히 허락하여,

"봉(鳳)이 나매 황(凰)이 나고 장군 나매 용마 나고 남원의 춘향 나매 이화춘풍(李花春風)[76] 꽃다웁다. 향단아, 주반(酒盤) 등대하였느냐?"

"예."

대답하고 주효를 차릴 적에 안주 등물 볼 것 같으면 괴임새[77]도 정결하고 큰 놋그릇에 가리찜[78], 작은 놋그릇에 제육찜, 풀풀 뛰는 숭어찜, 포도동 나는 매추리탕에 동래(東萊) 울산 대전복 대모 장도 잘 드는 칼로 맹상군(孟嘗君)의 눈썹처럼 어슷비슷 오려 놓고, 염통산적, 양볶이와 춘치자명(春雉自鳴)[79] 익히지 않은 꿩다리, 분원사기(分院沙器)에 냉면조차 비벼놓고 생률 숙률 잣송이며, 호도 대추 석류 유자 준시[80] 앵두 탕기 같은 청술레[81]를 칫수 있게 괴었는데 술병 치레 볼 것 같으면 티끌 없는 백옥병과 푸른 바닷물 위의 산호병과 엽락금정(葉落金井)[82] 오동병과 목 긴 황새병 자라병 당화병(唐畵瓶)[83] 쇄금병[84] 소상동정(瀟湘洞庭) 죽절병(竹節瓶)[85] 그

76. **이화춘풍(李花春風)** 봄바람에 오얏꽃.
77. **괴임새** 음식을 그릇 위에 쌓아올리는 모양새.
78. **가리찜** 쇠고기의 갈비를 토막쳐서 삶아 만든 음식.
79. **춘치자명(春雉自鳴)** 봄철의 꿩이 스스로 운다는 뜻으로 남의 명령이나 요구에 의하지 않고 자발적으로 한다는 말.
80. **준시** 꼬챙이에 꿰지 않고 말린 감.
81. **청술레** 껍질색이 푸르며 물기가 많아서 맛이 좋은 배의 한가지.
82. **엽락금정(葉落金井)** 중국에 있는 샘, 금정에 나뭇잎이 떨어진다는 뜻.
83. **당화병(唐畵瓶)** 중국의 동양화를 그려넣은 병.
84. **쇄금병** 겉에다 금물을 칠한 병.
85. **소상동정(瀟湘洞庭) 죽절병(竹節瓶)** 중국 동정호 남쪽의 소상 지방에서 나는 대나무로 만든 병.

가운데 좋은 은으로 둥그렇게 만든 주전자, 적동(赤銅)으로 만든 주전자, 금물을 칠한 주전자를 차례로 놓았는데 빠짐 없이도 구비하여 놓았구나.

술 이름을 이를진대 이백(李白) 포도주와 신선들이 마시는 안기생(安期生)[86] 자하주와 솔잎으로 만든 산림처사(山林處士) 송엽주(松葉酒)와 소주와 약주를 섞어서 빚은 과하주(過夏酒), 방문주(方文酒)[87] 천일주, 백일주, 금로주(金露酒), 팔팔 뛰는 화주 약주, 그 가운데 연잎으로 만든 향기로운 연엽주(蓮葉酒) 골라내어 알안자 가득 부어 청동화로(靑銅火爐) 백탄 불에 냄비 냉수 끓는 가운데 알안자 둘러 차지도 뜨겁지도 않게 데워 내어 금잔 옥잔(玉盞) 앵무 배(杯)[88]를 그 가운데 데웠으니 옥경(玉京)[89] 연화(蓮花) 피는 꽃이 태을(太乙) 별에서 사는 선녀 연잎으로 만든 연엽선(蓮葉船) 뜨듯 대광보국(大匡輔國)[90] 영의정(領議政) 파초선(芭蕉船) 뜨듯 둥덩실 띄워 놓고 권주가 한 곡조에 일배일배부일배(一杯一杯復一杯)[91]라.

이 도령 하는 말이,

"오늘 밤에 하는 절차 보니 관청이 아닌 바에 어이 그렇게 구비한가?"

춘향 모 말하기를,

"내 딸 춘향 곱게 길러 요조숙녀 군자의 짝으로 가려서 금슬지우(琴瑟之

---

86. **안기생(安期生)** 진(秦)나라 때 사람. 장수하여 천세옹이라 불림.
87. **방문주(方文酒)** 특별한 방법으로 담근 술.
88. **앵무 배(杯)** 앵무새의 부리모양으로 만든 술잔.
89. **옥경(玉京)** 옥황상제가 산다고 하는 서울.
90. **대광보국(大匡輔國)** 조선시대 관리의 최고급.
91. **일배일배부일배(一杯一杯復一杯)** 한잔 한잔에 다시 한잔이라는 뜻으로 계속해서 술을 마신다는 뜻.

友)[92] 평생을 동락하올 때 사랑(舍廊)에 노는 손님, 영웅호걸, 문장들과 죽마고우 벗님네들과 주야로 즐기실 제, 내당의 하인 불러 밥상 술상 재촉할 제, 보고 배우지 못하고는 어찌 곧 등대하리요? 안사람이 민첩치 못하면 가장의 낯을 깎음이라. 내 생전에 힘써 가르쳐 아무쪼록 본을 받아 행하라고 돈이 생기면 사 모으고 손으로 만들어 눈에 익고 손에도 익히려고 잠시라도 놓지 않고 시킨 보람이오니 부족타 마시고 구미대로 잡수시오."

하며 앵무배 술잔에 가득히 술을 부어 도련님께 드리오니, 이 도령 잔 받아 손에 들고 탄식하며 하는 말이,

"내 마음대로 한다면 육례를 행할 것이나 그렇게는 못하고 개구멍서방으로 들고 보니 이 아니 원통하랴. 이애 춘향아, 그러나 우리 둘이 대례(大禮) 술로 알고 먹자."

한잔 술 부어 들고,

"내 말 들어 봐라, 첫째 잔은 인사주요, 둘째 잔은 합환주(合歡酒)니 이 술이 다른 술이 아니라 근원 근본으로 삼으리라. 순임금 때의 아황(娥皇)과 여영(女英)이 귀히 귀히 만난 연분이 귀중하다 하였으되 월로(月老)[93]의 우리 연분, 삼생(三生)[94] 가약을 맺은 연분, 천만 년이라도 변치 않을 연분, 대대로 삼태(三台) 육경(六卿)[95] 자손이 많이 번성하여 자손 증손 고손이며

---

[92] **금슬지우(琴瑟之友)** 거문고와 가야금 사이, 즉 부부간의 우애를 말함.
[93] **월로(月老)** 월하노인의 약칭. 남녀의 인연을 관장한다고 함.
[94] **삼생(三生)** 전생 · 현생 · 후생.
[95] **삼태(三台) 육경(六卿)** 삼태는 영의정 · 좌의정 · 우의정, 육경은 이 · 호 · 예 · 병 · 형 · 공 · 조의 관장인 판서.

무릎 위에 앉혀놓고 죄암죄암 달강달강 백 살까지 살다가 한날 한시 마주 누워 선후 없이 죽게 되면 천하에 제일가는 연분이 아니냐?"

술잔 들어 먹은 후에,

"향단아, 술 부어 너의 마나님께 드려라."

"장모, 경사술이니 한잔 먹소."

춘향의 모 술잔 들고 슬프기도 하고 기쁘기도 하여 하는 말이,

"오늘이 우리 여식의 백년지고락(百年之苦樂)을 맺는 날이라, 무슨 슬픔 있을까마는 저것을 길러낼 제 애비 없이 설이 길러 이때를 당하오니 영감 생각이 간절하여 비창하여이다."

도련님 하는 말이,

"기왕지사 생각 말고 술이나 먹소."

춘향의 모 수삼 배 먹은 후에 도련님 통인 불러 상 물려주면서,

"너도 먹고 방자도 먹여라."

통인과 방자가 상을 물려 먹은 후에 대문 중문 다 닫치고 춘향의 모가 향단을 불러 자리를 보게 할 때에 원앙금침 잣베개[96]와 샛별 같은 요강, 대 야까지 갖춰 자리보전을 정히 하고,

"도련님, 평안히 쉬시옵소서. 향단아, 나오너라. 나하고 함께 가자."

둘이 다 건너갔구나.

춘향과 도련님이 마주앉아 놓았으니 그 일이 어찌 되겠느냐.

[96]. **잣베개** 모서리를 잣모양으로 장식한 베게.

사양(斜陽)⁹⁷을 받으면서 삼각산 제일봉에 봉학이 앉아 춤추는 듯 두 활개를 살포시 들고 춘향의 섬섬옥수를 반듯이 겹쳐 잡고 의복을 교묘하게 벗기는데, 두 손길 썩 놓더니 춘향의 가는 허리 담쏙 안고,

"치마를 벗어라!"

춘향이가 처음 일일 뿐 아니라 부끄러워 고개를 숙여 몸을 틀매 이리 곰실 저리 곰실 녹수(綠水)의 홍련화(紅蓮花)가 잔바람을 만나 흔들리는 듯, 도련님이 치마 벗겨 제쳐놓고 바지와 속곳을 벗길 제에 무한히 실랑한다. 이리 굼실 저리 굼실 동해의 청룡이 굽이를 치는 듯하더라.

"아이고 놓아요, 좀 놓아요."

"애라, 안 될 말이로다."

힐난하는 중에 옷끈 끌러 발가락에 딱 걸고서 끼어 안고 진득이 누르며 기지개를 켜니 발길 아래 떨어진다. 옷이 활짝 벗겨지니 형산(荊山)⁹⁸의 백옥덩이가 춘향에 비길쏘냐. 옷이 활짝 벗겨지니 도련님 거동을 보려 하고 슬금히 놓으면서,

"아차차, 손 빠졌다."

춘향이가 금침 속으로 달려든다. 도련님이 왈칵 쫓아 들어누워 저고리를 벗겨내어 도련님 옷과 모두 한데다 둘둘 뭉쳐 한편 구석에 던져두고 둘이 안고 마주 누웠으니 그대로 잘 리가 있는가. 애를 쓸 때에 굵은 베 이불이 춤을 추고 샛별 요강은 장단을 맞추어 쨍그렁 쟁쟁, 문고리는 달랑달

랑, 등잔불은 가물가물 맛이 있게 잘 자고 났구나.

그 가운데의 진진(津津)한 일이야 오죽하랴.

하루 이틀 지내가니 어린것들이라 신맛이 간간(間間) 새로워 부끄러움은 치치 멀어지고 이제는 희롱도 하고 우스운 말도 있어 사연히 사랑가가 되었구나 사랑가로 노는데 꼭 이 모양으로 놀던 것이었다.

사랑 사랑 내 사랑이야
동정 칠백(洞庭七百) 월하초에 무산(巫山)[99] 같이 높은 사랑
목단(目斷) 무변 수(無邊水)에 하늘 같고 바다 같이 깊은 사랑
오산전(五山顚) 달 밝은데 추산천봉(秋山千峰) 반달 사랑
증경 학무(曾經學舞)[100] 하올 적에 차문취소(借文吹簫)[101] 하던 사랑
유유 낙일(悠悠落日)[102] 월렴 간(月簾間)[103]에
도리 화개(桃李花開)[104] 비친 사랑
섬섬 초월(纖纖初月)[105] 분백(粉白)한데
함소 함태(含笑含態)[106] 숱한 사랑
월하의 삼생(三生) 연분 너와 나와 만난 사랑
허물없는 부부 사랑
화우 동산(花雨東山)[107] 목단화같이 펑퍼지고 고운 사랑

[99] 무산(巫山) 중국에 있는 산 이름.
[100] 증경학무(曾經學舞) 일찍이 춤을 배움.
[101] 차문취소(借文吹簫) 시험삼아 퉁소를 불어 봄.
[102] 유유낙일(悠悠落日) 느릿느릿 떨어지는 해.
[103] 월렴간(月簾間) 달빛으로 이루어진 주렴 사이.
[104] 도리화개(桃李花開) 복숭아꽃과 오얏꽃이 피어남.
[105] 섬섬초월(纖纖初月) 가늘고 고운 초생달.
[106] 함소함태(含笑含態) 미소를 머금고 고운 자태를 지님.
[107] 화우동산(花雨東山) 동산에 내리는 꽃비.

연평(延平) 바다 그물같이 얽히고 맺힌 사랑

은하(銀河) 직녀(織女) 직금(織錦)같이 올올이 이은 사랑

청루미녀(青樓美女) 금침같이 혼솔[108] 마다 감친 사랑

시냇가의 수양같이 청처지게 늘어진 사랑

남창북창(南倉北倉) 노적(露積)같이 다물다물 쌓인 사랑

은장(銀藏) 옥장(玉藏) 장식같이 모모이 잠긴 사랑

영산홍록(映山紅綠) 봄바람에 넘노나니

황봉백접(黃蜂白蝶) 꽃을 물고 질긴 사랑

녹수청강 원앙조(鴛鴦鳥) 격으로 마주 둥실 떠노는 사랑

연년 칠월 칠석야에 견우 직녀 만난 사랑

육관대사·성진(性眞)[109]이가 팔선녀와 노는 사랑

역발산(力拔山) 초패왕(楚霸王)이 우미인(虞美人)을 만난 사랑

당나라 당명황(唐明皇)이 양귀비(楊貴妃)를 만난 사랑

명사십리(明沙十里)[110] 해당화같이 연연(娟娟)히 고운 사랑

네가 모두 사랑이로구나

어화 둥둥 내 사랑아

어화 내 간간[111] 내 사랑이로구나.

여봐라 춘향아

저리 가거라, 가는 태를 보자

이만큼 오너라, 오는 태를 보자

빵긋 웃고 아장아장 걸어라, 걷는 태를 보자

너와 나와 만난 사랑

연분을 팔자 한들 팔 곳이 어디 있어

---

108. **혼솔** 홈질한 옷의 솔기.

109. **육관대사·성진(性眞)** 「구운몽」에 나오는 대사와 주인공 이름.

110. **명사십리(明沙十里)** 원산 부근 모래사장.

111. **간간** 기쁜 모양.

생전 사랑 이러 하고
어찌 사후(死後) 기약이 없을쏘냐.

너는 죽어 될 것 있다.
너는 죽어 글자 되되
따 지(地) 자, 그늘 음(陰) 자, 아내 처(妻) 자,
계집 여(女) 자 변(邊)이 되고
나는 죽어 글자 되되
하늘 천(天) 자, 마를 건(乾) 자, 지아비 부(夫) 자,
사내 남(男) 자, 아들 자(子) 자 몸이 되어
여(女) 변에다 붙이면 좋을 호(好) 자로 만나보자.

또 너 죽어 될 것이 있다.
너는 죽어 물이 되되
은하수, 폭포수, 만경 창해 수(萬頃滄海水), 청계 수(淸溪水),
옥계 수(玉溪水), 일대 장강(一帶長江) 던져
칠년 대한(大旱) 가물 때도 일상 진진(津津) 젖어 있는
음양수란 물이 되고
나는 죽어 새가 되되
두견새도 되지 말고 요지(瑤池) 일월 청조, 청학, 백학이며
대붕조(大鵬鳥)[112] 그런 새가 되려 말고
쌍거 쌍래 떠날 줄 모르는 원앙조란 새가 되어
녹수의 원앙 격으로
어화 둥둥 떠놀거든
나인 줄을 알려 무나
사랑 사랑 내 간간 내 사랑이야.

[112] 대붕조(大鵬鳥) 엄청나게 커서 9만 리를 단번에 난다는 새.

"아니 그것도 내 아니 되려오."

경주 인경도 되려 말고
전주 인경도 되려 말고
송도 인경도 되려 말고
장안 종로 인경 되고
나는 죽어 인경 망치 되어
삼십삼 천(天) 이십팔 수(宿)를 응하여
질마재[113]에 봉화 세 자루 꺼지고
남산에 봉화 두 자루 꺼지면
인경 첫마디 치는 소리
그저 뗑뗑 칠 때마다
다른 사람 듣기에는
인경 소리로만 알아도
우리 속으로는
'춘향 뗑 도련님 뗑'이라 만나보자꾸나
사랑 사랑 내 간간 내 사랑이야.

"아니 그것도 나는 싫소."

그러면 너 죽어 될 것 있다.
너는 방아확[114]이 되고
나는 죽어 방앗공이가 되어

113. **질마재** 서울 서쪽에 있는 고개.
114. **방아확** 절구의 아가리로부터 밑바닥까지의 구멍.

경신년 경신월 경신일 경신시의 강태공 조작[115] 방아
그저 떨구덩 떨구덩 찧어 들랑 나인 줄 알려무나.
사랑 사랑 내 사랑 내 간간 사랑이야.

춘향이 하는 말이.

"싫소, 그것도 내 아니 되려오."

"어이하여 그 말이냐?"

"나는 항시 어찌 이생이나 후생이나 밑으로만 된다는 법 있소? 재미없어 못쓰겠소."

"그러면 너 죽어 위로 가게 하마. 너는 죽어 맷돌 위짝이 되고 나는 밑짝이 되어 이팔청춘 홍안 미색들이 섬섬옥수로 맷대를 잡고 슬슬 돌리면 천원지방(天圓地方) 격으로 휘휘 돌아가거든 나인 줄을 알려무나."

"싫소, 그것도 아니 되려오. 위로 생긴 것이 부아나게만 생기었소. 무슨 년의 원수로서 일생 한 구멍이 더하니 아무것도 나는 싫소."

그러면 너 죽어 될 것이 있다.
너는 죽어 명사십리 해당화 되고
나는 죽어 나비 되어
나는 네 꽃송이 물고
너는 내 수염 물고
춘풍이 선뜻 불거든

---

[115] **경신년 경신월 경신일 경신시의 강태공 조작** 우리 습속에 동토(動土)를 방지하기 위하여 방아의 오른쪽이나 왼쪽의 잘 보이는 곳에 쓰는 글.

너울너울 춤을 추며 놀아보자

사랑 사랑 내 사랑이야

내 간간 내 사랑이지

이리 보아도 내 사랑

저리 보아도 내 사랑

이 모두 내 사랑 같으면

사랑에 걸려 살 수 있나

어허 둥둥 내 사랑

내 예쁜 내 사랑이야

방긋방긋 웃는 것은

화중왕(花中王) 모란화가

하룻밤 세우(細雨) 뒤에

반만 피고자 한 듯

아무리 보아도 내 사랑 내 간간이로구나.

"너와 나와 유정하니 정(情) 자로 놀아 보자. 음상동(音相同)하여 정 자로 노래나 불러 보세."

"들읍시다."

내 사랑아 들어 봐라

너와 나와 유정 하니 어이 아니 다정 하리

담담장강수(澹澹長江水) 유유원객정(悠悠遠客情)[116]

하교불상송(河橋不相送) 강수원함정(江水遠含情)[117]

---

116. **담담장강수(澹澹長江水) 유유원객정(悠悠遠客情)** 출렁대는 긴 강물 아득히 먼 곳에서 온 객의 정.

117. **하교불상송(河橋不相送) 강수원함정(江水遠含情)** 하수 다리 위에서 서로 보내지 못하니 다만 강가의 나무가 멀리 정을 머금었도다.

송군 남포(送君南浦) 불승정(不勝情)[118]

무인 불견(無人不見) 송아정(送我亭)[119]

한태조(漢太祖) 희우정(喜雨亭)

삼태 육경(三台六卿) 백관 조정(百官朝廷)

도량(道場) 청정(清淨)

각씨(閣氏) 친정(親庭)

친고(親故) 통정(通情)

난세(亂世) 평정(平定)

우리 둘이 천년 인정

월명 성희(月明星稀) 소상동정(瀟湘洞庭)

세상만물(世上萬物) 조화정(造化定)

근심 걱정, 소지(所志) 원정(原情)[120] 주워 인정[121] 음식 투정

복 없는 저 방정(放丁)

송정(訟庭), 관정(官庭), 내정(内情), 외정(外情)

애송정(愛松亭), 천양정(穿楊亭)

양귀비의 침향정(沈香亭)

이비(二妃)의 소상정(瀟湘亭)

한송정(寒松亭)

백화만발 호춘정(好春亭)

기린 토월(麒麟吐月) 백운정(白雲亭)

너와 나와 만난 정(情)

일정(一情) 실정(實情) 논지(論之)하면

내 마음은 원형이정(元亨利貞)[122]

---

[118] **송군남포(送君南浦) 불승정(不勝情)** 임을 남포로 보내며 정을 이기지 못함.

[119] **무인불견(無人不見) 송아정(送我情)** 보지 못하는 사람이 없네, 나를 보내는 정을.

[120] **원정(原情)** 억울한 사정을 호소함.

[121] **인정** 뇌물(賂物)의 방언.

[122] **원형이정(元亨利貞)** 크고 통달하고 알맞고 올곧음.

네 마음은 일편 탁정(一片託情)¹²³이같이 다정 하다가

만일 즉(卽) 파정(破情)하면 복통절정(腹痛絶情) 걱정되니

진정으로 원정(原情)하자는 그 정(情) 자다.

춘향이 좋아라고 하는 말이,

"정 속은 도저(到底) 하오¹²⁴. 우리집 재수(財數) 있게 안택경(安宅經)이

나 좀 읽어 주오."

도련님 허허 웃고,

"그뿐인 줄 아느냐? 또 있지야. 궁(宮) 자 노래를 들어 보아라."

"애고, 얄궂고 우습다. 궁 자 노래가 무엇이오?"

"네 들어 보아라. 좋은 말이 많으리라."

뇌성 벽력 풍우 속에 서기 삼광(三光) 둘러 있는

장엄 하다 창합궁¹²⁵

성덕이 넓으시사 조림(照臨)¹²⁶이 어인 일고

주지 객(酒池客)¹²⁷ 운성(雲盛)하던 은왕(殷王) 대정궁(大庭宮)

진시 황(秦始皇)의 아방궁(阿房宮)

문천 하득(問天下得)¹²⁸ 하실 적에

한태 조(漢太祖) 함양궁(咸陽宮)

---

^{123.} **일편탁정(一片託情)** 한조각 맡긴 정.

^{124.} **도저(到底) 하오** 아주 잘 되어서 매우 좋음.

^{125.} **창합궁** 하늘에 있는 궁정.

^{126.} **조림(照臨)** 왕이 백성에게 임함.

^{127.} **주지객(酒池客)** 술이 연못을 이룰 만큼 굉장하게 차린 술잔치에 온 손님들.

^{128.} **문천하득(問天下得)** 천하를 얻게 된 원인을 물음.

그 곁의 장락궁(長樂宮)

반첩여의 장신궁(長信宮)

당명 황제(唐明皇帝) 상춘궁(賞春宮)

이리 올라서 이궁(離宮)[129]

저리 올라서 별궁(別宮)

용궁 속의 수정궁(水晶宮)

월궁 속의 광한궁(廣寒宮)

너와 나와 합궁(合宮)하니

한평생 무궁이라

이 궁 저 궁 다 버리고

네 양다리 사이의 수룡궁(水龍宮)에

나의 십술 방망이로

길을 내자꾸나.

춘향이 반만 웃고,

"그런 잡담은 마시오."

"그것 잡담이 아니로다. 춘향아, 우리 둘이 업음질이나 하여 보자."

"애고 참 잡성스러워라. 업음질을 어떻게 하오?"

업음질을 여러 번 한 듯이 말하던 것이었다.

"업음질은 천하 쉬운 것이다. 너와 나와 활씬 벗고 업고 놀고 안고도 놀면 그게 업음질이 아니냐?"

"애고, 나는 부끄러워 못 벗겠소."

"에라 요 계집아이야, 안 될 말이로다. 내 먼저 벗으마."

[129] **이궁(離宮)** 행궁(行宮). 제왕이 주필하는 곳.

버선, 대님, 허리띠, 바지, 저고리 활짝 벗어 한편 구석에 밀쳐놓고 우뚝 서니 춘향이 그 거동을 보고 방긋 웃고 돌아서며 하는 말이,

"영락없는 낮도깨비 같소."

"오냐 네 말 좋다. 천지 만물이 짝 없는 게 없느니라. 두 도깨비 놀아보자."

"그러면 불이나 끄고 노사이다."

"불이 없으면 무슨 재미 있겠느냐? 어서 벗어라. 어서 벗어라."

"애고, 나는 싫소."

도련님 춘향 옷을 벗기려 할 제 넘놀면서 어른다.

만첩청산 늙은 범이 살찐 암캐를 물어다 놓고 이가 없어 먹지는 못하고 흐르릉 흐르릉 아옹 어르는 듯, 북해의 흑룡(黑龍)이 여의주(如意珠)를 입에다 물고 색구름 사이에서 넘노는 듯, 단산(丹山)[130]의 봉황이 대[竹]열매를 물고 벽오동 속으로 넘나드는 듯, 못의 가장 깊은 곳의 청학이 난초를 물고서 오송간(梧松間)에 넘노는 듯, 춘향의 가는 허리를 후리쳐 담쑥 안고 기지개 아드득 떨며 귀와 뺨도 쪽쪽 빨고 입술도 쪽쪽 빨면서 주홍(朱紅) 같은 혀를 물고 오색 단청 순금장(純金欌) 안의 날아가고 날아오는 비둘기같이 꾹꿍 꾹꿍 으흥거려 뒤로 돌려 담쑥 안고 젖을 쥐고 발발 떨며 저고리, 치마, 바지, 속곳까지 벗겨 놓으니, 춘향이 부끄러워 한편으로 잡치고 앉았을 제, 도련님 답답하여 가만히 살펴보니 얼굴이 복찜[131]하여 구

---

130. **단산(丹山)** 봉황이 깃들어 있다고 믿는 상상의 산.
131. **복찜** 심한 운동으로 얼굴이 상기되고 좀 부어오른 듯이 보이는 모습.

슬땀이 송실송실 맺혔구나.

"이애 춘향아. 이리 와 업혀라."

춘향이 부끄러워하니 ,

"부끄럽기는 무엇이 부끄러워? 이왕에 다 아는 바이니 어서 와 업혀라."

춘향을 업고 추키시며,

"아따, 그 계집아이 똥집 장히 무겁고나. 네가 내 등에 업힌 것이 마음에
어떠하냐?"

"더할 수 없이 좋소이다."

"좋냐?"

"좋아요."

"나도 좋다. 좋은 말을 할 것이니 너는 그저 대답만 하도록 하여라."

"말씀 대답할 터이니 하여보옵소서."

"네가 금(金)이지야?"

"금이란 당치 않소. 팔년풍진초한(八年風塵楚漢)[132] 시절에 육출기계(六
出奇計) 진평(陳平)[133]이가 범아부(范亞父)를 잡으려고 황금 사만을 뿌렸으
니 금이 어디 남으리까?"

"그러면 진옥이냐?"

"옥이란 당치않소. 만고 영웅 진시황이 형산의 옥을 얻어 이사(李斯)[134]

---

[132]. **팔년풍진초한(八年風塵楚漢)** 초나라와 한나라 간에 팔년 동안 벌어졌던 전쟁.
[133]. **진평(陳平)** 전한의 공신으로 지모(智謀)가 뛰어나 여섯 가지 기이한 계책으로 고조(高祖)를 도와 천
하를 평정하였다.
[134]. **이사(李斯)** 진시황 때의 정승.

의 명필로 수명우천(受命于天) 기수영창(旣壽永昌)[135]이라 옥새(玉璽)를 만들어 만세 유전을 하였으니 옥이 어이 되오리까?"

"그러면 네가 무엇이냐? 해당화냐?"

"해당화라니 당치않소. 명사십리 아니어든 해당화가 되오리까?"

"그러면 네가 무엇이냐? 밀화(密花), 금패(錦貝), 호박(琥珀), 진주(眞珠)냐?"

"아니, 그것도 당치않소. 삼정승, 육판서, 대신 재상, 팔도 방백, 수령님 네 갓끈 풍잠(風簪) 다 하고서 남은 것은 경향의 일등 명기 지환 벌 허다히 다 만드니 호박 진주 부당하오."

"네가 그러면 대모(玳瑁) 산호냐?"

"아니, 그것도 아니오. 대모 간(間) 큰 병풍을 산호로 난간을 하여 광리왕(廣利王)[136] 상량문(上樑文)이 수궁 보물 되었으니 대모 산호가 부당하오."

"네가 그러면 반달이냐?"

"반달이라니 당치않소. 오늘 밤 초생(初生) 아니어든 벽공(碧空)에 돋은 밝은 달 내가 어찌 기울이리까?"

"네가 그러면 무엇이냐? 날 흘려먹는 불여우냐? 네 어머니 너를 낳아 곱고 곱게 길러내어 나를 흘려먹으라고 생겼느냐? 사랑 사랑 사랑이야. 내 간간 내 사랑이야. 네가 무엇을 먹으려는 것이냐? 생률, 숙률을 먹으려는

<hr>

135. **기수영창(旣壽永昌)** 하늘에서 명을 받았으니 이미 수(壽)하며 길이 번창할지라.
136. **광리왕(廣利王)** 남해(南海)의 해신(海神).

것이냐? 둥글둥글 수박 꽁지 대모 장도 잘 드는 칼로 뚝 떼고 강릉 백청(白淸)을 두루 부어 은수저로 붉은 점 한 점을 먹으려느냐?"

"아니, 그것도 내사 싫소."

"그러면 무얼 먹겠느냐? 시금털털 개살구를 먹겠느냐?"

"아니, 그것도 내사 싫소."

"그러면 이것을 먹으려느냐? 돼지 잡으랴? 개 잡아 주랴? 내 몸 통째 먹으려느냐?"

"여보 도련님, 내가 사람 잡아먹는 것 보았소?"

"에라 요것, 안 될 말이로다. 어화 둥둥 내 사랑이지. 이애 춘향아, 내리려무나. 백사만사가 다 품앗이가 있느니라. 내 너를 업었으니 너도 나를 업어야지."

"애고, 도련님은 기운이 세어서 나를 업으시거니와 나는 기운이 없어 못 업겠소."

"업는 수가 있느니라. 도두 업으려 말고 발이 땅에 자운자운하게 뒤로 잦은 듯 업어다오."

도련님을 업고 툭 추켜놓으니 대종이 틀렸구나.

"애고, 잡성스러워라."

이리 흔들 저리 흔들,

"내가 네 등에 업혀 놓으니 마음이 어떠냐? 나는 너를 업고 좋은 말 하였으니 너도 나를 업고 좋은 말 해야지."

"좋은 말을 하오리다. 들으시오."

부열(傳說)[137]이를 업은 듯

여상(呂尚)[138]이를 업은 듯

흉중대략(胸中大略)을 품었으니

명만일국(名滿一國)의 대신이 되어

주석지신(柱石之臣), 보국충신(輔國忠臣) 모두 헤아리니

사육신을 업은 듯, 생육신을 업은 듯

일선생, 월선생, 고운선생(孤雲先生)[139] 업은 듯

제봉(霽峰)[140]을 업은 듯 요동백(遼東伯)[141]을 업은 듯

정송강을 업은 듯, 충무공을 업은 듯

우암(尤庵), 퇴계(退溪), 사계(沙溪)[142]

명재(明齋)[143]를 업은 듯

내 서방이시지 내 서방, 알뜰 간간 내 서방

진사 급제 대(臺) 받쳐 직부 주서(注書) 한림 학사

이렇듯이 된 연후에

부승지, 좌승지, 도승지로 벼슬에 올라

팔도 방백 지낸 후에

내직으로 각신(閣臣), 대교(待敎), 복상(卜相)

대제학(大提學), 대사성, 판서

좌상, 우상, 영상, 규장각 하신 후에

내삼천(內三千), 외팔백(外八百),[144] 주석지신

---

137. **부열(傳說)** 중국 은나라 고종 때의 정승.

138. **여상(呂尚)** 강태공의 다른 이름.

139. **고운선생(孤雲先生)** 최치원(崔致遠).

140. **제봉(霽峰)** 고경명(高敬命).

141. **요동백(遼東伯)** 김응하(金應河).

142. **사계(沙溪)** 김장생(金長生).

143. **명재(明齋)** 윤증(尹拯).

144. **외팔백(外八百)** 이조의 관제. 내직이 삼천 과(窠), 외직이 팔백 과임.

내 서방 알뜰 간간 내 서방이시지.
제 손수 농즙(濃汁) 나게 문질렀구나.

"춘향아, 우리 말놀음이나 하여보자."
"애고, 참 우스워라. 말놀음이 무엇이오?"
말놀음 많이 하여본 듯이
"천하에 쉽지야. 너와 나와 벗은 김에 너는 온 방바닥을 기어다녀라. 나
는 네 궁둥이에 딱 붙어서 네 허리를 잔뜩 끼고 볼기짝을 내 손가락으로
탁 치면서 '이랴!' 하거든, '흐흥' 그리고 퇴금질로 물러서며 뛰어라. 알심
있게 뛰어놀면 탈 승(乘) 자 노래가 있느니라.

타고 노자 타고 노자
헌원 씨(軒轅氏)[145] 간과(干戈)를 써서 능히 큰 안개를 지어
치우(蚩尤) 탁녹야[146]에 사로잡고
승전 고를 울리면서 지남거(指南車)를 높이 타고
하우 씨(夏禹氏)[147] 구년 치수 다스릴 제
육행 승거(隆行乘車) 높이 타고
적송자(赤松子) 구름 타고
여동빈(呂洞賓)[148] 백로 타고
이태 백 고래 타고
맹호연(孟浩然)[149] 나귀 타고

<hr />

[145] 헌원씨(軒轅氏) 중국 고대 오제의 하나인 황제.
[146] 탁녹야 황제가 병란을 좋아한 제후 치우를 죽인 곳.
[147] 하우씨(夏禹氏) 중국 고대 오제의 하나인 황제.
[148] 여동빈(呂洞賓) 중국 고대의 성군(聖君).

태을선인(太乙仙人) 학을 타고

대국천자(大國天子)[150] 코끼리 타고

우리 전하(殿下)는 연(輦)을 타고

삼정승(三政丞)은 평교자(平轎子)를 타고

육판서(六判書)는 초헌 타고

훈련대장은 수레 타고

각 읍 수령은 독교(獨轎) 타고

남원 부사는 별연(別輦) 타고

일모장강(一暮長江) 어옹(漁翁)들은 일엽편주 도도 타고

나는 탈 것 없었으니

금야 삼경 깊은 밤에

춘향 배를 넌짓 타고

홀이불로 돛을 달아

내 기계로 노를 저어

오목섬을 들어가니

순풍에 음양수(陰陽水)를

시름없이 건너갈 제

말을 삼아 탈 양이면

걸음걸이 없을쏘냐

마부도 내가 되어

네 구종[151]을 넌지시 잡아

구종 걸음 반부새[152]로 뚜벅뚜벅 걸어라.

기총마 뛰듯 뛰어라.

149. **맹호연(孟浩然)** 당의 신선.
150. **대국천자(大國天子)** 중국 제왕을 일컫는 말.
151. **구종(驅從)** 벼슬아치를 따라다니던 하인. 특히 말 구종이 되어 말 고삐를 잡고 다니던 하인.
152. **반부새** 말(馬)이 조금 거칠게 닫는 것.

온갖 장난을 다 하고 보니 이런 장관이 또 있으랴. 이팔 이팔 둘이 만나 미친 마음 세월 가는 줄 모르는가 보더라.

이
별

이때 뜻밖에 방자 나와,

"도련님! 사또께옵서 부릅시오."

도련님 들어가니 사또 말씀하시되,

"여봐라! 서울서 동부승지(同副承旨)의 교지가 내려왔다. 나도 문부사정(文簿査定)[1]하고 갈 것이니 너는 내행(內行)을 모시고 오늘로 떠나거라."

도련님 부교(父敎) 듣고 한편 반가우나 한편 춘향을 생각하니 가슴이 답답하여 사지의 맥이 풀리고 간장이 녹는 듯, 두 눈에서 더운 눈물이 퍽퍽 솟아 고운 얼굴을 적시거늘 사또 보시고,

"너 왜 우느냐? 내가 남원에서 일생을 살 줄 알았더냐? 내직으로 승차되니 섭섭히 생각 말고 오늘부터 치행(治行) 차비

---

[1] **문부사정(文簿査定)** 문서나 장부상의 일을 조사하고 처리함.

를 급히 차려 내일 오전으로 떠나거라."

겨우 대답하고 물러나와 내아에 들어가 사람의 상중하를 막론하고 모친께는 허물이 적은지라 춘향의 말을 울며 청하다가 꾸중만 실컷 듣고 춘향의 집으로 가는데, 설움은 기가 막히나 길거리에서 울 수 없어 참고 나오는데 속에서는 두 간장이 끊어지듯 하더라.

춘향 문전에 당도하니 통째 건더기째 보째 왈칵 쏟아져 나오니,

"어푸어푸 어허."

춘향이 깜짝 놀라 왈칵 뛰어 내달아,

"애고, 이게 웬일이오? 안으로 들어가시더니 꾸중을 들으셨소? 노상에 오시다가 무슨 분함 당하셨소? 서울서 무슨 기별이 왔다더니 중복(重服)²을 입으셨소? 점잖으신 도련님이 이것이 웬일이오?"

춘향이 도련님 목을 담쑥 안고 치맛자락을 걷어 잡고 고운 얼굴에 흐르는 눈물을 이리 씻고 저리 씻으면서,

"우지 마오, 우지 마오."

도련님 기가 막혀 울음이란 게 말리는 사람이 있으면 더 울게 되는 것이었다.

춘향이 화를 내어,

"여보 도련님, 입 보기 싫소. 그만 울고 내력이나 말하시오."

"사또께옵서 동부승지로 승차하셨다."

---

2. **중복(重服)** 대공(大功) 이상의 상복(喪服).
3. **혼정신성(昏定晨省)** 조석으로 부모의 안부를 물어서 살핌.

춘향이 좋아하며,

"댁의 경사요. 그래서 그러면 왜 운단 말이오?"

"너를 버리고 갈 터이니 내 아니 답답하냐?"

"언제는 남원 땅에서 평생 사실 줄 알았소? 나와 어찌 함께 가기를 바라리오. 도련님 먼저 올라가시면 나도 예서 팔 것 팔고 추후에 올라갈 것이니 아무 걱정 마시오. 내 말대로 하면 군색하지 않고 좋을 것이오. 내가 올라가더라도 도련님 큰댁으로 가서 살 수 없을 것이니 큰댁 가까이 조그마한 집 방이나 두엇 되면 족하오니 염탐하여 두소서. 우리 식구 가더라도 공밥 먹지 아니할 터이니 그렁저렁 지내다가, 도련님 나만 믿고 장가 아니 갈 수 있소? 부귀 영총(榮寵) 재상가의 요조숙녀 가리어서 혼정신성(昏定晨省)[3]할지라도 아주 잊진 마옵소서. 도련님 과거하여 벼슬이 높아져 외방(外房) 가면 신래(新來)[4] 마마(媽媽)[5] 치행할 제 마마로 내세우면 무슨 말이 되오리까? 그리 알아 조처하오."

"그게 될 법한 말이냐? 사정이 그렇기로 네 말을 사또께는 못 여쭙고 대부인께 여쭈오니 꾸중이 대단하시며, 양반의 자식이 부형을 따라 하행(下行) 왔다가 화방작첩(花房作妾)[6]하여 데려간단 말이 앞길에도 해롭고 조정에 들어가면 벼슬도 못한다고 말씀하시는구나, 불가불 이별이 될 수밖에 별 수 없다."

[4.] **신래(新來)** 새로 과거에 급제한 사람.
[5.] **마마(媽媽)** 높은 벼슬아치의 첩을 높여 부르는 말.
[6.] **화방작첩(花房作妾)** 기생집에서 첩을 얻음.

춘향이 이 말을 듣더니 금시 낯빛이 변하여 요두전목(搖頭轉目)[7]에 붉으락푸르락 눈을 가느스름하게 뜨고 눈썹이 꼿꼿하여지면서 코가 발심발심하며, 이를 뽀도독 뽀도독 갈며 온몸을 수숫잎 틀 듯하며, 매가 꿩을 차는 듯하고 앉더니,

"허허 이게 웬 말이오?"

왈칵 뛰어 달려들며 치맛자락도 와드득 좌르르 찢어 버리고 머리도 와드득 쥐어뜯어 싹싹 비벼 도련님 앞에다 던지면서,

"무엇이 어쩌고 어째요? 이것도 쓸데없다."

명경(明鏡), 체경(體鏡), 산호죽절(珊瑚竹節)을 두루쳐 방문 밖에 탕탕 부딪치며 발을 동동 굴러 손뼉 치고 돌아앉아서 자탄가(自歎歌)로 울며 하는 말이,

"서방 없는 춘향이가 세간살이 무엇 하며 단장하여 뉘 눈에 곱게 보일꼬. 몹쓸 년의 팔자로다 이팔 청춘 젊은것이 이리 될 줄 어찌 알랴. 부질없는 이내 몸은 허망하신 말씀으로 앞날의 신세 버렸구나. 애고 애고, 내 신세야."

천연히 돌아앉아,

"여보 도련님! 지금 막 하신 말씀 참말이오, 농말이오? 우리들이 처음 만나 백년언약 맺을 적에 대부인(大夫人) 사또께옵서 시키시던 일이오니까? 핑계가 웬 말이오? 광한루서 잠깐 보고 내 집에 찾아와서 침침무인(沈沈無

---

[7] 요두전목(搖頭轉目) 머리를 흔들며 눈을 휘돌림.
[8] 침침무인(沈沈無人) 인적 없고 쓸쓸한 모양.

人)⁸ 야삼경에 도련님은 저기 앉고 춘향 저는 여기 앉아 저한테 하신 말씀 '구맹불여천맹(丘盟不如天盟)⁹이요 산맹불여천맹(山盟不如天盟)¹⁰이라고 전년 오월 단오야(夜)에 내 손목 부여잡고 우둥퉁퉁 밖에 나와 당중(堂中)에 우뚝 서서 경경(耿耿)히 밝은 하늘 천번이나 가리키며 만번이나 맹세키로 내 정녕 믿었더니, 말경에 가실 제는 똑 떼어버리시니 이팔 청춘 젊은 것이 낭군 없이 어찌 살꼬. 침침한 빈방에서 긴긴 가을 밤에 이 시름을 다 어이할꼬. 애고 애고, 내 신세야. 모질도다, 모질도다. 도련님이 모질도다. 독하도다. 독하도다. 서울 양반 독하도다. 원수로다. 원수로다 존비 귀천 원수로다. 천하에 다정한 게 부부 정이 유별하건만 이렇듯 독한 양반 이 세상에 또 있을까 애고 애고, 내 일이야. 여보 도련님, 춘향 몸이 천하다고 함부로 버리셔도 그만인 줄로 알지 마오. 팔자 사나운 춘향이가 입이 써서 밥 못 먹고 잠 안 와 잠 못 자면 며칠이나 살 듯하오? 상사(相思)로 병이 들어 애통하다 죽게 되면 슬프고 원통한 이 혼신이 원귀가 될 것이니 존중하신 도련님께 그건들 재앙이 아니겠소? 사람의 대접을 그리 마오. 죽고 싶구나. 애고 애고, 서러워라."

한참 이리 자진(自盡)하여 슬피 울 제 춘향 모는 영문도 모르고,

"애고 저것들 또 사랑 쌈 났구나. 어 참 아니꼽다. 눈구석에 쌍 가래톳 설 일 많이 보네."

하고 아무리 들어도 울음이 장차 길기로, 하던 일을 밀쳐놓고 춘향 방 영

---

^{9.} **구맹불여천맹(丘盟不如天盟)** 언덕을 두고 맹세하는 것은 하늘을 두고 맹세하는 것만 같지 못함.
^{10.} **산맹불여천맹(山盟不如天盟)** 산을 두고 맹세하는 것은 하늘을 두고 맹세하는 것만 같지 못함.

창 밖으로 가만가만 들어가며 아무리 들어도 이별이더라.

"허허, 이것 별일 났다."

두 손뼉 땅땅 마주치며,

"허허 동네 사람 다 들어보오. 오늘날로 우리 집에 사람 둘 죽습네."

두 칸 마루 덥석 올라 영창 문을 두드리며 우르르 달려들어 주먹을 겨누면서,

"이년 이년, 썩 죽어라 살아서 쓸데없다 너 죽은 시체라도 저 양반이 지고 가게, 저 양반 올라가면 뉘 간장을 녹이려느냐? 이년 이년, 말 듣거라 내 일상 이르기를, 후회되기 쉽느니라 도도한 마음 먹지 말고 여염 사람 가리어서 형세와 지체가 너와 같고 재주와 인물이 모두 너와 같은 봉황의 짝을 얻어 내 앞에서 노는 양을 내 눈으로 보았으면 너도 좋고 나도 좋지. 마음이 도도하여 남과 별로이 다르더니 잘 되고 잘 되었다."

두 손뼉 꽝꽝 마주치면서 도련님 앞에 달려들어,

"나와 말 좀 하여봅시다. 내 딸 춘향을 버리고 간다 하니 무슨 죄로 그러시오? 춘향이가 도련님을 모신 것이 거의 일 년 되었으니 행실이 그르던가, 예절이 그르던가? 바느질이 그르던가, 언어가 불순하던가? 잡스런 행실을 가져 노류장화[11] 음란턴가, 무엇에 그르던가? 이 봉변이 웬일인가? 군자가 숙녀를 버리는 법, 칠거지악(七去之惡) 아니면 못 버리는 줄 모르는가? 내 딸 춘향 어린것을 밤낮으로 사랑할 제 안고 서고 눕고 지며 백 년

---

[11]. **노류장화(路柳墻花)** 누구라도 꺾을 수 있는, 길가의 버들과 담 밑의 꽃. 곧 창부(娼婦)를 비유로 이르는 말.

삼만육천 일을 떠나서 살지 말자 하고 밤낮으로 어루더니 말경에 가실 제는 뚝 떼어버리시니 버드나무 가지가 많다 한들 가는 봄바람을 어이 막으며 꽃 지고 잎 진 다음에 그 어느 나비 다시 올까. 백옥 같은 내 딸 춘향의 꽃 같은 몸도 세월이 장차 늙어 고운 얼굴이 백수(白首) 되면 시호시호 부재래(時乎時乎不再來)¹²라 다시 젊어지지는 못하는 것이니, 무슨 죄가 많아서 백 년을 헛되이 하오리까? 도련님 가신 후에 내 딸 춘향 임 그릴 제 달 밝은 깊은 밤에 쌓이고 쌓인 수심에 어린 것이 주인 생각 저절로 나서, 초당 앞 섬돌 위에 담배 피워 입에 물고 이리저리 다니다가 불꽃 같은 시름과 임 생각이 가슴에서 솟아나 손 들어 눈물 씻고 후유 한숨을 길게 쉬고, 북편을 가리키며 한양 계신 도련님도 나와 같이 그리워하시는지, 무정하여 아주 잊고 편지 한 장 아니 하시면 잦은 한숨과 듣는 눈물로 곱고 어여쁜 얼굴 다 적시고, 제 방으로 들어가서 의복도 아니 벗고 외로운 베개 위에 벽을 안고 돌아누워 밤낮으로 길게 한숨지며 우는 것은 병 아니고 무엇이오?

시름 상사 깊이 든 병 내 고쳐주지 못하여 원통히 죽는다면 칠십 당년 늙은 것이 딸 잃고 사위 잃고 태백산 갈가마귀 게 발을 물어다 던지듯이 혈혈단신 이내 몸이 뉘를 믿고 산단 말인가. 남 못할 일 그리 마오. 애고 애고, 서럽구나. 못하시오, 몇 사람 신세를 망치려고 아니 데려가오? 도련님 대가리가 둘 돋쳤소. 애고, 무서워라 이 쇠띵띵아."

<hr />

¹² **시호시호 부재래(時乎時乎不再來)** 때가 가면 다시 오지 않는 법이 라는 말.

왈칵 뛰어 달려드니 이말 만일 사또 귀에 들어가면 큰 야단이 나겠거든,

"여보소 장모, 춘향만 데려가면 그만 아니오."

"그래 아니 데려가고 견뎌낼까?"

"너무 넘벼들지 말고 여기 앉아 말 좀 듣소. 춘향을 데려간대도 가마쌍교(駕馬雙轎) 말을 태워 가자 하니 필경에는 이 말이 날 것인즉 달리는 변통할 수 없고, 내 이 기막힌 중에서도 꾀 하나를 생각하고 있네마는 이 말이 입 밖에 나면 양반 망신만 하는 게 아니라 우리 선조 양반이 모두 망신을 할 일이로세."

"무슨 말이 그리 좋은 말이 있단 말인가?"

"내일 내행(內行)이 나오실 제 내행 뒤에 신주 모신 짐이 나올 터이니 배행(陪行)은 내가 하겠네."

"그래서 어쩐다는 것이오?"

"그만하면 알겠지."

"나는 그 말 모르겠소."

"신주(神主)는 모셔내어 내 장옷 소매에다 모시고 춘향은 요여(腰輿)[13]에다 태워 갈밖에 수가 없네. 걱정 말고 염려 마소."

춘향이 그 말 듣고 도련님을 물끄러미 바라보더니,

"마소 어머니, 도련님 너무 조르지 마소. 우리 모녀의 평생 신세가 도련님의 장중(掌中)에 매였으니 알아 하시라 당부나 하오. 이번엔 아무래도 이별할 밖에 수가 없사오니, 기왕에 이별이 될 바에는 가시는 도련님을 어이 조르리까마는 우선 갑갑하여 그러는 것 아니오? 어머니 그만 건넌방으

로 가옵소서. 내일은 이별이 되는가 보오. 애고 애고, 내 신세야. 이별을 어찌할꼬. 여보 도련님."

"왜?"

"여보 참으로 이별을 할 터이오?"

촛불을 돋워 켜고 둘이 서로 마주앉아, 갈 일을 생각하고 보낼 일 생각하니 정신이 아득하고 한숨질과 솟는 눈물에 흐느껴 울며, 얼굴도 대어보고 손발을 만져보며,

"날 볼 날이 몇 밤이오? 애닲다. 나쁜 수작도 오늘 밤이 마지막이니 나의 서러운 원정(原情) 들어 보오. 육순에 가까운 저의 모친 일가친척 하나 없고 다만 외딸 저 하나라, 도련님께 의탁하여 영귀할까 바랐더니 조물(造物)이 시기하고 귀신이 방해하여 이 지경이 되었구나, 애고 애고, 내 일이야. 도련님 올라가면 나는 누구를 믿고 사오리까? 천추에 사무치는 나의 회포 주야 생각 어이하리. 배꽃, 복사꽃 활짝 필 제 수변(水邊) 행락(行樂) 어이하며, 황국 단풍 늙어갈 제 외로운 시절을 어이할꼬. 독수공방 긴긴 밤에 전전반측 어이하리. 쉬 나니 한숨이요, 뿌리나니 눈물이오. 적막강산 달 밝은 밤에 두견새 우는 소리를 누가 막을 것이오며, 춘하추동 사시절에 첩첩이 쌓인 경물(景物) 보는 것도 수심이요, 듣는 것도 수심이라."

애고 애고 슬피 울 제 이 도령이 하는 말이,

"춘향아, 울지 마라. '부술소관 첩재오(夫戍蕭關妾在吳)'¹⁴라, 소관의 부

---

¹³. **요여(腰輿)** 장사 뒤에 혼백과 신주를 모시고 돌아오는 상여.
¹⁴. **부술소관 첩재오(夫戍蕭關妾在吳)** 남편은 수관에 수자리살이 가고 아내는 오나라에 남아 있다는 뜻.

소(夫蕭)들과 오나라 출정한 군인의 아내들도 동서쪽에 간 임이 그리워 규중심처 늙어 있고, '정객관산 노기중(征客關山路幾重)' [15]에 관산의 정객(征客)이며 녹수부용(綠水芙蓉) 연 뿌리를 캐는 여자도 부부신정(夫婦新情)이 두텁다가 달빛 어린 가을 산이 고요한데 연을 캐어 임 생각하니, 나 올라간 뒤에라도 창 앞에 달 밝거든 천리상사(千里相思) 부디 마라. 너를 두고 가도 내가 일일(一日) 평분(平分) 십이시(十二時)를 낸들 어이 무심하랴. 울지 마라. 울지 마라."

춘향이 또 우는 말이,

"도련님 올라가면 살구꽃 피고 봄바람 부는 거리거리마다 취하는게 장진주(將進酒)요, 청루미색이라 집집마다 보시나니 미색이요, 곳곳에 풍악소리 간 곳마다 화월(花月)이라. 호색(好色)하신 도련님 주야로 호강하실 때에 나 같은 먼 시골 천첩이야 손톱만치나 생각하오리까? 애고 애고, 내 일이야."

"춘향아, 울지 마라. 한양성 남북촌에 옥인가인(玉女佳人) 많다마는 규중심처 깊은 정 너밖에 없었다. 내 아무리 대장부인들 잠시인들 잊을쏘냐?"

서로 피차 기가 막혀 연연 이별 못 떠나는 것이었다.

도련님을 모시고 갈 후배사령(後陪使令)[16]이 나올 때에 헐떡헐떡 들어오며,

---

15. **정객관산 노기중(征客關山路幾重)** 출정한 남편은 고향 산천에서 얼마나 떨어져 있을까?
16. **후배사령(後陪使令)** 뒤에 모시고 따르는 사령.

"도련님, 어서 행차하옵소서. 안에서 야단났소. 사또께옵서 도련님 어디 가셨느냐 하옵기에 소인이 여쭙기를, '놀던 친구 작별하려고 문 밖에 잠깐 나가셨습니다'라고 하였사오니 어서 행차하옵소서."

"말 대령하였느냐?"

"말 마침 대령하였소."

백마욕거장시(白馬欲去長嘶)하고 청아석별견의[17]로다. 말은 가자고 네 굽을 치는데 춘향은 마루 아래 뚝 떨어져 도련님 다리를 부여잡고,

"날 죽이고 가면 갔지 살리고는 못 가고 못 가느니."

말 못하고 기절하니 춘향 모 달려들어,

"향단아, 찬물 어서 떠오너라. 차를 달여 약 갈아라. 네 이 몹쓸 년아, 늙은 어미 어쩌려고 몸을 이리 상하느냐?"

춘향이 정신차려,

"애고, 갑갑하여라."

춘향의 모가 기가 막혀,

"여보 도련님, 남의 생때같은 자식을 이 지경이 웬일이오? 절곡(節曲)한 우리 춘향 애통하여 죽게 되면 혈혈단신 이내 신세 누구를 믿고 살란 말이오?"

도련님 어이없어,

"이봐 춘향아, 네가 이게 웬일이냐? 나를 영영 안 보려느냐? 하량낙일수

---

17. **백마욕거장시(白馬欲去長嘶)하고 청아석별견의(青娥惜別牽衣)** 백마는 떠나자고 길게 우는데 푸른 옷입은 여인은 안타까운 이별에 옷을 이끄는구나.

운기(河梁落日愁雲起)[18]는 소통국(蘇通國)의 모자 이별,[19] 정객관산 노기중의 오희월녀(吳姬越女)[20] 부부 이별, 편삽수유(編揷茱萸) 소일인(少一人)[21]은 용산(龍山)의 형제 이별, 서출양관(西出陽關) 무고인(無故人)[22]은 위성(渭城)의 붕우 이별, 그런 이별 많다 해도 소식 들을 때가 있고 서로 만날 날이 있었으니, 내가 이제 올라가서 장원 급제하고 출신(出身)하여 너를 데려갈 것이니 울지 말고 잘 있거라. 울음을 너무 울면 눈도 붓고 목도 쉬고 골머리도 아프니라. 돌이라도 망두석(望頭石)[23]은 천만 년이 지나가도 광석(壙石)[24]될 줄은 모르며, 나무라도 상사목(相思木)은 창 밖에 우뚝 서서 일 년 춘절 다 지나되 잎이 필 줄 모르며, 병이라도 울화병은 자나깨나 잊지 못하고 죽느니라. 네가 나를 보려거든 설워 말고 잘 있거라.”

춘향이 할 수 없어,

“여보 도련님, 내 손의 술이나 마지막으로 잡수시오. 행찬(行饌) 없이 가시려면 제가 드리는 찬합 간직하셨다가 숙소참에서 주무실 때에 저 본 듯이 잡수시오. 향단아. 찬합 술병 내오너라.”

춘향이 한잔 술 가득 부어 눈물 섞어 드리면서 하는 말이,

“한양성 가시는 길에 강가에 늘어선 푸른 나무들은 제 작별의 서러움을

---

18. **하량낙일수운기(河梁落日愁雲起)** 강에 놓은 다리에서 해질 무렵 수심어린 구름이 일어나네.
19. **소통국(蘇通國)의 모자 이별** 한나라 소식(蘇式)의 아들 통국이 그 모친 호녀(胡女)와 이별한 고사.
20. **오희월녀(吳姬越女)** 오나라와 월나라의 미인.
21. **편삽수유(編揷茱萸) 소일인(少一人)** 모두 수유를 머리에 꽂았는데 다만 나 한 사람이 없을 뿐이로다.
22. **서출양관(西出陽關) 무고인(無故人)** 서쪽으로 양관을 나면 옛 친구가 없으리라.
23. **망두석(望頭石)** 무덤 앞에 세우는 두 개의 돌기둥.
24. **광석(壙石)** 무덤 속에 묻는 지석(誌石).

머금었으니 제 정을 생각하시고, 천시가절(天時佳節) 때가 되어 세우(細雨)가 분분커든 노상행인욕단혼(路上行人欲斷魂)[25]이라. 말에 오른 채 지치시어 병이 날까 염려되니 방초무초(芳草茂草) 저문 날에는 일찍 들어 주무시고 아침날 풍우상(風雨狀)에 늦게야 떠나시며, 한 채찍 천리마로 모실 사람 없사오니 부디부디 천금같이 귀하신 몸 조심하여 천천히 걸으시옵소서. 푸른 가로수가 우거져 늘어선 진나라 서울길 같은 길에 평안히 행차하옵시고 일자음신(一字音信) 듣사이다. 종종 편지나 하옵소서."

도련님 하는 말이,

"소식 듣기는 걱정 마라. 요지(瑤池)의 서왕모(西王母)도 주목왕(周穆王)[26]을 만나려고 한 쌍의 파랑새를 보내어 수천 리 멀고 먼 길에 소식을 전하였으며, 한무제[27] 중랑장(中郎將)[28]은 상림원(上林苑)[29] 군부(君夫) 앞에 일척의 금서(錦書)[30]를 보냈으니 흰 비둘기와 파랑새가 없을망정 남원 인편(人便)조차 없을쏘냐? 서러워 말고 잘 있거라."

말을 타고 하직하니, 춘향이 기가 막혀 하는 말이,

"우리 도련님이 가네 가네 하여도 거짓말로 알았더니 말 타고 돌아서니 참말로 가는구나."

---

[25]. 노상행인욕단혼(路上行人欲斷魂) 길가는 사람의 애를 태운다.
[26]. 주목왕(周穆王) 이름은 만(滿). 소왕(昭王)의 아들로, 신선을 좋아하던 임금.
[27]. 한무제 이름은 철(徹). 경제(景帝)의 아들로, 역시 신선을 좋아함.
[28]. 중랑장(中郎將) 한 대의 잡호(雜號) 중랑장의 하나.
[29]. 상림원(上林苑) 한무제의 궁정 정원.
[30]. 금서(錦書) 기러기 다리에 달아맨 서신.

춘향이가 마부 불러,

"마부야, 내가 문 밖에 나설 수가 없는 터이니 말을 붙들어 잠깐 지체하여라. 도련님께 한 말씀 여쭈련다."

춘향이 내달아,

"여보 도련님, 이제 가시면 언제나 오시려오. 사철 소식 끊어질 절(絶), 보내느니 아주 영절(永絶), 녹죽·청송·백이숙제(伯夷叔齋)[31] 만고 충절(忠節), 천산(千山)에 조비절(鳥飛絶),[32] 와병에 인사절(人事絶),[33] 죽절(竹節), 송절(松節), 춘하추동 사시절, 끊어져 단절(斷絶), 분절(分節), 훼절(毁節), 도련님은 날 버리고 박절히 가시니 속절없는 이내 정절(貞節), 독숙공방 수절할 때 어느 때나 파절(破節)할꼬. 첩의 원정 슬픈 곡절, 주야 생각 미절(未絶)할 제 부디 소식 돈절(頓絶) 마오."

대문 밖에 거꾸러져 섬섬한 두 손길로 땅을 쾅쾅 치며,

"애고 애고, 내 신세야."

'애고' 일성(一聲) 하는 소리,

> 누른 먼지 흩어지니 바람은 쓸쓸하고 (黃埃散漫風蕭索)
> 깃발에 빛이 없으니 햇빛조차 저물어가네. (旌旗無光日色薄)

엎어지며 자빠질 제 서운찮게 갈 양이면 몇 날 며칠이 되는지 모를레

---

31. **백이숙제(伯夷叔齋)** 은나라 말기의 두 절사(節士).
32. **천산(千山)에 조비절(鳥飛絶)** 모든 산에는 새 날아감이 끊어지고.
33. **와병에 인사절(人事絶)** 병 들어 누웠으매 인적이 끊어지고.

라. 도련님이 타신 말은 준마가편(駿馬加鞭)이 아니냐. 도련님 눈물 떨어뜨리고 훗날 기약을 당부하고 말을 채쳐 가는 양은 광풍의 조각구름과 같았더라.

이때 춘향이 하릴없어 자던 침방으로 들어가서,

"향단아! 주렴 걷고 안석(案席) 밑에 베개 놓고 문 닫아라. 도련님을 생시에는 만나보기 망연하니 잠이나 들면 꿈에나 만나보자. 예로부터 이르기를, 꿈에 와 보이는 임은 신(信)이 없다고 일렀건만 탐탐히 기릴진대 꿈 아니면 어이 보리.[34] 꿈아 꿈아, 너 오너라, 수심 첩첩 한(恨)이 되어 몽불성(夢不成)을 어이하랴. 애고 애고, 내 일이야.

인간 이별 만사 중에 독수공방 어이하리. 임 그리며 잠 못 이루는 내 심정, 그 뉘라서 알아주리. 미친 마음 이렁저렁 흩어진 근심 걱정 후리쳐 다 버리고, 자나 누우나 먹고 깨나 임 못 보아 가슴 답답, 어린 모습 고운 소리 귀에 쟁쟁하여 보고지고 보고지고 임의 얼굴 보고지고, 듣고지고 듣고지고 임의 소리 듣고지고. 전생에 무슨 원수로 우리 둘 생겨나서 그리운 상사(相思), 한데 만나 잊지 말자 처음 맹세, 죽지 말고 한데 있어 백년기약 맺은 맹세, 천금주옥(千金珠玉)은 꿈 밖이요, 세상의 모든 일을 관계하랴, 근원 흘러 물이 되고 깊고 깊고 다시 깊고, 사랑 모여 뫼가 되어 높고 높고 다시 높아 끊어질 줄 모르거늘 무너질 줄 어이 알리. 귀신이 방해하고 조

---

[34] 꿈에 와 보이는 임은 신(信)이 없다고 일렀건만 탐탐히 기릴진대 꿈 아니면 어이 보리 명옥(明玉)의 시조 중 한 구.

물이 시기한다. 하루아침에 낭군을 이별하니 어느 날에 만나보리. 온갖 근심과 한이 가득하여 끝끝내 느꺼워라. 옥안운빈(玉顏雲鬢)[35] 헛되이 늙는 한(恨)이 해와 달이 무정하다. 오동추야 달 밝은 밤은 어이 그리 더디 새며, 녹음방초 비낀 곳에 해는 어이 더디 가는고. 이 그리운 마음 알으시면 임도 나를 그리워하련만 독숙공방 홀로 누워 다만 한숨 벗이 되고 구곡간장(九曲肝腸)[36] 굽이쳐서 솟아나니 눈물이라. 눈물 모여 바다 되고 한숨지어 청풍 되면 일엽주를 잡아타고 한양 낭군 찾으련만 어이 그리 못 보는고, 우수(憂愁) 명월 달 밝은 때 설심도군(爇心都君)[37] 느끼오니 분명한 꿈이로다.

달 걸린 밤 두견성은 임 계신 곳 비추련만 심중에 품은 수심 나 혼자뿐이로다. 밤 빛이 창망한데 까물까물 비치는 게 창 밖에 반딧불 빛이로다. 밤은 깊어 삼경인데 앉았은들 임이 올까, 누웠은들 잠이 올까. 임도 잠도 아니 온다. 이 일을 어이하리. 아마도 원수로다. 흥진비래(興盡悲來) 고진감래(苦盡甘來)[38] 예로부터 있건마는 기다림도 적지 않고 그린 지도 오래건만, 일촌(一寸) 간장에 굽이굽이 맺힌 한을 임 아니면 뉘게다 풀꼬. 명천(明天)이여, 보살피어 수이 보게 하옵소서. 다하지 못한 인정 다시 만나 백발이 다하도록 이별 없이 살고지고. 묻노라 독수청산, 우리 임 초췌한 행색,

---

[35] **옥안운빈** 여자의 얼굴과 귀 밑의 탐스러운 머리.
[36] **구곡간장(九曲肝腸)** 굽이굽이 사무친 마음 속.
[37] **설심도군** 심향(心香)을 태우면서 사명 도군에서 비는 것.
[38] **흥진비래(興盡悲來) 고진감래(苦盡甘來)** 기쁨이 다하면 슬픔이 오고 고생이 다하면 즐거움이 온다는 뜻.

갑자기 이별한 후에 소식조차 끊어졌구나. 인비목석(人非木石) 아닐진대 임도 응당 느끼리라. 애고 애고, 내 신세야."

하늘을 우러러 탄식하며 세월을 보내는데 이때 도련님은 올라갈 때 숙소마다 잠 못 이뤄,

"보고지고, 나의 사랑 보고지고. 낮이나 밤이나 잊지 못하는 우리 사랑, 날 보내고 그린 마음 속히 만나 풀리라."

날이 가고 달이 감에 따라 일구월심(日久月深) 마음을 굳게 먹고 등과(登科) 외방(外方)[39]만 기다리더라.

---

[39] 외방(外方) 서울 밖의 모든 지방.

절개

　수삭 만에 신관 사또 났으되 자하골 변학도(卞學徒)라 하는 양반이 오는데 문필도 유려하고 인물과 풍채도 활발하고 풍류속에 달통하여 외입(外入)속이 넉넉하되, 한갓 흠이 있으니 성정이 괴팍하고 사증(邪症)[1]을 겸하여 혹시 실덕도 하고 오결(誤決)[2]하는 일이 간간이 있는 고로 아는 이들은 다 고집불통이라고 하였다.

　신연(新延)[3] 맞이 하인이 현신(現身)할 때에,

　"사령들 현신이오!"

　"이방이오!"

　"감상(監床)[4]이오!"

　"수배(首陪)[5]요!"

---

[1] **사증(邪症)** 멀쩡한 사람이 때때로 미친 듯이 하는 짓.
[2] **오결(誤決)** 잘못 처결함.
[3] **신연(新延)** 사속들이 새로 부임하는 감사나 원을 맞이하는 것.

"이방 부르라!"

"이방이오!"

"그새 너의 골에 일이나 없느냐?"

"예, 아직 무고하옵니다."

"네 골은 관노(官奴)가 삼남(三南)에서 제일이라지?"

"예, 부림직하옵니다."

"또 네 골은 춘향이란 계집이 매우 절색이라지?"

"예에."

"잘 있느냐?"

"무고하옵니다."

"남원이 예서 몇 리인고?"

"육백삼십 리로소이다."

마음이 바쁜지라

"급히 치행하라."

신연 하인이 물러나와,

"우리 골에 일이 났다."

이때 신관 사또 출행(出行)날을 급히 받아 도임차로 내려올 제 위의(威儀)도 장할씨고. 구름 같은 별연(別輦)에 한 마리의 말이 끄는 마차에 청장

---

4. **감상(監床)** 귀인에게 바치는 음식상을 살피는 이속.

5. **수배(首陪)** 후배 사령의 우두머리.

6. **청장(靑杖)** 의식때 사용하는 푸른 막대기.

(靑杖)⁶을 떡 벌이고, 좌우편을 부축하며 하인이 물색 진한 모시 철릭[天翼],⁷ 백저(白苧) 전대(戰帶)⁸ 고를 늘여 엇비슷이 둘러메고 대모 관자 통영 갓을 이마에 눌러 숙여 쓰고 청장 고쳐 잡고,

"에라, 물러섰다! 나가거라."

혼금[9]이 지엄하고 좌우에 하인은 긴경마에 뒤채잡기[10] 힘을 쓴다. 통인이 말고삐, 쌍채찍 들고 전립(戰笠) 쓰고 행차를 배행하여 뒤를 따르고 수배, 감상, 공방(工房)이며 신연 이방 의젓하다.

노자(奴子) 한 쌍, 사령 한 쌍 양산으로 앞뒤를 가리고 따르며 큰길가에 갈라서고, 백방(白房) 수주(水紬) 일산 복판(腹瓣), 남수주(藍水紬) 선(線)을 둘러 주석(朱錫) 고리 얼른얼른 호기 있게 내려올 제, 전후에 벽제 소리 청산에 울려 퍼지고, 말을 재촉하는 높은 소리에 흰구름이 무색터라.

전주에 도착하여 경기전(慶基殿) 객사에 연명(延命)하고 영문에 잠깐 다녀 좁은 목을 썩 내달아 만마관(萬馬關)¹¹ 노구바위를 넘어, 임실(任實)을 얼른 지나 오수(獒樹) 들러 점심 먹고 그날로 도임할 제 오리정(五里亭)으로 들어가더라. 천총(千摠)¹²이 영솔하고 육방 하인 청로도(淸路道)로 들어올 제 청도기(淸道旗) 한 쌍, 홍문기 한 쌍, 주작(朱雀) 남동각(南東角), 남서각(南西角), 홍초남문(紅綃藍紋) 한 쌍, 청룡(靑龍) 동남각, 서남각, 남초한 쌍, 현무(玄武) 북동각, 북서각, 흑초홍문(黑綃紅紋) 한 쌍, 동사 순시(巡

---

^{7.} **철릭[天翼]** 길이가 길고 허리에 주름을 잡은 공복의 일종.
^{8.} **전대(戰帶)** 흰 모시로 만든 군복에 띠던 띠.
^{9.} **혼금** 관청에서 볼 일 없는 사람이 들어오는 것을 금하던 일.

視) 한 쌍, 영기(令旗) 한 쌍, 집사 한 쌍, 기패관(旗牌官) 한 쌍, 군노 열두 쌍, 좌우가 요란하다.

행군 취타(吹打) 풍악 소리 성동에 진동하고 삼현육각(三絃六角)[13] 권마성(勸馬聲)은 원근에 낭자하더라.

광한루에 보진하여 옷을 갈아입고 객사에 연명차로 남여(藍輿) 타고 들어갈새 백성의 눈에 엄숙하게 보이려고 눈을 별별 모양으로 궁글궁글하며 객사에 들어가 동헌에 좌기하고 도임상을 잡순 후에,

"행수(行首) 문안이오!"

행수 군관의 집례(執禮)를 받고 육방 관속의 현신을 받은 뒤 사또 분부하되,

"수노(首奴) 불러서 기생 점고하라."

호장(戶長)이 분부 듣고 기생 안책 들여놓고 호명을 차례로 부르는데 낱낱이 글귀를 붙여 부르는 것이더라.

"우후(雨後) 동산 명월(明月)이이."

명월이가 들어오는데 비단 치맛자락을 거듬거듬 걷어다가 가는 허리에 딱 붙이고 아장아장 들어오더니 점고 맞고 격식 갖춘 걸음으로,

"나요오."

---

10. **뒤채잡기** 가마채의 뒷부분을 매는 것.
11. **만마관(萬馬關)** 전주와 임실의 도중에 있는 큰 고개.
12. **천총(千摠)** 영문의 장교.
13. **삼현육각(三絃六角)** 거문고 가야금 향비파의 세 현악기와 북 장고 해금 대평소(한쌍) 피리의 여섯 관악기.

"어주축수 애산춘(漁舟逐水愛山春)[14]에 양편 춘색이 아니냐. 도홍(桃紅)이이."

도홍이가 들어오는데 붉은 치맛자락을 걷어 안고 아장아장 조촐걸음으로 들어오더니 접고 맞고,

"나요오."

"단산(丹山)의 저 봉이 짝을 잃고 벽오동에 깃들이니 산수지영이요 비충지정[15]이라. 기불탁속[16] 굳은 절개 만수문전(萬壽門前) 채봉(彩鳳)이이."

채봉이가 들어오는데 비단 치마 두른 허리 맵시 있게 걷어 안고 미인의 고운 걸음으로 정(正)히 옮겨 아장거려 들어와 접고 맞고 멋있는 진퇴로,

"나요오."

"맑고 고운 연꽃은 절개가 곧으며 꽃 중의 군자와 같으니라. 묻노라 저 연화(蓮花) 어여쁘고 고온 태도, 화중 군자 연심(蓮心)이이."

연심이가 들어오는데 비단옷을 걷어 안고 비단 버선 수놓은 신을 끌면서 아장거려 가만가만 들어오더니 맵시 있는 진퇴로,

"나요오."

"화씨(和氏)[17]같이 밝은 달 푸른 바다에 들었는데 형안 백옥 명옥(明玉)이이."

명옥이가 들어오는데 온몸의 고운 태도, 오는 걸음 진중한데 아장아장

---

[14] **어주축수 애산춘(漁舟逐水愛山春)** 고기잡이 배는 물을 따라 산의 봄 경치를 사랑함.

[15] **산수지영(山水之靈) 비충지정(飛蟲之精)** 산수와 새가 신령스러움.

[16] **기불탁속(飢不啄粟)** 굶주려도 조를 쪼아 먹지 않음.

[17] **화씨(和氏)** 거짓말 아니 하는 이의 표본.

가만가만 들어오더니 점고 맞고 맵시 있는 진퇴로,

"나요오."

"구름은 엷고 바람은 가벼워 이제 한낮이 가까워오는데, 꽃을 찾아 버드나무 서 있는 곳을 따라 앞내를 지나가도다. 양류편금(楊柳片金)의 앵앵(鶯鶯)이이."

앵앵이가 들어오는데 붉은 치맛자락을 에후리쳐 가는 버들가지 같은 허리에 딱 붙이고 아장아장 걸어 가만가만 들어오더니 점고 맞고 격식에 맞는 진퇴로,

"나요오."

사또 분부하되,

"자주 불러라!"

"예이."

호장이 분부 듣고 넉 자 화도[18]로 부르는데,

"광한전 높은 집에 복숭아를 바치오던 고운 선비(仙妃) 반겨보니 계향(桂香)이이."

"예에, 등대하였소."

"송하(松下)의 저 동자야 묻노라 선생 소식, 수첩 청산의 운심(雲深)이."

"예에, 등대하였소."

"월궁에 높이 올라 계수나무 꽃을 꺾어 애절(愛折)이."

---

[18] **화도** 화두(話頭)인 듯. 노래를 부를 때 먼저 문자(文字)를 쓰는 것을 '화도조'라 함.

"예에, 등대하였소."

"차문주가하처재(借問酒家何處在)요, 목동요지(牧童遙指) 행화(杏花)."[19]

"예에, 등대하였소."

"아미산의 달은 반쪽만 산마루에 보이는데, 달 그림자는 달 평강수(平羌水)에 비치어 강물 따라 흐르는구나. 강선(江仙)이."

"예에, 등대하였소."

"오동 복판 거문고 타고 나니 탄금(彈琴)이이.

"예에, 등대하였소."

"팔월 부용 군자의 모습은 만당추수(滿塘秋水) 홍련(紅蓮)이이."

"예에, 등대하였소."

"주홍빛 명주실 갖은 매듭 차고 나니 금낭(錦囊)이이."

"예에, 등대하였소."

사또 분부하되,

"한꺼번에 열두서넛씩 부르라!"

호장이 분부 듣고 자주 부르는데,

"양대선(陽臺仙), 월중선(月中仙), 화중선(花中仙)이."

"예에, 등대하였소."

"금선(錦仙)이, 금옥(錦玉)이, 금련(錦蓮)이."

"예에, 등대하였소."

---

[19] **차문주가하처재(借問酒家何處在)요, 목동요지(牧童遙指) 행화(杏花)** 빌려 묻노니 주가(酒家)가 어디에 있나뇨. 목동이 멀리 행화촌을 가리키더라.

"능옥(弄玉)이, 난옥(蘭玉)이, 홍옥(紅玉)이."

"바람 맞은 낙춘(落春)이."

"예에, 등대 들어가오."

낙춘이가 들어오는데 제가 잔뜩 맵시 있게 들어오는 체하고 들어오는데, 면도한다는 말은 듣고 이마에서 시작하여 귀 뒤까지 파헤치고, 분단장한단 말은 들었던가 개분[20] 석 냥 일곱 돈 어치를 무더기로 사다가 성(城)곁에 회칠하듯 반죽하여 온 낯에다 맥질[21]하고 들어오는데, 키는 사근내(沙斤乃)[22] 장승만한 년이 치맛자락을 훨씬 추어다 턱밑에 딱 붙이고 무논[水畓]의 고니[23] 걸음으로 찔룩 껑충껑충 엉금섭적 들어오더니 점고 맞고,

"나요오."

연연히 고운 기생도 그중에는 많건마는 사또께옵서는 근본 춘향의 말을 높이 들었는지라 아무리 들으시되 춘향의 이름 없는지라, 사또 수노 불러 묻는 말이,

"기생 점고 다 되어도 춘향은 안 부르니 그년은 퇴기란 말이냐?"

수노 여쭈오되,

"춘향 모는 기생이로되 춘향은 기생이 아니옵니다."

사또가 묻되,

"춘향이가 기생이 아니면 어찌 규중에 있는 아이의 이름이 그리도 높이

---

[20] **개분** 질 낮은 분.
[21] **맥질** 잿빛의 보드라운 흙을 벽 거죽에 바르는 일.
[22] **사근내(沙斤乃)** 광주와 과천 사이에 있는 곳.
[23] **고니** 안압(雁鴨)과에 속한 보호조. 백조, 천아(天鵝).

났느냐?"

수노 여쭈오되,

"근본이 기생의 딸이옵고 덕색(德色)이 장한 고로 권문 세족 양반네와 일등재사 한량들과 내려오신 사또마다 구경코자 간청하되 춘향 모녀 듣지 않기로 양반 상하를 막론하고 액내(額內)[24]의 소인들도 십 년 일득대면(一得對面)[25] 하되 언어와 수작이 없었더니, 천정하신 연분인지 구관 사또 자제인 이 도령과 백년가약 맺사옵고 도련님 가실 때에 과거에 급제하면 데려가마 당부하고 춘향이도 그리 알고 수절하여 있습니다."

사또 골을 내어,

"이놈, 무식한 상놈인들 그게 어떠한 양반이라고 엄부시요, 미장가 전 도령님이 화방(花房)에 작첩하여 살자 할까? 이놈, 다시 그런 말을 입 밖에 냈다가는 죄를 면치 못하리라. 이미 내가 저 하나를 보려고 하다가 못 보고 그저 가랴? 잔말 말고 불러오라."

춘향을 부르라는 명령이 내리자 이방, 호방이 여짜오되,

"춘향이가 기생이 아닐 뿐 아니오라 전 사또 자제 도련님과 맹약이 중하옵고, 비록 도련님과 나이는 같지 아니하오나 같은 양반의 분의(分義)[26]로 부르라 하시니, 사또님 체모가 손상될까 걱정되나이다."

사또 크게 노하여,

---

[24] **액내(額內)** 한집안 사람.
[25] **십 년 일득대면(一得對面)** 십 년에 한 번 정도 대면할 수 있음.
[26] **분의(分義)** 제 신분에 맞는 도리.

"만일 춘향을 시각 지체하다가는 이방, 형방 이하 각 청 두목을 하나같이 파면시켜 버릴 것이니, 어서 빨리 대령시키지 못할까?"

육방이 소동을 치고 각 청 두목이 넋을 잃어,

"김(金) 번수야, 이(李) 번수야, 이런 별일이 또 있느냐? 불쌍하도다. 춘향 정절이 가련하게 되기 쉽다. 사또 분부 지엄하니 어서 가자, 바삐 가자."

사형 관노(使令官奴) 뒤섞여서 춘향 집 문전에 당도하니, 이때 춘향이는 사령이 오는지 군노(軍奴)가 오는지 모르고 주야로 도련님만 생각하여 우는데, 망측한 환(患)을 당하려 하니 소리가 화평할 수 있으며, 한때라도 공방(空房)살이²⁷ 할 계집아이라 목청은 청승이 끼어 자연 슬픈 애원성이 되는 것이어서, 보고 듣는 사람의 심장인들 아니 상할쏘냐.

임 그리워 설운 마음 식불감(食不甘) 밥 못 먹고 침불안석(寢不安席) 잠 못 자고, 도련님 생각 적상(積傷)되어 피골(皮骨)이 모두 다 상접이라. 양기가 쇠진하여 진양조(盡陽調)²⁸란 울음이 되어,

"갈까부다 갈까부다, 임을 따라 갈까부다. 천 리라도 갈까부다, 만 리라도 갈까부다. 비바람도 쉬어 넘고 길들인 매거나 길 안 들인 매거나 해동청 보라매도 쉬어 넘는 고봉정상(高峰頂上) 동선령(洞仙嶺) 고개라도 임이 와 날 찾으면 나는 신발 벗어 손에 들고 나는 아니 쉬어 갈란다. 한양 계신 우리 낭군 나와 함께 그리는가. 무정하여 아주 잊고 나의 사랑을 옮겨다가

---

²⁷· **공방(空房)살이** 오랫동안 남편이 없이 홀로 쓸쓸하게 지냄.
²⁸· **진양조** 느린 곡조.

다른 임을 사랑하는가."

한참 이리 섧게 울 제 사령들이 춘향의 슬픈 소리를 듣고 사람이 나무나 돌이 아닌 바에야 감심되지 않을 수 없다. 육천 마디의 사대육신(四大肉身)이 낙수춘빙(落水春氷) 얼음 녹듯 탁 풀리어,

"대체 이 아니 참 불쌍하냐? 이에 외입한 자식들이 저런 계집을 추앙하지 못하면 사람이 아니로다."

이때 재촉 사령이 나오면서,

"이리 오너라!"

외치는 소리에 춘향이 깜짝 놀라 문 틈으로 내다보니 사령 관노들이 나왔구나.

"아차차 잊었네. 오늘이 그 삼일점고(三日點考)[29]라 하더니 무슨 야단이 났나보다."

밀창문 여닫기며,

"허허 번수님네 이리 오소, 이리 오소. 오시기 뜻밖이네, 이번 신연길에 노독이나 아니 났으며 사또 정체(政體) 어떠하며 구관댁에는 가보셨소? 도련님 편지 한 장도 아니 하시던가? 내가 지난날에는 양반을 모시기로 이목이 번거롭고 도련님 정체가 유달라서 모르는 체하였건만 마음조차 없을쏜가? 들어가세, 들어가세."

김 번수며 이 번수며 여러 번수 손을 잡고 제 방에 앉힌 후 향단을 불러,

---

29. **삼일점고(三日點考)** 수령이 부임한 뒤 사흘만에 부하를 점고하던 일.

"주반상 들여라."

취하도록 먹인 후에 궤문을 열고 돈 닷 냥을 내어 놓으며,

"여러 번수님네. 가시다가 술이나 잡숫고 가옵소서. 뒷일이나 없게 해주오."

사령 관노들이 약주에 취하여 하는 말이,

"돈이라니 당치도 않다. 우리가 돈 바라고 네게 왔겠느냐?" 하며,

"들여."

"김 번수야, 네가 차라."

"할 수 없다마는, 입 수(數)나 다 옳으냐?"[30]

돈 받아 차고 흐늘흐늘 들어갈 제 행수 기생이 나온다. 행수 기생이 나오며 두 손뼉 딱딱 마주치면서,

"여봐라 춘향아, 말 듣거라. 너만한 정절은 나도 있고 너만한 수절은 나도 있다. 너만한 정절이 왜 없으며 너 만한 수절이 왜 없느냐? 정절 부인 애기씨, 수절 부인 애기씨, 조그마한 너 하나로 말미암아 육방이 소동하고, 각 청 두목이 다 죽어난다. 어서 가자, 바삐 가자."

춘향이 할 수 없어 수절하던 그 태도로 대문 밖에 썩 나서며,

"형님 형님, 행수 형님, 사람 괄시 그리 마오. 그대라고 대대 행수이며 나라고 대대로 춘향인가. 인생 일사(一死) 도무사(都無事)지. 한 번 죽지 두 번 죽나?"

---

30. **입 수(數)나 다 옳으냐** 돈이 사람 수에 걸맞게 적당하냐라는 뜻.

이리 비틀 저리 비틀 동헌에 들어가,

"춘향이 대령하였소."

사또 보시고 크게 기뻐하며,

"춘향이가 틀림없구나. 대상(臺上)으로 오르거라."

춘향이 상방(上房)[31]에 올라가 무릎을 여미고 단정히 앉을 뿐이다.

사또가 크게 혹하여,

"책방에 가서 회계(會計) 나리님을 오시래라."

회계 생원이 들어오는 것이더라.

사또 크게 기뻐,

"자네 보게. 저게 춘향일세."

"하, 그년 매우 이쁜데. 잘 생겼소. 사또께서 서울 계실 때부터 춘향, 춘향 하시더니 한번 구경할 만하오."

사또 웃으며,

"자네 중신하겠나?"

이윽고 앉았더니,

"사또께서 애당초에 춘향이 부르시지 말고 매파를 보내어 보시는 게 옳을 것을, 일이 좀 경(輕)히 되었소마는 이미 불렀으니 아마도 혼사 할 밖에 수가 없소."

사또 크게 기뻐하며 춘향더러 분부하되,

---

31. **상방(上房)** 관청의 우두머리가 있던 방.

"오늘부터 몸단장 정히 하고 수청을 거행하라."

"사또님, 분부 황송하나 일부종사 바라오니 분부 시행 못하겠소."

사또가 칭찬하여 말하기를,

"아름답고 아름다운 계집이로다. 네가 진정 열녀로다. 네 정절 굳은 마음 어찌 그리 어여쁘냐. 당연한 말이로다. 그러나 이 수재(이 도령)는 경성 사대부의 자제로서 명문귀족의 사위가 되었으니, 한때 사랑으로 잠깐 희롱하던 너를 조그만치나 생각하겠느냐? 너는 본시 절행(節行)이 있어 평생을 수절하다가 고운 얼굴이 늙어지고 백발이 드리우면 무정한 세월이 흐르는 물 같다 탄식할 때 불쌍하고 가련한 게 너 아니면 뉘겠느냐? 네 아무리 수절한들 너를 열녀로 표창하여 줄 사람이 어데 있느냐? 그는 다 버려두고 네 고을 관장에게 매이는 것이 옳으냐, 아니면 동자 놈에게 매이는 것이 옳으냐? 네가 말을 좀 하여라."

춘향이 여쭈오되,

"충신불사이군(忠臣不事二君)이요, 열녀불경이부(烈女不更二夫) 절(節)을 지킨다 함을 본받고자 하옵는데, 수차로 분부가 이러하오니 사는 것이 죽느니만 못하옵고, 정절이 있는 여자는 두 남편을 섬기지 못하오니 처분대로 하옵소서."

이때 회계 나리가 썩 나서며 하는 말이,

"네 여봐라! 그년 요망한 년이로고. 부유 같은 인생 일생 소천하(小天下)에 일색(一色)이라. 네 여러 번 사양할 게 무엇이냐? 사또께옵서 너를 추앙하여 하시는 말씀인데 너 같은 창기배(娼妓輩)에게 수절이 무엇이며 정절이 무엇인가? 구관은 전송하고 신관을 영접함이 법전(法典)에 당연하고 사례에도 당당하거든 고이한 말 내지 마라! 너 같은 천한 기생 무리에 충렬(忠烈) 두 자가 어디 있느냐?"

이때 춘향이는 하도 기가 막혀 천연히 앉아 여쭈오되,

"충효 열녀에 상하가 있소? 자상히 들으시오. 기생으로 말합시다. 충효열녀 없다 하니 낱낱이 아뢰리다. 해서(海西)[32] 기생 농선(弄仙)이는 동선령(洞仙嶺)에 죽어 있고, 선천(宣川) 기생은 아이로되 칠거(七去) 학문 들어 있고, 진주(晉州) 기생 논개(論介)는 우리나라 충렬로서 충렬문(忠烈門)[33]에 모셔놓고 두고두고 제사를 지내오며, 청주(淸州) 기생 화월(花月)이는 삼층각(三層閣)에 올라 있고, 평양 기생 월선(月仙)이도 충렬문에 들어 있고, 안동(安東) 기생 일지홍(一枝紅)은 생열녀문(生烈女門)[34] 지은 후에 정경가자(貞敬加資)[35] 있사오니 기생을 너무 업수이 보지 마옵소서."

춘향이 다시 사또 앞에 여쭈오되,

"당초 이 수재 만날 때에 태산(泰山)과 서해(西海)의 굳은 마음 소첩의 일심정절(一心貞節)을 맹분(孟賁)[36] 같은 용맹인들 빼어내지 못할 터요, 소진(蘇秦)[37]과 장의(張儀)[38]의 말재주인들 첩의 마음 옮겨가지 못할 터이요, 공명(孔明) 선생의 높은 재주는 동남풍을 빌렸으되 일편단심 소녀의 마음

---

32. **해서(海西)** 황해도.

33. **충렬문(忠烈門)** 의기사(義妓祠)를 일컬음.

34. **생열녀문(生烈女門)** 살아 있을 때 세운 열녀문.

35. **정경가자(貞敬加資)** 문무관의 아내와 정3품 통정대부의 품계에 오름.

36. **맹분(孟賁)** 제나라의 용사 이름.

은 굴복시키지 못하리다. 기산(箕山)의 허유(許由)[39]는 족히 요임금의 천거를 받지 아니하였고, 서산의 백숙(伯叔) 양인 주나라의 쌀을 먹지 아니하였으니, 만일 허유가 없었으면 고도지사(高蹈之士)[40] 누가 하며 만일 백이숙제가 없었으면 난신(亂臣)과 적자(賊子)가 많으리다. 첩인이 비록 천하다 하여도 허유와 백이숙제를 모르리까? 사람의 첩이 되어 지아비를 배반하고 집안을 버리는 일이 벼슬하는 관장님네 나라 잊고 임금을 등짐과 같사오니 처분대로 하옵소서."

사또 크게 노하여,

"이년, 들어라. 모반 대역하는 죄는 능지처참(陵遲處斬)[41]하게 되고 관장을 조롱하는 죄는 기시율(棄市律)[42]에 처한다고 써 있으며, 관장을 거역한 죄는 엄형에 처하고 정배(定配)하느니라. 죽는다고 설워 마라."

춘향이 악쓰며,

"유부녀를 겁탈하는 것은 죄가 아니고 무엇이오?"

사또는 기가 막혀 어찌나 분하던지 연상(硯床)을 두드릴 때 탕건이 벗겨지고 상투고가 탁 풀리면서 첫마디에 목이 쉬어,

"이년을 잡아 내려라!"

---

37. **소진(蘇秦)** 전국시대의 종횡가. 6국을 합하여 진(秦)과 대항하되 그가 합한 나라의 장(長)이 됨.
38. **장의(張儀)** 전국시대의 종횡가. 6국을 연합하여 진을 다스렸음.
39. **허유(許由)** 요임금 시대의 지조 높은 선비.
40. **고도지사(高蹈之士)** 은둔지사.
41. **능지처참(陵遲處斬)** 머리 · 몸 · 손 · 발을 토막치는 극형.
42. **기시율(棄市律)** 죄인의 시체를 저자에다 버리던 형벌.

호령하니, 골방의 수청 통인이,

"예에."

하고 달려들어 춘향의 머리채를 주르륵 끌어내며,

"급창!"

"예에."

"이년 잡아 내려라!"

춘향이가 뿌리치며,

"놓아라."

중계[43]로 내려가니 급창이 달려들어,

"요년 요년. 어떠하신 존전(尊前)이라고 대답이 그러하고 살기를 바랄쏘냐?"

대뜰 아래 내리치니 맹호 같은 군노 사령들이 벌떼같이 달려들어 감태(甘苔)[44] 같은 춘향의 머리채를 정정시절(正丁時節)[45] 연실 감듯, 뱃사공의 닻줄 감듯, 사월 초파일 등대(燈臺) 감듯 휘휘친친 감아쥐고 동댕이쳐 엎지르니 불쌍하다 춘향 신세. 백옥 같던 고운 몸이 육자백(六字柏)[46]으로 엎어졌구나. 좌우에 나졸들이 늘어서서 능장(稜杖), 곤장(棍杖), 형장(刑杖)이며 주장(朱杖)[47]을 짚고,

---

[43]. **중계(中階)** 가옥의 토대가 되도록 높이 쌓은 단.
[44]. **감태(甘苔)** 김.
[45]. **정정시절(正丁時節)** 직접 군역에 나아가는 사람을 정정이라 함. 정정시절은 그러한 젊고 당당한 젊은 시절을 뜻함. 그렇게 힘찬 사람이 감는 연줄같이 단단히 감아쥐는 것을 말함.
[46]. **육자백(六字柏)** 육(六) 자 형으로 엎어져 있는 것.

"아뢰라! 형리(刑吏)를 대령하라!"

"예에. 머리 숙여라! 형리요."

사또는 어찌나 분이 났던지 벌벌 떨며 기가 막혀 '허푸허푸' 하며,

"여봐라! 그년에게 무슨 다짐이 필요하리. 묻지도 말고 형틀에 올려 매고 골통을 부수고 물고장(物故狀)[48]을 올리라!"

춘향을 형틀에 올려 매고 옥쇄장의 거동을 봐라. 형장이며 태장이며 곤장이며 한아름 담쑥 안아다가 형틀 아래 좌르르 부딪치는 소리에 춘향의 정신이 혼미하다.

집장 사령의 거동을 봐라. 이놈도 잡고 능청능청 저놈도 잡고서 능청능청 등심 좋고 뺏뺏하고 잘 부러지는 놈 골라잡고 오른 어깨 벗어 메고 형장을 집고 청령(聽令)이 내리기를 기다릴 때,

"분부 받아라. 그년을 사정(私情) 두고 헛 때려서는 당장에 목을 자를 것이니 각별히 매우 쳐라."

집장 사령이 여쭙기를,

"사또님의 분부가 지엄한데 저런 년을 무슨 사정 두오리까? 이년, 다리를 까딱 마라! 만일 요동하였다가는 뼈 부러지리라."

호통하고 들어서서 검장(檢狀) 소리 발맞추어 서면서 가만히 하는 말이,

"한두 개만 견디소. 어쩔 수가 없네. 요 다리는 요리 틀고 저 다리는 저리 트소."

---

47. **주장(朱杖)** 붉을 칠을 한 몽둥이로 죄인을 다스릴 때 형장으로 씀.
48. **물고장(物故狀)** 죄인 죽인 것을 보고하는 글.

"매우 치라!"

"예잇, 때리오."

딱 붙어서 부러진 형장개비는 푸르르 날아 공중에 잉잉 솟아 상방 대뜰 아래 떨어지고, 춘향이는 아무쪼록 아픈 데를 참으려고 이를 북북 갈며 고개만 빙빙 두르면서,

"애고, 이게 웬일이여!"

곤장, 대장을 치는 데는 사령이 서서 하나 둘 세건마는 형장부터는 법장 (法杖)이라 형리와 통인이 닭싸움 하는 모양으로 마주 엎디어서 하나 치면 하나 긋고, 둘 치면 둘 긋고, 무식하고 돈 없는 놈이 술집 바람벽에 술값 긋 듯 그어놓으니 한 일(一)자가 되었구나, 춘향이는 저절로 설움에 겨워 맞으면서 우는데,

"일편단심 굳은 마음은 일부종사의 뜻이오니, 한낱 매를 친다고 일 년이 다 못 가서 조금이라도 내 마음 변하오리까?"

이때 남원부의 한량이며 남녀노소 없이 모두 모여 구경할 때 좌우의 한량들이,

"모질구나, 모질구나. 우리 골 원님이 모질구나. 저런 형벌이 또 있으며 저런 매질이 또 있을까? 집장 사령을 눈익혀 두어라. 삼문 밖에 나오면 급살(急煞)을 주리라."

보고 듣던 사람들은 모두 눈물을 흘리더라.

둘째 번의 매를 치니,

"이부절(二婦節)[49]을 아옵는데 두 남편을 섬기지 않는 내 마음, 이 매 맞

고 아주 죽어도 이 도령은 못 잊겠소."

셋째 번 매를 치니,

"삼종지례(三從之禮)⁵⁰ 중한 법 삼강오륜 알았으니 삼치형문(三致刑問)⁵¹
을 받고 정배를 갈지라도 삼청동에 계시는 우리 낭군 이 도령을 못 잊겠
소."

넷째 번 매를 치니,

"사대부 사또님은 사민공사(四民公事)⁵² 살피지 않고 위력공사(威力公
事)만 힘을 쓰니 사십팔 방(坊) 남원 백성 원망함을 모르시오? 사지(四肢)
를 가른대도 사생동거(死生同居) 우리 낭군 사생 간에 못 잊겠소."

다섯째 번 매를 딱 치니,

"오륜윤기(五倫倫紀) 그치지 않고 부부유별 오행(五行)으로 맺은 연분
올올이 찢어낸들 오매불망 우리 낭군 온전히 생각나네. 오동추야 밝은 달
은 임 계신 데 보련마는 오늘이나 편지 올까, 내일이나 기별 올까? 무죄한
이내 몸이 악사(惡死)할 리 없사오니 오결(誤決) 죄수 마옵소서. 애고 애
고, 내 신세야."

여섯째 번 매를 치니,

"육육은 삼십육으로 낱낱이 고찰하여 육만 번 죽인대도 육천 마디 얽힌

---

⁴⁹· **이부절(二婦節)** 아황과 여영의 절개.
⁵⁰· **삼종지례(三從之禮)** 삼종지의(三從之義) 봉건시대 여자의 도리. 집에서는 아버지를, 시집가서는 남편
을, 남편이 죽은 후에는 자식을 좇음.
⁵¹· **삼치형문(三致刑問)** 세 번이나 형문을 당함. 형문은 정갱이를 형장으로 때리는 형벌.
⁵²· **사민공사(四民公事)** 사·농·공·상 네 계급의 일과 관청과 공공 단체의 일.

사랑 맺힌 마음 변할 수 전혀 없소."

일곱째 번 매를 치니,

"칠거지악 범하였소? 칠거지악이 아니어든 칠개형문이 웬 말이오? 칠 척 검 드는 칼로 동강동강 잘라서 이제 바삐 죽여주오. 치라 하는 저 형방 아, 칠 때마다 살피지 마오. 칠보홍안(七寶紅顔) 나 죽겠네."

여덟째 번 매를 치니,

"팔자 좋은 춘향 몸이 팔도 방백 수령 중에 제일 명관 만났구나. 팔도 방 백 수령님네 치민(治民)하러 내려왔지 악형하러 내려왔나?"

아홉째 번 매를 치니,

"구곡간장 굽이 썩어 이내 눈물 구년지수(九年之水) 되겠구나. 구고(九 皐) 청산 장송 베어 청강선 무어[53] 타고 한양 성중 급히 가서 구중궁궐 성 상전(聖上前)에 구구이 억울한 사정을 여쭈옵고, 구정(九庭) 뜰에 물러나 와 삼청동을 찾아가서 우리 사랑 반겨 만나, 굽이굽이 맺힌 마음을 마음껏 풀련마는……."

열째 번 매를 치니,

"십생구사(十生九死) 할지라도 팔십 년 정한 뜻을 십만 번 죽인대도 가 망 없고 무가내(無可奈)[54]지. 십육 세 어린 춘향 곤장 맞아 원통한 귀신 되 니 가련하고 가련하오."

열 치고 그만둘 줄 알았더니 열다섯째 번 매를 치니,

---

[53] **뭇다** 쌓아올리다. 여기서는 장송을 여러 겹 '묶어'의 위미.
[54] **무가내(無可奈)** 무가내하(無可奈何). 처치할 수단이 없음. 어찌할 수 없게 됨.

"십오야 밝은 달은 떼구름에 묻혀 있고 서울 계신 우리 낭군 삼청동에 묻혔으니 달아 달아 임 보느냐? 임 계신 곳 나는 어이 못 보는고."

스물 치고 끝날까 하였더니 스물다섯째 번 매를 치니,

"이십오현탄야월(二十五絃彈夜月)에 불승청원각비래(不勝淸怨却飛來)[55] 저 기러기, 너 가는 데 어드매냐. 가는 길에 한양성 찾아들어 삼청동 우리 임께 내 말 부디 전해다오. 나의 모습을 자세히 보고 부디부디 잊지 마라."

삼십삼천(三十三天) 어린 마음을 옥황전에 아뢰려고 옥 같은 춘향 몸에 솟느니 유혈이요, 흐르느니 눈물이라. 피눈물 한데 흘러 무릉도원의 홍류수(紅流水)라.

춘향이 점점 악쓰며 하는 말이,

"소녀를 이리 말고 능지처참하여 박살하여 죽여주면 죽은 뒤에 원조(怨鳥)라는 새가 되어 초혼조(楚魂鳥)[56] 함께 울어 적막공산 달 밝은 밤에 우리 이 도령님 잠든 후 파몽(破夢)이나 하여지이다."

말 못하고 기절하니 엎드려 있던 형방 통인 고개 들어 눈물 씻고, 매질하던 저 사령도 눈물 씻고 돌아서며,

"사람의 자식은 이 짓 못하겠네."

좌우의 구경하는 사람과 거행하는 관속들이 눈물 씻고 돌아서며,

"춘향이 매맞는 거동 사람 자식은 못 보겠다. 모질도다, 모질도다. 춘향

---

55. **이십오현탄야월(二十五絃彈夜月)에 불승청원각비래(不勝淸怨却飛來)** 25현을 달밤에 타니 맑은 원망을 이기지 못해 날아왔노라.
56. **초혼조(楚魂鳥)** 초나라의 회왕(懷王)이 장의(張儀)에게 속아서 진(秦)나라의 무관(武關)에 들어갔다가 억류되어 죽은 뒤에 변해서 새가 되었다 함.

정절이 모질도다. 하늘이 낸 열녀로다."

남녀노소 없이 서로 눈물 흘리며 돌아설 때 사또인들 좋을 리가 있으랴.

"네 이년! 관청 뜰에서 발악하며 맞으니 좋은 게 무엇이냐? 일후(日後)에도 또 그런 거역을 할까?"

반은 죽고 반은 산 저 춘향이 점점 악쓰며 하는 말이,

"여보시오 사또, 들으시오. 일념포한(一念抱恨)[57] 부지생사(不知生死)[58] 어이 그리 모르시오? 계집의 품은 원한은 오뉴월에 서리 친답디다. 원통한 혼이 하늘로 다니다가 우리 나랏님 앉은 곳에 이 원정을 아뢰오면 사또인들 무사하랴. 덕분에 죽여주오."

사또 기가 막혀,

"허허 그년, 말 못할 년이로고. 큰칼 씌워 옥에 가두어라."

하니, 큰칼 씌워 인봉(印封)하여 옥사쟁이 등에 업고 삼문 밖을 나올 때에 기생들이 나오며,

"애고 서울집[59]아, 정신차리게. 애고 불쌍하여라."

사지를 만지며 약을 갈아 들이며 서로 보고 눈물질 때 키 크고 속 없는 낙춘이가 들어오며,

"얼씨구절씨구 좋을씨구, 우리 남원도 현판(懸板)감이 생겼구나."

왈칵 달려들어,

---

[57] **일념포한(一念抱恨)** 한결같은 마음으로 원한을 품음.
[58] **부지생사(不知生死)** 죽고 사는 것에 개의치 않음.
[59] **서울집** 춘향을 말함. 시댁이 서울에 있다는 데서 나옴.

"애고 서울집아, 불쌍하여라."

이리 야단할 때 춘향의 모가 이 말 듣고 정신없이 들어오더니 춘향의 목을 안고,

"애고 이게 웬일이냐? 죄는 무슨 죄며 매는 무슨 매냐. 장청(杖廳)의 집사님네, 질청(秩廳)의 이방님, 내 딸이 무슨 죄요? 장군방(杖君房)의 두목들아, 집장하던 쇄장(鎖匠)이도 무슨 원수 맺혔더냐? 애고애고, 내 일이야. 칠십 당년 늙은 것이 의지할 데 없이 되었구나. 무남독녀 내 딸 춘향 규중에 은근히 길러내어 밤낮으로 서책만 놓고 내칙편(內則篇) 공부 일삼으며 날 보고 하는 말이 '마오 마오, 설워 마오. 아들 없다 설워 마오. 외손봉사(外孫奉祀) 못하리까?' 어미에게 지극한 정성 곽거(郭巨)[60]나 맹종(孟宗)[61]인들 내 딸보다 더할쏜가. 자식 사랑하는 법이 상중하가 다를쏜가 이내 마음 둘데 없네. 가슴에 불이 붙어 한숨이 연기로다. 김 번수야. 이 번수야, 웃령이 지엄하다고 이다지도 몹시 친단 말이냐? 애고 내 딸 장처(杖處)[62]보소. 빙설 같던 두 다리에 연지 같은 피 비쳤네. 명문가의 규중부(閨中婦)야 눈먼 딸도 원하더라. 그런 데가 못생기고 기생 월매 딸이 되어 이 모양이 웬일이냐? 춘향아, 정신차려라. 애고 애고, 내 신세야." 하며,

"향단아, 삼문 밖에 가서 삯꾼 둘만 사오너라. 서울 쌍급주(雙急走)[63]보

---

[60] **곽거(郭巨)** 한나라의 효자. 가세가 빈한하여 노모를 봉양하기 위하여 아들을 묻으려고 땅 3자를 팠다가 황금 도끼를 얻었음.

[61] **맹종(孟宗)** 삼국시대의 효자.

[62] **장처(杖處)** 곤장을 맞은 자리.

[63] **쌍급주(雙急走)** 급한 사정을 알리기 위하여 두 사람을 달리게 하여 전달하는 것.

낼란다."

춘향이 쌍급주 보낸단 말을 듣고,

"어머니, 마시오. 그게 무슨 말씀이오. 만일 급주가 서울 올라가서 도련님이 보시면은 층층시하에 어찌할 줄 몰라 심사가 울적히어 병이 되면 그것인들 아니 훼절이오? 그런 말씀 마시고 옥으로 가사이다."

옥쇄장의 등에 업혀 옥으로 들어갈 때 향단이는 칼머리 들고 춘향 모도 뒤를 따라 문 앞에 당도하여,

"옥형방(獄刑房)아, 문을 여소. 옥형방도 잠들었나?"

옥중에 들어가서 옥방의 모양을 살펴보니 부서진 죽창틀에 살 쏘나니 바람이요. 무너진 헌 벽이며 헌 자리에 벼룩 빈대가 온몸으로 기어든다.

이때 춘향이 옥방에서 장탄가(長歎歌)로 울던 것이었다.

> 이내 죄가 무슨 죄냐.
> 국곡투식(國穀偸食)[64] 아니어든
> 엄형 중장 무슨 일고
> 상인 죄인 아니어든
> 항쇄 족쇄 웬일이며
> 역율(逆律) 강상(綱常)[65] 아니어든
> 사지 결박 웬일이며
> 음양도적(陰陽盜賊)[66] 아니어든
> 이 형벌이 웬일인고

---

[64] **국곡투식(國穀偸食)** 국고의 쌀을 도적질함.
[65] **역율(逆律) 강상(綱常)** 강궁(綱宮)에 관한 죄.
[66] **음양도적(陰陽盜賊)** 간통죄.

삼강수(三江水)는 연수(硯水) 되어
푸른 하늘 한 장 종이 삼아
나의 설움 하소연하여
옥황상제 앞에 올리고자.
낭군 그리워 담담하여 불이 붙네.
한숨이 바람 되어
붙는 불을 더 부치니
속절없이 나 죽겠네.
홀로 섰는 저 국화는
높은 절개 거룩하다.
눈 속의 푸른 솔은
천고절(千古節)을 지켰구나.
푸른 솔은 나와 같고
누런 국화 낭군같이
슬픈 생각
뿌리느니 눈물이요
적시느니 한숨이라.
한숨은 청풍(淸風) 삼고
눈물은 세우(細雨) 삼아
청풍이 세우를 몰아다가
불거나 뿌리거니
임의 잠을 깨우고자.
견우와 직녀성은
칠석 상봉(七夕相逢) 만날 때에
은하수 막혔으되
실기(失期)한 일 없었건만
우리 낭군 계신 곳에
무슨 뜻이 막혔는지

소식 조차 못 듣는고
살아 이리 그리워하느니
아주 죽어 잊고지고.
차라리 이 몸 죽어
공산의 두견이 되어
이화월백(梨花月白) 야삼경에
슬피 울어 낭군 귀에 들리고자.
청강(淸江)의 원앙 되어
짝을 불러 다니면서
다정하고 유정함을
임의 눈에 보이고자.
삼춘의 호접 되어
향기 묻은 두 나래로
봄빛을 자랑하여
낭군 옷에 붙고 지고.
맑은 하늘 명월 되어
밤이 되면 돌아 올라
밝고 밝고 또 밝은 빛으로
임의 얼굴 비추고자.
이내 간장 썩은 피로
임의 모습을 그려 내어
방문 앞에 족자 삼아 걸어 두고
들며 나며 보고지고.
수절 정절 절대가인(絕代佳人)
참혹하게 되었구나.
문채 좋은 형산 백옥
먼지 속에 묻혔는 듯
향기로운 상산초(商山草)가

잡풀 속에 섞였는 듯.
오동 속에 놀던 봉황
가시 밭 속에 깃들인 듯
자고로 성현네도
무죄 하고 궂계시니[67]
요순우탕(堯舜禹湯) 임금님도
걸주(桀紂)[68]의 포악으로
함진 옥에 갇혔더니
도로 놓여 성군 되고
명덕 치민(明德治民) 주문왕(周文王)도
상주(商紂)의 해를 입어
유리 옥[69]에 갇혔더니
도로 놓여 성군 되고.
만고 현인 공부자(孔夫子)도
양호(陽虎)[70]의 열을 입어
광야(匡野)에 갇혔더니
도로 놓여 대성(大聖) 되시니.
이런 일로 볼 것이면
죄 없는 이내 몸도
살아나서 세상 구경 다시 할까.
답답하고 원통하다
날 살릴 이 뉘 있을까.
서울 계신 우리 낭군
벼슬길로 내려 와서

---

67. **궂계시니** 궂기다. 일에 마가 들어서 잘 되지 않음을 말함.
68. **걸주(桀紂)** 중국의 폭군 걸왕과 주왕.
69. **유리옥** 은(殷)나라 주(紂)왕이 주나라 문(文)왕을 유폐한 곳.
70. **양호(陽虎)** 노(魯)나라 이씨의 가신.

이렇듯이 죽어 갈 때

내 목숨을 못 살릴까.

하운(夏雲)은 다기봉(多奇峰)[71] 하니

산이 높아 못 오시는가.

금강산 상상봉이

평지 되거든 오시려나.

병풍에 그린 누런 닭이

두 나래를 툭툭 치며

사경(四更) 일점(一點)에

날 새라고 울어든 오시려는가.

애고 애고 내 일이야.

죽창 문을 열어 제치니 밝고 깨끗한 달빛은 방 안으로 든다마는 어린것이 홀로 앉아 달한테 묻는 말이,

"저 달아, 보느냐! 임 계신 데 밝은 기운 비춰라. 나도 좀 보자꾸나. 우리 임이 누웠더냐, 앉았더냐? 보는 대로만 네가 일러 나의 수심 풀어다오."

애고 애고 슬피 울다가 홀연히 잠이 든다. 비몽사몽간에 호랑나비가 장주(莊周)[72] 되고 장주가 호랑나비로 되어 가락비같이 남은 혼백 바람인 듯 구름인 듯 한곳에 다다르니, 하늘은 푸르고 땅은 넓은데 산은 영검스럽고 물은 아름다운데 은은한 대숲 속에 그림 같은 누각 하나가 반공(半空)[73]에 잠겼거늘, 대체 귀신이 다니는 법은 큰바람이 일고 승천입지(昇天入地)하

---

71. **하운(夏雲)은 다기봉(多奇峰)** 고개지(顧愷之)의 시 중, '여름의 구름은 기이한 봉우리가 많도다.'

72. **장주(莊周)** 춘추시대의 철학가.

73. **반공(半空)** 그리 높지 않은 공중.

니, '침상편시춘몽중(枕上片時春夢中)에 행진강남수천리(行盡江南數千里)라.'⁷⁴ 전면을 살펴보니 황금대자(黃金大字)⁷⁵로 만고정렬황릉지묘(萬古貞烈黃陵之廟)⁷⁶ 뚜렷이 붙어 있다.

심신이 황홀하여 배회했더니 천연히 낭자 셋이 나오는데 석숭(石崇)의 애첩 녹주(綠珠)가 등롱(燈籠)을 들고 진주 기생 논개, 평양 기생 월선이었다.

춘향을 인도하여 내당에 들어가니 당상에 백의 입은 두 부인이 옥수(玉手)를 들어 청하거늘 춘향이 사양하되,

"속세의 천한 계집이 어찌 황릉묘에 오르리이까?"

부인이 기특히 여겨 재삼 청하거늘 사양치 못하여 올라가니 자리를 주어 앉힌 후에,

"네가 춘향이냐? 기특하도다 일전에 조회(朝會)차로 요지연(瑤池宴)에 올라가니 네 말이 자자하기로 간절히 보고 싶어 청하였으니 심히 불안하도다."

춘향이 다시 절하며 아뢰기를,

"첩이 비록 무식하오나 고서(古書)를 보옵고, 죽은 후에나 존안을 뵈올까 하였더니 이렇듯 황릉묘에 모시게 되니 황공 비감하여이다."

---

⁷⁴ **침상편시춘몽중(枕上片時春夢中)에 행진강남수천리(行盡江南數千里)라** 베개 위 잠깐 동안의 봄 꿈 중에 강남 수천리를 다 감.

⁷⁵ **황금대자(黃金大字)** 금칠로 크게 쓴 글씨.

⁷⁶ **만고정렬황릉지묘(萬古貞烈黃陵之廟)** 만고의 정렬을 기리는 황릉묘. 황릉묘는 순임금의 이비(二妃)인 아황, 여영의 사당.

상군부인(湘君夫人)⁷⁷이 말씀하되,

"우리 순군(舜君) 대순씨(大舜氏)가 남쪽 지방을 두루 살피며 순행하다가 창오산(蒼梧山)에서 세상을 떠나시니 속절없는 이 두 몸이 소상죽림(瀟湘竹林)에 피눈물을 뿌렸노니 가지마다 하롱아롱 잎잎이 원한이었다. '창오산이 무너지고 소상강물이 끊어진 후에라야 대밭 위의 눈물을 거둘 날이 있으리라' 천추의 깊은 한을 하소할 곳 없었더니 네 절행이 기특하기로 너에게 말을 하는 것이다. 송관기천년(送款幾千年) 청백(淸白)은 어느 때며⁷⁸ 오현금(五絃琴) 〈남풍시(南風詩)〉를 이제까지 전하더냐?'

이렇듯이 말씀할 때 어떤 부인이,

"춘향아, 나는 기주 명월 음도성(陰都城)에서 화선(化仙)하던 농옥(弄玉)⁷⁹이라. 소사(簫史)의 아내로서 태화산(太華山)에 이별 후에 용을 타고 날아간 것이 한이 되어 옥퉁소로 원을 풀 때 곡조는 날아가 간 곳을 모르니 산 아래의 벽도(碧桃)가 봄 되어 꽃 피누나. 어찌 아니 원통하랴."

이러할 때 또 한 부인이 말씀하되,

"나는 한나라의 궁녀 소군(昭君)이라. 오랑캐의 땅으로 잘못 시집가서 한 줌의 푸른 무덤뿐이로다. 말 위에 올라타는 비파 곡조에 '그림을 보니 부드럽고 아름다운 얼굴임을 잘 알겠으며 환패(環佩)는 부질없이 옛 살던

---

⁷⁷· **상군부인(湘君夫人)** 중국 순임금의 두 아내인 아황과 아영.
⁷⁸· **송관기천년(送款幾千年) 청백(淸白)은 어느 때며** 친근한 정을 보낸 지 몇천 년에 어느 때나 맑고 밝은 세상이 찾아오려는가.
⁷⁹· **농옥(弄玉)** 진목공의 딸. 선인 소사의 아내.

한나라 궁궐에 혼백만이 돌아가겠도다' 이 아니 원통하랴."

한참 이러할 제 음풍(陰風)이 일어나며 촛불이 펄렁펄렁하며 무엇이 촛불 앞에 달려들거늘 춘향이 놀라 살펴보니 사람도 아니요, 귀신도 아닌데 비슷한 가운데 곡성이 낭자하며,

"여봐라 춘향아, 너는 나를 모르리라. 나는 한고조의 아내 척부인(戚夫人)[80]이로다. 우리 황제님 돌아가신 후에 여후(呂后)의 독한 솜씨 나의 수족 끊어내어 두 귀에다 불지르고 두 눈 빼어 암약 먹여 측간 속에 넣었으니 천추에 깊은 한을 어느 때나 풀어보랴."

이렇게 울 때 상군 부인 말씀하되,

"이곳이라 하는 데가 유명(幽明)의 길 다르고 행위자별(行爲自別)[81]하니 오래 머무르지 못하리라."

여동(女童)을 불러 하직할 때 동방의 귀뚜라미 소리 시르렁, 한 쌍 호랑나비는 펄펄, 춘향이 깜짝 놀라 깨어 보니 꿈이로다.

옥창 밖에는 앵두꽃이 떨어져 보이고 거울 복판이 깨어져 보이고 문 위에 허수아비가 달려 있는 듯이 보이거늘,

"나 죽을 꿈이로다."

수심과 걱정으로 밤을 샐 제 기러기가 울고 가니 한 조각 서강(西江) 위에 뜬 달 아래 남쪽으로 날아가는 기러기가 바로 너 아니냐.

밤은 깊어 삼경이요, 궂은비는 퍼붓는데 도깨비는 삑삑, 밤새 소리 북

---

80. **척부인(戚夫人)** 한고조의 왕후.
81 **행위자별(行爲自別)** 행위가 저절로 서로 다름.

북, 문풍지는 펄렁펄렁, 귀신이 우는데 마구 치는 매에 맞아죽은 귀신, 형장(刑杖) 맞아 죽은 귀신, 결령치사(結領致死)[82]대롱대롱

목 달아 죽은 귀신, 사방에서 우는데 귀신의 소리가 어지럽다. 방 안이며 추녀 끝이며 마루 아래서도 애고 애고 귀신 소리에 잠들 길이 전혀 없다. 춘향이가 처음에는 귀신 소리에 정신이 없이 지내더니 여러 번을 듣고 보니 겁 없이 되어서 청승맞은 굿거리의 삼잡이[83] 세악(細樂)[84] 소리로 알고 들으며,

"이 몹쓸 귀신들아, 나를 잡아가려거든 조르지나 마려무나, 암급급여율령사바(唵急急如律令娑婆)쐬."[85]

진언(眞言)[86] 치고 앉았을 때 옥 밖으로 장님 하나가 지나가되, 서울 봉사 같으면,

"문수(問數)하오."

하고 외치련마는 시골 봉사라,

"문복(問卜)하오."

하며 외치고 가니, 춘향이 듣고,

"여보 어머니. 저 봉사 좀 불러주오."

춘향 모가 봉사를 부르는데

---

[82] **결령치사(結領致死)** 교수형(絞首刑).
[83] **삼잡이** 장구·북·피리를 부는 세 사람.
[84] **세악** 군대의 장구·북·깡깡이·피리·저 등으로 편성된 음악.
[85] **암급급여율령사바(唵急急如律令娑婆)쐬** 재액을 물리치려고 외는 주문.
[86] **진언(眞言)** 법신의 말.

"여보, 저기 가는 봉사님."

봉사가 대답하되,

"그 뉘요?"

"춘향의 모요."

"어째 찾나?"

"우리 춘향이가 옥중에서 봉사님을 잠깐 오시라 하오."

봉사 한번 웃으며,

"날 찾기 의외로군. 가보지."

봉사가 옥으로 갈 때 춘향의 모 봉사의 지팡이를 잡고 길을 인도할 때,

"봉사님, 이리 오시오. 이것은 돌다리요, 이것은 개천이오. 조심하며 건너시오."

앞에 개천이 있어 뛰어보려 무한히 벼르다가 뛰는데 봉사의 뜀이란 게 멀리 뛰지 못하고 올라가기만 한 길이나 올라가는 것이었다. 멀리 뛰는 것이 한가운데 가서 풍덩 빠져놓았으니 기어나오려고 짚는다는 것이 개똥을 짚었겠다.

"아뿔싸, 이게 정녕 똥이지?"

손을 들어 맡아 보니 묵은 쌀밥 먹고 썩은 놈이로구나. 손을 내뿌린 것이 모진 돌에다가 부딪치니 어찌 아프던지 입에다 훌 쓸어넣고 우는데, 먼 눈에서 눈물이 뚝뚝 떨어지며,

"애고 애고, 내 팔자야. 조그만 개천을 못 건너고 이 봉변을 당하였으니 뉘를 원망하며 뉘를 탓하리. 내 신세를 생각하니 천지만물을 보지 못하는

지라 주야를 알랴? 사시(四時)를 짐작하며 봄철이 다가온들 복사꽃 피고 배꽃이 핌을 내가 알며, 가을철이 되어온들 누런 국화와 붉은 단풍을 내 어찌 알며, 부모를 내 아느냐, 처자를 내 아느냐, 친구 벗님을 내 아느냐? 세상 천지의 일월성신과 후함과 박함과 길고 짧음을 모르고 밤중 같이 지내다가 이 지경이 되었구나. 참으로 말하자면, 소경이 그르냐 개천이 그르냐?[87] 소경이 그르지, 애초부터 있는 개천이 그르랴?"

애고 애고 섧게 우니, 춘향 모 위로하되,

"그만 우시오."

봉사를 목욕시켜 옥으로 들어가니 춘향이 반기면서,

"애고 봉사님, 어서 오오."

봉사는 그중에 춘향이가 일색이란 말을 듣고 반가워하며,

"음성을 들으니 춘향각시인가 보다."

"예, 기옵니다."

"내가 벌써 와서 자네를 한 번이라도 볼 터이로되 가난한 사람 일 많다고 못 오고 청하자 왔으니 내 인사가 아니로세."

"그럴 리가 있소? 눈 머시고 늙으셨으니 기력이 어떠하시오?"

"내 염려는 말게. 대체 나를 어찌 청하였나?"

"예, 다름아니라 내 밤에 흉몽을 꾸었삽기로 해몽도 하고 우리 서방님이 어느 때나 나를 찾을까, 길흉 여부를 점치려고 청하였소."

---

[87] **소경이 그르냐 개천이 그르냐** '소경이 개천 나무란다'는 속담을 따옴.

"그리 하세."

봉사가 점을 치는데,

"저 태서(太筮)의 믿음직한 말을 빌려 존경을 다하여 축원하옵나니, 하늘이 언제 말씀하시었고 땅이 언제 말씀하셨으리요마는 두드리오면 곧 응하시는 것이 신령하심이니 응감하시와 신통하게 하여주시옵소서. 고할 제 알지 못하옵고 그 의심을 풀지 못하올 제 다만 마음과 혼령이 원하는 바를 밝히 가르쳐주시옵기를 바라와 옳고 그른 것을 밝히고자 하오니 곧 응하게 하여주소서. 복희(伏羲),[88] 문왕(文王) · 무왕(武王) · 무공(武公) · 주공(周公) · 공자(孔子), 오대성현(五大聖賢),[89] 칠십이현(七十二賢),[90] 안회(顔回) · 증삼(曾參) · 공급(孔伋) · 맹가(孟軻), 성문십철(聖門十哲)[91] 제갈공명(諸葛孔明) 선생, 이순풍(李淳風),[92] 소강절(邵康節),[93] 정명도(程明道),[94] 정이천(程伊川),[95] 주염계(周濂溪), 주희(朱熹), 엄군평(嚴君平),[96] 사마군(司馬君), 귀곡(鬼谷),[97] 손빈,[98] 소진(蘇秦), 장의(張儀), 왕보사(王輔嗣),

[88] **복희(伏羲)** 중국 고대 전설상의 성군.
[89] **오대성현(五大聖賢)** 공자 · 안 · 증 · 사 · 맹.
[90] **칠십이현(七十二賢)** 공자의 72제자.
[91] **성문십철(聖門十哲)** 공자의 고제(高弟) 10인.
[92] **이순풍(李淳風)** 당의 방술가(方術家).
[93] **소강절(邵康節)** 송의 도학자 소옹(邵雍).
[94] **정명도(程明道)** 송의 도학자 정호(程顥).
[95] **정이천(程伊川)** 송의 도학자 정이.
[96] **엄군평(嚴君平)** 한의 방술가.
[97] **귀곡(鬼谷)** 귀곡 선생. 춘추시대 종횡가. 소진 · 장의의 스승.
[98] **손빈** 제의 병법가.

주원장(朱元璋), 제대선생(諸大先生),[99]은 밝히 살피시고 밝히 기억하소서. 마의도자(麻衣道者), 구천현녀(九天玄女),[100] 육정(六丁), 육갑(六甲), 신장(神將)이시여, 연월 일시 사치공조(四値功曹), 배괘동자(排卦童子),[101] 척괘동랑(擲卦童郞),[102] 허공유감(虛空有感) 여왕 봉가 복사 단로향화(壇爐香火), 육신 무차 보양, 원컨대 강림케 하여주옵소서. 전라좌도 남원부 천변(川邊)에 사는 임자생신(壬子生辰) 곤명(坤命) 열녀 성춘향이 하월 하일(何月何日)에 방사옥중(放赦獄中)하오며 서울 삼청동에 사는 이몽룡은 하월 하일에 남원부에 도착하오리까? 엎드려 빌건대 첨신(僉神)은 신명소시(神明昭示)[103] 하옵소서."

산통(算筒)[104]을 철겅철겅 흔들더니,

"어디 보자. 일 이 삼 사 오 륙 칠, 허허 좋다. 좋은 괘로구나. 칠간산(七艮山)[105]이로구나. 고기가 그물을 피하니 적게 쌓여 크게 성취할 괘라. 옛날에 주나라 무왕이 벼슬을 할 때 이 괘를 얻어 성공하여 고향으로 돌아왔으니 어찌 아니 좋을쏜가. 천 리나 떨어져 있으나 서로 마음을 아니 친인(親人)의 낯을 볼 수 있을 것이라. 자네 서방님이 머지않아 내려와서 평생의 한을 풀겠네. 걱정 마오. 참 좋거든."

[99.] 제대선생(諸大先生) 송의 관상가.
[100.] 구천현녀(九天玄女) 상고시대의 신녀.
[101.] 배괘동자(排卦童子) 괘를 배포하는 동자.
[102.] 척괘동랑(擲卦童郞) 괘를 이룩한 동자.
[103.] 신명소시(神明昭示) 천지신령님이 밝히 보여 줌.
[104.] 산통(算筒) 소경이 점치는 데 쓰는 점대를 넣는 통.
[105.] 칠간산(七艮山) 점괘를 말함(감괘의 모양).

춘향이 대답하되,

"말대로 그리하면 오죽이나 좋사오리까. 간밤 꿈의 해몽이나 좀 하여주옵소서."

"어디 자상히 말을 하소."

"단장하던 체경이 깨져 보이고 창 앞에 앵두꽃이 떨어져 보이고, 문 위에 허수아비가 달린 듯이 보이고 태산이 무너지고 바닷물이 말라 보이니 나 죽을 꿈 아니오?"

봉사 가만히 생각하다가 얼마 후에 말하기를,

"그 꿈 장히 좋다. 꽃이 떨어지니 능히 열매를 맺을 것이요. 거울이 깨어지니 어찌 큰소리 한 번 없겠는가. 문 위에 허수아비 달렸음은 만인이 다 우러러 봄이라. 바다가 말랐으니 용의 얼굴을 볼 것이며, 산이 무너지면 평지가 될 것이다. 좋다, 쌍가마 탈 꿈이로세. 걱정 마소. 머지않네."

한창 이리 수작할 때 까마귀가 뜻밖에 옥 밖의 담에 와 앉아서,

"가옥가옥."

울거늘 춘향이 손을 들어 '후여' 하고 날리며,

"방정맞은 까마귀야, 나를 잡아가려거든 조르지나 마려무나."

봉사가 이 말을 듣더니 ,

"가만 있소. 그 까마귀가 가옥가옥 그렇게 울었지?"

"예 그래요."

"좋다 좋다. '가' 자는 아름다울 가(嘉) 자요, '옥' 자는 집 옥(屋) 자라. 아름답고 즐겁고 좋은 일이 불원간에 돌아와서 평생에 맺힌 한을 풀 것이

니 조금도 걱정하지 마소. 지금은 복채(卜債) 천 냥을 준대도 아니 받아갈 것이니, 두고 보고 영귀(榮貴)하게 되는 때에 괄시나 부디 마소. 나는 돌아가네."

춘향은 장탄수심으로 세월을 보내더라.

재회

이때 한양성 도련님은 주야를 가리지 않고 시서백가어(詩
書百家語)를 숙독하였으니 글로는 이백이요, 글씨는 왕희지
라.

나라에 경사가 있어 태평과(太平科)를 보일 때에 서책을 품
에 품고 과거장으로 들어가서 좌우를 둘러보니 수많은 백성
과 허다한 선비들이 일시에 임금님께 절을 한다. 맑고 고운
궁중의 풍악 소리에 앵무새가 춤을 춘다. 대제학을 택출(擇
出)하여 임금님께서 정한 글 제목을 내리시니 도승지(都承旨)
가 모셔내어 홍장(紅帳) 위에 걸어놓으니 제(題)에 하였으되,

'춘당춘색고금동(春塘春色古今同)[1]이라.'

뚜렷이 걸렸거늘 이 도령이 글제를 살펴보니 익히 보아온
바이라. 시제를 펼쳐놓고 해제(解題)를 생각하여 용지연(龍池

---

[1]. **춘당춘색고금동(春塘春色古今同)** 춘당대(臺)의 봄빛은 예나 지금이나 같다는 뜻.

硯)에 먹을 갈아 당황모(唐黃毛)² 무심필(無心筆)을 반중동 덤뻑 풀어 왕희
지의 필법으로 조맹부의 체를 받아 일필휘지(一筆揮之) 내리갈겨 가장 먼
저 답안지를 내니 상시관(上試官)이 글을 보고 글자마다 비점(批點)³이요,
구절마다 관주(貫珠)⁴였다. 글씨가 마치 용이 하늘로 치솟는 듯하고 기러
기가 모래밭에 내려앉은 듯하니⁵ 금세(今世)의 대재(大才)로구나. 금방(金
榜)⁶에 이름을 걸고 임금님이 석 잔 술을 권하신 후 장원 급제로 답안지를
시험장에 내걸었다.

　신래(新來)에 진퇴 나올 적에 머리에는 임금님이 내려주신 종이꽃이요,
몸에는 앵삼(鶯衫)⁷이며 허리에는 학대(鶴帶)로다. 사흘 동안 서울 장안을
돌며 논 후에 산소에 소분(掃墳)하고 임금님께 절하니, 전하께옵서 친히
불러 보신 후에,

　"경의 재주 조정에 으뜸이로다."

하시고 도승지 입시(入侍)하사 전라도 암행어사로 명을 내리시니 평생의
소원이라.

수의(繡衣), 마패(馬牌), 유척(鍮尺)⁸을 내주시니 전하께 하직하고 본댁으

---

² **당황모(唐黃毛)** 중국산 족제비 털.
³ **비점(批點)** 시문의 잘된 곳에 점을 찍는 것.
⁴ **관주(貫珠)** 글이 잘되었을 때에 글자 옆에 치는 표.
⁵ **글씨가 마치 용이 하늘로 치솟는 듯하고 기러기가 모래밭에 내려앉은 듯하니** 용사비등(龍蛇飛騰) 평사
　낙안(平沙落雁).
⁶ **금방(金榜)** 과거에 급제한 사람의 이름을 거는 방.
⁷ **앵삼(鶯衫)** 황색의 두루마기와 같은 관복.
⁸ **유척(鍮尺)** 검시(檢屍)에 쓰던 놋쇠로 만든 자.

로 나갈 적에 철관(鐵冠)⁹ 풍채는 산속의 맹호와 같은지라.

부모 앞에 하직하고 전라도로 향할 제 남대문 밖에 나서서 서리(胥吏), 중방(中房), 역졸 등을 거느리고 청파역 말 잡아타고, 칠패와 팔패, 배다리 등을 얼른 넘어 밥전거리 지나 동작(銅雀)이를 얼픗 건너 남태령(南太嶺)을 넘어 과천읍에서 점심 먹고, 사근내(沙斤乃) 미륵당이, 수원에서 숙소(宿所)하고 대황교(大皇橋) 떡전거리, 진개울, 중미, 진위읍에서 점심 먹고, 칠원, 소사, 애고다리, 성환역에 숙소하고 상류천, 하류천, 새술막 천안읍서 점심 먹고, 삼거리, 도리치, 김제역서 말 갈아타고 신구, 덕평을 얼른 지나 원터에 숙소하고 팔풍정, 활원, 광정, 모란[毛老院], 공주, 금강을 건너 금영에서 점심 먹고, 높은 행길 소개문, 어미널티, 경천에 숙소하고 노성, 풀개[草浦], 사다리, 은진, 까치다리, 황화정, 장어미고개, 여산읍에 숙소하고, 이튿날에 서리, 중방을 불러 분부하되,

"전라도 초읍 여산(礪山)이라. 무거운 나랏일을 거행하여 분명히 하지 못하면 죽기를 면하지 못하리라."

추상같이 호령하여 서리를 불러 분부하되,

"너는 좌도로 들어 진산, 금산, 무주, 용담, 진안, 장수, 운봉, 구례로 여덟 읍을 순행하여 아무 날 남원읍으로 대령하고, 중방과 역졸 너희들은 우도로 용안, 함열, 임피, 옥구, 김제, 만경, 고부, 부안, 흥덕, 고창, 장성, 영광, 무장, 무안, 함평으로 순행하여 아무 날 남원읍으로 대령하고, 종사(從

⁹· **철관(鐵冠)** 어사가 쓰던 갓.

事)¹⁰ 불러 익산, 금구, 태인, 정읍, 순창, 옥과, 광주, 나주, 평창, 담양, 동복, 화순, 강진, 영암, 장흥, 보성, 흥양, 낙안, 순천, 곡성으로 순행하여 아무 날 남원읍으로 대령하라."

분부하여 각기 분발(分撥)¹¹하신 후에 어사또 행장을 차리는데 그 거동을 좀 보소. 숱 사람을 속이려고 모자 없는 헌 파립에 벌이줄을 총총이 매어 초사(綃紗)¹²로 만든 갓끈을 달아 쓰고, 당줄만 남은 헌 망건에 갓풀관자¹³ 노끈 당줄 달아 쓰고, 의뭉하게 헌 도복에 무명실 띠를 가슴에 둘러매고 살만 남은 헌 부채에 솔방울 선초(扇貂)¹⁴ 달아 햇볕을 가리고 내려올 제, 통새암, 삼례에서 숙소하고 한내, 주엽쟁이, 가리내, 싱금정을 구경하고 숩정이, 공북루(拱北樓) 서문을 얼른 지나 남문에 올라 사방을 둘러보니, 소호(瀟湖)¹⁵ 강남(江南)이 여기로다.

기린봉 위에 솟은 달이며 한벽당(寒碧堂)의 맑은 잔치, 남고사(南高寺)의 저녁 종소리, 건지산(乾止山) 위에 솟은 보름달이며, 다가(多佳)의 활 쏘아 맞히는 과녁, 덕진(德津)의 연뿌리 캐기, 비부정(飛阜亭)에 날아 내리는 기러기, 위봉폭포(威鳳瀑布) 등 완산팔경(完山八景)을 다 구경하고 차차로 암행하여 내려올 제, 각 읍 수령들이 어사 났단 말을 듣고 민정을 가

^{10.}**종사(從事)** 종사관. 각 군영 포도청의 한 벼슬.
^{11.} **분발(分撥)** 요긴한 사항을 먼저 베껴 펴는 일.
^{12.} **초사** 질이 나쁜 비단.
^{13.} **갓풀관자** 아교풀로 만든 관자.
^{14.} **선초(扇貂)** 부채에 늘어뜨리는 장식품. 선추(扇錘).
^{15.} **소호(瀟湖)** 구양수·소식 등이 놀던 곳.

다듬고 지난날의 공사(公事)를 근심할 제 하인인들 편하리요.

이방, 호장은 혼을 잃고, 공사를 회계하는 형방, 서기 들은 여차하면 도망치려고 신발을 신고 있으며, 하고 많은 각 청상(聽上)이 넋을 잃고 분주할 제, 이때 어사또는 임실 구홧들 근처에 당도하니 이때가 마침 농사철이라 농부들이 농부가를 부르는 것이 들렸다.

어여로[16] 상사디요[17]
천리건곤 태평시에 도덕 높은 우리 성군
강구연월 동요(康衢烟月 童謠)[18] 듣던 요임금의 성덕이라.
어여로 상사디요.

순임금 높은 성덕으로 내신
성기(成器)역산(歷山)의 밭을 갈고[19]
어여로 상사디요.

신농씨(神農氏)[20] 내신 농구(農具)
천추만대 유전(遺傳)하니
어이 아니 높던가
어여로 상사디요.

---

16. **어여로** 여여차, 여럿이 힘을 합할 때 지르는 말.
17. **상사디요** 조흥구(助興句).
18. **강구연월동요(康衢烟月童謠)** 태평한 세월을 노래하는 동요.
19. **성기(聖器) 역산(歷山)의 밭을 갈고** 순임금이 그릇을 만들고 역산에서 밭을 갈았다는 말.
20. **신농씨(神農氏)** 중국 전설상의 제왕. 백성에게 농경을 가르쳤으며 시장을 개설하여 교역의 길을 열었다고 함. 농업, 의약, 역(易)의 신.

하우씨(夏禹氏) 어진 임금
구년 홍수 다스리니
어여로 상사디요.
은왕성탕(殷王成湯)[21] 어진 임금
대한(大旱) 칠년 당하였네
어여로 상사디요.

이 농사를 지어 내어
우리 성군께 공세(貢稅)한 후에
남은 곡식 장만하여
앙사부모(仰事父母)[22] 아니 하며
하육처자(下育妻子)[23] 아니 할까
어여로 상사디요.

백초(百草)를 심어
사시(四時)를 짐작하니
유신(有信)한 게 백초로다
어여로 상사디요.

청운공명(靑雲功名)[24] 좋은 호강
이 업을 당할쏘냐
어여로 상사디요.

남전 북답(南田北畓)[25] 기경(起耕)[26]하여

---

21. **은왕성탕(殷王成湯)** 은나라 임금 성과 탕.
22. **앙사부모(仰事父母)** 자식이 부모를 섬김.
23. **하육처자(下育妻子)** 처자를 돌봄.

함포고복(含哺鼓腹) 하여 보세
얼렁럴 상사디요.

한참 이러할 제 어사또 죽장을 짚고 이만치 떨어져 농부가를 구경하다
가,

"올해도 대풍이로고."

또 한편을 바라보니 몸이 튼튼한 중씰한[27] 노인들이 끼리끼리 모여서서
등걸밭[28]을 일구는데, 갈멍덕[29] 숙여 쓰고 쇠스랑을 손에 들고 백발가(白髮
歌)를 부르는데,

　　등장(等狀)[30] 가자 등장 가자
　　하느님전으로 등장 갈 양이면
　　무슨 말을 하실는지
　　늙은이는 주지 말고
　　젊은 사람 늙지 말에
　　하느님전에 등장 가세
　　원수로다 원수로다
　　오는 백발 막으려고
　　오른손에 도끼 들고

[24] **청운공명(靑雲功名)** 어린 나이에 세상에 이름을 날리는 것.
[25] **남전북답(南田北畓)** 소유한 논밭이 여기저기에 있음.
[26] **기경(起耕)** 지금까지 가꾸지 않은 땅을 갈아 일으켜서 논밭을 만듦.
[27] **중씰한** 중년(中年)이 넘은.
[28] **등걸밭** 등걸 즉, 나무를 베고 난 그루터기 같은 것이 많은 밭.
[29] **갈멍덕** 갈로 만든 멍덕. 멍덕은 짚으로 바가지 비슷하게 만든 벌통 뚜껑을 말함.
[30] **등장(等狀)** 관청에 연명으로 억울함을 호소함.

135

왼손에 가시 들고
오는 백발 두드리며
가는 홍안 걸어 당겨
청사(靑絲)로 결박하여
단단히 졸라매되
가는 홍안은 저절로 가고
백발은 시시(時時)로 돌아와
귀 밑에 살 잡히고
검은 머리 백발 되니
조여청사모성설(朝如靑絲暮成雪)[31]이라
무정한게 세월이라
소년행락(少年行樂) 깊다 한들
왕왕(往往)이 달라가니
이 아니 세월인가

천금준마(千金駿馬) 잡아타고
장안 대도(大道) 달리고자
만고강산 좋을 경치
다시 한 번 보고지고
절대가인(絕代佳人) 곁에 두고
온갖 교태 놀고지고
화조월석(花朝月夕)[32] 사시가경
눈 어둡고 귀가 먹어
볼 수 없고 들을 수 없어
하릴없는 일이로세.

---

[31] **조여청사모성설(朝如靑絲暮成雪)** 젊었을 때는 머리칼이 파랑실 같더니 늙어서는 마치 흰눈과도 같다.
[32] **화조월석(花朝月夕)** 꽃이 핀 아침과 달 밝은 저녁. 곧 경치가 좋은 시절을 말함.

슬프다 우리 벗님
어디로 가겠는고
구추 단풍(九秋丹楓) 잎 지듯이
선뜻선뜻 떨어지고
새벽 하늘 별 지듯이
듬성듬성 쓰러지니
가는 길이 어드메뇨
어여로 가래질이여
아마도 우리 인생
일장춘몽인가 하노라

한참 이러할 제 한 농부 썩 나서며,

"담배 먹세, 담배 먹세."

갈멍덕을 숙여 쓰고 둔덕에 나오더니, 곱돌조대[33]를 넌짓 들어 꽁무니 더듬어서 가죽 쌈지 빼어 들고 담배에 세우(細雨) 같은 침을 뱉어 엄지손 가락이 자빠라지게 비빗비빗 단단히 털어넣어 짚불을 뒤져놓고 화로에 푹 질러 담배를 먹는데, 농사꾼이라 하는 것이 대가 빽빽하면 쥐새끼 소리가 나것다. 양 볼때기가 오목오목, 코궁기[34]가 발심발심하며 연기가 훌훌 나 게 피워 물고 나서니 어사또 반말하기가 공성[35]이 났것다.

"저 농부 말 좀 물어보면 좋겠구먼."

"무슨 말?"

33. **곱돌조대** 곱돌, 즉 윤이 나고 매끈매끈한 돌로 만든 담뱃대.
34. **코궁기** 콧구멍의 옛말.
35. **공성** 어떤 일에 익숙해져 습관이 되어 버린 것을 말함.

"이 골 춘향이가 본관에 수청 들어 뇌물을 많이 받아 먹고 민정(民政)에 작폐(作弊)한다는 말이 옳은지?"

저 농부 열을 내어,

"그대는 어디 사는가?"

"아무데 살든지."

"아무데 살든지라니, 그대는 눈콩알 귀콩알이 없나? 지금 춘향이가 수청 아니 든다고 형장 맞고 갇혔으니 창가(娼家)에 그런 열녀 세상에 드문 지라. 구슬 같은 춘향 몸에 자네 같은 동냥아치가 함부로 누설(陋說)[36]을 시키다간 빌어먹도 못하고 굶어 뒤어지리. 올라간 이 도령인지 삼 도령인 지 그놈의 자식은 한번 간 후 소식이 없으니, 사람의 일이 그렇고는 벼슬 은커니와 내 좆도 못하리."

"어, 그게 무슨 말인고?"

"왜, 어찌 되나?"

"되기야 어찌 되랴마는 남의 말을 구습(口習)[37]을 너무 고약하게 하는 고."

"자네가 철 모르는 말을 하매 그렇지."

수작을 파하고 돌아서며,

"허허. 망신이로구나. 자, 농부네들 일하오."

"예."

---

[36] **누설(陋說)** 더럽고 추한 말.
[37] **구습(口習)** 입버릇. 말버릇.

하직하고 한 모퉁이를 돌아드니 아이 하나가 오는데 주령막대를 끌면서 시조(時調) 절반 사설 절반 섞어 하되

오늘이 며칠인고
천릿길 한양성을
며칠 걸어 올라가랴
조자룡이 월강하던
청총마아 있었더면
금일로 가련마는
불쌍하다 춘향이는
이 서방을 생각하여
옥중에 갇히어
명재경각(命在頃刻)[38] 불쌍하다
몹쓸 양반 이 서방은
한번 가고 소식 끊어지니
양반의 도리는 그러한가.

어사또가 그 말 듣고,

"이애, 어디 있지?"

"남원에 사오."

"어디를 가니?"

"서울 가오."

"무슨 일로 가니?"

---

[38] **명재경각(命在頃刻)** 목숨이 곧 죽을 지경에 이름.

"춘향이 편지 갖고 구관댁에 가오."

"이애, 그 편지 좀 보자."

"그 양반, 철모르는 양반이네."

"웬 소린고?"

"글쎄 들어보오. 남아(男兒) 편지 보기도 어렵거든 하물며 남의 내간(內
簡)을 보잔단 말이오?"

"이애, 듣거라. '행인임발우개봉(行人臨發又開封)³⁹이라는 말이 있느니
라. 좀 보면 관계하랴?"

"그 양반 몰골은 흉악하구만 문자속은 기특하오. 얼핏 보고 주시오."

"후레자식이로구나."

편지를 받아 떼어보니 그 사연에 써 있기를,

> 한번 이별한 후에 소식이 적조하니 도련님 시봉(侍奉)⁴⁰ 체후만안(體候萬
> 安)⁴¹하옵신지 원절 복모(願切伏慕)⁴²하옵니다. 천첩 춘향은 장대뇌상(枝臺牢
> 上)⁴³에 관봉치패⁴⁴하고 명재경각이라. 사경(死境)에 이르매 혼은 황릉의 묘
> 에 남아 출몰귀관(鬼關)⁴⁵하니 첩신(妾身)이 수유만사(雖有萬死)⁴⁶나 단지
> 열불이경(烈不二更)이요 첩지 사생(妾之死生)과 노모(老母) 형상이 부지 하경
> (不知何境)⁴⁷이오니 서방님 심량처지⁴⁸하옵소서.

---

³⁹· **행인임발우개봉(行人臨發又開封)** 곧 길을 떠나려는 순간에도 편지의 겉봉을 떼어 다시 본다는 말.

⁴⁰· **시봉(侍奉)** 부모님을 모시어 받듦.

⁴¹· **체후만안(體候萬安)** 살아가는 형편이 다 편안함. 상대방의 안부를 묻는 말.

⁴²· **원절복모(願切伏慕)** 간절히 원하며 공손히 사모함.

⁴³· **장대뇌상(枝臺牢上)** 형장대 주뇌(周牢) 위에.

⁴⁴· **관봉치패** 관재(官災)를 만나서 대패에 이르렀고.

편지 끝에 하였으되,

지난해 어느 때에 임을 이별 하였던고 (去歲何時君別妾)
엊그제가 겨울이더니 또 한 가을 지나가네. (昨已冬節又動秋)
미친 바람은 밤중에 눈 같은 소나기를 부르거니 (狂風半夜雨如雪)
어찌 된 까닭으로 남원 옥중의 죄인이 되었는가. (何爲南原獄中囚)

혈서로 써놓았는데 모래밭 위에 내려앉은 기러기 격으로 그저 툭툭 찍은 것이 모두 '애고'였다. 어사 보더니 두 눈에 눈물이 듣거니 맺거니 방울방울 떨어지니 아이 하는 말이,

"남의 편지 보고 왜 우시오?"

"어따 이애, 남의 편지라도 설은 사연을 보니 자연히 눈물이 나는구나."

"여보, 인정 있는 체하고 남의 편지에 눈물 묻으면 어쩌오? 그 편지 한 장 값이 열닷 냥이오. 편지값 물어내오."

"여봐라, 이 도령이 나와 죽마고우 친구로서 하향(遐鄕)에 볼일이 있어 나와 함께 내려오다가 완영⁴⁹에 들렀으니 내일 남원에 만나자고 언약하였다. 나를 따라가 있다가 그 양반을 뵙거라."

그 아이 낯빛을 변하며,

⁴⁵. **출몰귀관(出沒鬼關)** 혼이 저승으로 들어가는 문을 드나듦.
⁴⁶. **수유만사(雖有萬死)** 비록 죽을 수밖에 없음.
⁴⁷. **부지하경(不知何境)** 어떤 지경에 이를지 알지 못함.
⁴⁸. **심량처지** 깊이 헤아려 처리함.
⁴⁹. **완영(完營)** 완산 즉, 전주의 감영.

"서울을 저 건너로 아시오?"

하며 달려들어,

"편지 내오."

하고 제 고집을 세우는데 옷 앞자락을 잡고 힐난하며 살펴보니 명주 전대를 허리에 둘렀는데 제기(祭器) 접시 같은 것이 들었거늘, 물러나며,

"이것 어디서 났소? 찬바람이 나오."

"이놈! 만일 천기누설(天機漏洩)하여서는 생명을 보전치 못하리라."

당부하고 남원으로 들어올 제 박석치(朴石峙)[50]에 올라서서 사방을 둘러보니 산도 옛날 보던 산이요, 물도 옛날 보던 물이었다. 남문 밖에 썩 내달아, '광한루야 잘 있더냐? 오작교야 무사하냐?' 객사 앞의 푸르른 수양버들은 나귀 매고 놀던 터요, 청운낙수(靑雲洛水) 맑은 물은 내 발 씻던 청계수라. 녹수진경(綠樹秦京) 넓은 길은 오고 가던 옛 길이오.

오작교 다리 밑에 빨래하는 여인들 중에 계집아이들이 섞여 앉아,

"야야."

"왜 그래?"

"애고 애고, 불쌍하더라. 춘향이가 불쌍터라, 모질더라 모질더라. 우리 골 사또가 모질더라, 절개 높은 춘향이를 위력으로 겁탈하려 한들 철석 같은 춘향 마음 죽는 것을 겁낼 것인가. 무정하더라, 무정하더라, 이 도령이 무정하더라."

---

[50] **박석치** 남원 향교(鄕校)의 뒷산. 박석고개.

저희끼리 공론하며 추적추적 빨래하는 모양은 영양공주(英陽公主), 난양공주(蘭陽公主), 진채봉(秦彩鳳), 계섬월(桂蟾月), 백능파(白凌波), 적경홍(狄驚鴻), 심효연, 가춘운(賈春雲)[51]과도 비슷하다마는 양소유(楊小游)[52]가 없었으니 뉘를 찾아 앉았는고.

어사또 누(樓)에 올라 자세히 살펴보니 석양이 서쪽에 있고 자러 가는 새는 숲으로 가는데, 저 건너 양류목(楊柳木)은 우리 춘향이가 그네를 매고 오락가락 놀던 양을 어제 본 듯 반갑구나. 동편을 바라보니 장림(長林) 깊은 곳 녹림 사이 춘향의 집이 저기로구나. 저 안의 내동원(內東苑)은 예전에 보던 그 얼굴이요, 석벽의 험한 옥(獄)은 우리 춘향이가 우는 것 같아 불쌍하고 불쌍하다.

해는 서산에 지고 황혼이 깃들일 때에 춘향 집문 앞에 당도하니 행랑은 무너지고 집의 몸채는 너스레를 벗었는데, 예 보던 벽오동은 숲 속에 우뚝 서서 바람을 못 이기어 추레하게 서 있거늘, 나지막한 담 밑의 흰 두루미는 함부로 다니다가 개한테 물렸는지 깃도 빠지고 다리를 징금 끨룩 뚜루룩 울음을 울고, 빗장 앞의 누렁개는 기운 없이 조을다가 구면객을 몰라보고 꽝꽝 짖으며 내달으니,

"요 개야, 짖지 마라. 주인 같은 손님이다. 너의 주인 어디 가고 네가 나를 반기느냐?"

[51] 영양공주(英陽公主), 난양공주(蘭陽公主), 진채봉(秦彩鳳), 계섬월(桂蟾月), 백능파(白凌波), 적경홍(狄驚鴻), 심효연, 가춘운(賈春雲) 「구운몽」 중에 나오는 팔선녀의 현신 이름.
[52] 양소유(楊小游) 「구운몽」의 남주인공으로, 성진의 변신.

중문을 바라보니 내 손으로 쓴 글자가 충성 충(忠)자 완연하더니 가운데 중(中) 자는 어디 가고 마음 심(心) 자만 남아 있고, 와룡장자(臥龍壯字)[53] 입춘서(立春書)는 동남풍에 펄렁펄렁 이내 수심 돋워낸다.

그렁저렁 들어가니 내정은 적막한데 춘향 모 거동 보소.

미음 솥에 불 넣으며,

"애고 애고, 내 일이야 모질도다 모질도다, 이 서방이 모질도다. 위경(危境)의 내 딸 아주 잊어 소식조차 끊어졌네. 애고 애고, 서럽구나. 향단아, 이리 와 불 넣어라."

하고 나오더니 울안의 개울물에 흰머리 감아 빗고 정화수 한 동이를 단 아래에 받쳐놓고 땅에 엎디어 축원하기를,

"천지지신(天地之神) 일월성신은 화위동심(化爲同心)[54]하옵소서. 다만 내 딸 춘향이를 금쪽같이 길러내어 외손봉사를 바랐더니, 무죄한 매를 맞고 옥중에 갇혔으니 살릴 길이 없사옵니다. 천지지신은 감동하사 한양성 이몽룡을 청운(靑雲)에 높이 올려 내 딸 춘향을 살려지이다."

빌기를 다한 후에,

"향단아, 담배 한 대 붙여다구."

춘향의 모 받아 물고 '후우' 한숨 눈물질 제, 이때 어사는 춘향 모의 정성을 보고,

"나의 벼슬한 것이 선영(先塋)의 은덕으로 알았더니, 우리 장모 덕이로

---

53. **와룡장자(臥龍壯字)** 용과 같이 힘있는 글씨.
54. **화위동심(化爲同心)** 한가지 마음으로 행함.

다." 하고,

"그 안에 뉘 있나?"

"뉘시오?"

"내로세."

"내라니 뉘신가?"

어사 들어가며,

"이 서방일세."

"이 서방이라니. 옳아, 이풍헌(李風憲)의 아들 이 서방인가?"

"허허, 장모 망령이로세. 나를 몰라? 나를 몰라?"

"자네가 뉘여?"

"사위는 백년지객(百年之客)이라 하였으니 어찌 나를 모르는가?"

춘향 모 반겨하며,

"애고 애고. 이게 웬일인고? 어디 갔다 이제 오나? 바람이 크게 일더니 바람결에 풍겨 왔나, 봉운기봉(峰雲奇峰)⁵⁵터니 구름 속에 싸여 왔나? 춘향의 소식을 듣고 살리려고 와 계신가? 어서어서 들어가세."

손을 잡고 들어가서 촛불 앞에 앉혀놓고 자세히 살펴보니 걸인 중에 상걸인이 되었구나. 춘향의 모 기가 막혀,

"이게 웬일이오?"

"양반이 그릇되니 형언할 수 없네. 그때 올라가서 벼슬길은 끊어지고 가

---

⁵⁵ **봉운기봉(峰雲奇峰)** 하운기봉(夏雲奇峰)을 잘못 말함.

산을 탕진하여, 부친께서는 훈장으로 가시고 모친은 친가로 가시고 다 각기 갈려서 나도 춘향에게 내려와서 돈냥이나 얻어갈까 하였더니, 와서 보니 양가(兩家) 이력이 말이 아닐세."

춘향의 모 이 말을 듣고 기가 막혀,

"무정한 이 사람아, 한 번 이별한 후로 소식이 없었으니 그런 인사가 어디 있으며, 뒷기약인가 뭔가나 바랐더니 이리 잘 되었소. 쏘아 논 화살이요, 엎지러진 물이 되어 수원수구(誰怨誰咎)[56]할까마는, 내 딸 춘향을 대체 어찌하려는가?"

홧김에 달려들어 코를 물어 떼려 하니,

"내 탓이지 코 탓인가? 장모가 나를 몰라보네. 하늘이 무심해도 풍운조화(風雲造化)와 뇌성벽력은 있는 법이니."

춘향 모가 기가 막혀서,

"양반이 그릇되매 못된 간롱[57]조차 들었구나."

어사가 짐짓 춘향 모가 하는 거동을 보려고,

"시장하여 나 죽겠네. 나 밥 한술만 주소."

춘향 모는 밥 달라는 말을 듣고,

"밥 없네."

어찌 밥이 없을까마는 홧김에 하는 말이었다. 이때 향단이 옥에 갔다 나오더니, 저의 아씨 야단 소리에 가슴이 후둘후둘하고 정신이 울렁울렁하

---

56. **수원수구(誰怨誰咎)** 누구를 탓하고 누구를 원망할까.
57. **간롱(奸弄)** 남을 농락하는 간사한 짓.

여 정처없이 들어가서 가만히 살펴보니 전의 서방님이 와 계시구나. 어찌 나 반갑던지 우르르 달려들어,

"향단이 문안이오. 대감님 문안이 어떠하시며 대부인께도 그 후 안녕하옵시며, 서방님께서도 먼 길에 평안히 행차하셨습니까?"

"오냐, 고생이 어떠하냐?"

"소녀의 몸은 무탈하옵니다. 아씨 아씨, 큰아씨. 마오 마오, 그리 하지 마오. 멀고 먼 천릿길에 뉘를 보려고 오셨는데 이 괄시가 웬일이오? 아가씨가 아신다면 지레 야단을 맞을 것이니 너무 괄시를 마옵소서."

부엌으로 들어가더니 먹던 밥에 풋고추, 절인 김치, 양념을 넣고 단간장에 냉수를 가득 떠서 소반에 받쳐 들이면서,

"더운 진지 할 동안에 시장하실 터인데 우선 요기나 하옵소서."

어사또 반겨하며

"밥아, 너 본 지 오래구나."

여러 가지를 한데다 붓더니 숟가락 댈 것 없이 손으로 휘휘 저어 한편으로 몰아치며 마파람에 게눈 감추듯[58] 하는구나.

춘향 모가 하는 말이,

"얼씨구. 밥 빌어먹기에 공성이 났구나."

이때 향단이는 저의 아가씨 신세를 생각하여 크게 울지는 못하고 흐느끼며 하는 말이,

---

[58] **마파람에 게눈 감추듯** 속담. 음식을 어느결에 먹었는지 모를 만큼 빨리 먹어치우는 것을 말함.

"어찌할꺼나, 어찌할꺼나. 도덕 높으신 우리 아가씨 어찌하여 살리시려오. 어찌해야 하나, 어찌해야 하나?"

소리도 못 내고 우는 모양을 어사또가 보시더니 기가 막혀,

"여봐라 향단아, 울지 마라, 울지 마라. 너의 아가씨 설마 살지 죽을쏘냐. 행실이 지극하면 사는 날이 있느니라."

춘향 모 듣더니,

"애고, 양반이라고 오기(傲氣)는 있어서. 대체 자네가 왜 저 모양인가?"

향단이 하는 말이,

"우리 큰아씨 하는 말을 조금도 괘념 마옵소서. 나이 많아 노망하는 중에 이 일을 당해 놓으니 홧김에 하는 말을 조금치라도 노하리까? 더운 진지 잡수시오."

어사또 밥상 받고 생각하니 분기탱천(憤氣撑天)[59]하여 마음이 울적하고 오장이 울렁울렁하고 저녁밥이 맛이 없어,

"향단아, 상 물려라."

담뱃대 툭툭 털며,

"여보소 장모, 춘향이나 좀 보아야겠소."

"그렇게 하구려. 서방님이 춘향을 아니 보아서야 인정이라 하오리까?"

향단이 여쭈오되,

"지금은 문을 닫았으니 바라[罷漏][60] 치거든 가사이다."

---

[59]. **분기탱천(憤氣撑天)** 분한 기운이 하늘을 찌를 것 같음.
[60]. **바라[罷漏]** 5경 3점에 큰 쇠북을 서른세 번 치던 것. 바루, 파루.

이때 마침 바라를 뎅뎅 치는 것이었다. 향단이는 미음상을 이고 등롱을 들고, 어사또는 뒤를 따라 옥문 앞에 당도하니 인적이 고요하고 옥사쟁이도 간 곳이 없다. 이때 춘향이 꿈도 아니고 생시도 아닌데 서방님이 오셨는데 머리에는 금관이요, 몸에는 홍삼(紅衫)을 입었다. 임 그리는 마음에 목을 안고 만단정회(萬端情懷) 하는 차였다.

"춘향아."

부른들 대답이 있을쏘냐. 어사또 하는 말이,

"크게 한번 불러보소."

"모르는 말이오. 예서 동헌이 마주치는데 소리가 크게 나면 사또가 염문(廉問)할 것이니 잠깐 지체하옵소서."

"무어 어째? 염문이 무엇인고. 내가 부를게 가만있소. 춘향아!"

부르는 소리에 깜짝 놀라 일어나며,

"허허 이 목소리 잠결인가, 꿈결인가. 그 목소리 괴이하다."

어사또 기가 막혀,

"내가 왔다고 말을 하소."

"왔다고 말을 할 것 같으면 기절낙담할 것이니 가만히 계시옵소서."

춘향이 저의 모친 음성을 듣고 깜짝 놀라,

"어머니, 어찌 오셨소? 몹쓸 딸자식을 생각하와 천방지방(天方地方)[61] 다니다가 떨어져 상하기 쉽소. 일후일랑은 오실 생각 마옵소서."

---

[61]. **천방지방(天方地方)** 천방지축. 너무 급하여 방향을 잡지 못하고 함부로 날뛰는 모양.

"나는 염려 말고 정신을 차려라. 왔다."

"오다니 누가 와요?"

"그저 왔다."

"갑갑하여 나 죽겠소. 일러주오. 꿈 가운데 임을 만나 만단정회하였더니 혹시 서방님께서 기별이 왔소? 벼슬 띠고 내려온다는 노문(路文)⁶² 왔소? 애고, 답답하여라."

"너의 서방인지 남방인지 걸인이 하나 내려왔다."

"허허 이게 웬 말인가? 서방님이 오시다니 꿈속에서 보던 임을 생시에 보단 말가?"

문 틈으로 손을 잡고 말 못하고 기색(氣塞)하며,

"애고, 이게 뉘시오? 아마도 꿈이로다. 그리워하며 보지 못하던 임을 이리 쉽게 만날 수 있을까. 이제 죽어 한이 없네. 어찌 그리 무정할까. 복도 없다 우리 모녀. 서방님을 이별한 후에 자나 누우나 임 그리워하며 일구월심 한이더니, 내 신세가 이리 되어 매에 감겨 죽게 되니 나를 살리려고 오시었소?"

한참 이리 반기다가 임의 형상을 자세히 보니 어찌 아니 한심하랴.

"여보 서방님, 내 몸 하나 죽는 것은 서러운 마음이 없소마는 서방님은 이 지경이 웬일이오?"

"오냐, 춘향아. 설워 마라, 사람 목숨은 하늘에 매인 것이니 설마한들 죽

---

^{62.} **노문(路文)** 벼슬아치가 당도할 날짜를 미리 갈 곳을 알리던 글.

을쏘냐?"

춘향이 저의 모친을 불러,

"한양성 서방님을 칠년대한(七年大旱) 가문 날에 갈민대우(渴民待雨)[63] 기다린들 나와 같이 기다렸을까. 심은 나무가 꺾어지고 공든 탑이 무너졌네. 가련하다 이내 신세, 하릴없이 되었구나. 어머님은 나 죽은 후에라도 원이나 없게 하여주옵소서. 나 입던 비단 장옷 봉장(鳳欌) 안에 들었으니 그 옷 내어 팔아다가 한산의 고운 모시와 바꾸어서 물색 곱게 도포를 짓고 백방수주(白紡水紬)로 지은 긴 치마를 되는 대로 팔아다가 관망(冠網) 신발을 사 드리고, 절병 천은(天銀) 비녀와 밀화장도, 옥지환이 함 속에 들었으니 그것도 팔아다가 한삼 고의 불초(不肖)찮게 하여주오. 오래잖아 죽을 년이 세간은 두어 무엇 할까, 용장 봉장 빼다지[64]를 있는 대로 팔아다가 좋은 찬으로 진지 대접하오. 나 죽은 후에라도 나 없다 말으시고 나 본 듯이 섬기소서.

서방님 내 말 들으시오. 내일이 본관 사또 생신이라, 취중에 심한 술주정이 나면 나를 올려칠 것이니 형문 맞은 다리 장독이 났으니 수족인들 놀릴 쏜가. 만수운환(漫垂雲鬟)[65] 흐트러진 긴 머리 이렁저렁 걷어 얹고 이리 비틀 저리 비틀 들어가 장폐(杖斃)[66]하여 죽거들랑, 삯꾼인 체 달려들어 둘러업고 우리 둘이 처음 만나서 놀던 부용당(芙蓉堂)의 적막하고 요적(寥寂)

---

63. **갈민대우(渴民待雨)** 가뭄에 지친 백성들이 비를 기다림.
64. **빼다지** 서랍장의 옛사투리.
65. **만수운환** 운환은 미인의 머리털을 푸른 구름에 비유하여 이른 말. 흐트러진 채 늘어진 머리털.
66. **장폐(杖斃)** 장형(杖刑)으로 곤장을 맞고 죽음.

한 데 뉘어 놓고 서방님 손수 염습(殮襲)[67]하되 나의 혼백 위로하여 입은 옷 벗기지 말고 양지 끝에 묻었다가 서방님 귀히 되어 청운에 오르거든 일시도 둘라 말고 육진장포(六鎭長布)[68] 개렴(改殮)[69]하여 조촐한 상여 위에 덩그렇게 실은 후에 북망산천(北邙山川)[70] 찾아갈 제, 앞의 남산과 뒤의 남산을 다 버리고 한양으로 올려다가 선산 발치에 묻어주오. 비문에 새기기를, '수절원사춘향지묘(守節冤死春香之墓)'[71]라고 여덟 자만 새겨주오. 망부석이 아니 될까, 서산에 지는 해는 내일 다시 오르련마는 불쌍한 춘향이는 한번 가면 어느 때 다시 올까, 신원(伸冤)[72]이나 하여주오.

애고 애고, 내 신세야. 불쌍한 나의 모친 나를 잃고 가산을 탕진하면 하릴없이 걸인이 되어 이집 저집 걸식타가 언덕 밑에 조속조속 조을면서 기력이 다하여 죽게 되면, 지리산 갈가마귀 두 날개를 쩍 벌리고 두둥실 날아들어 까옥까옥 두 눈을 파 먹은들 어느 자식 있어 후여 하고 날려주리, 애고 애고."

춘향이 섧게 울 제 어사또,

"울지 마라. 하늘이 무너져도 솟아날 구멍이 있느니라. 네가 나를 어찌 알고 이렇듯이 서러워하느냐?"

---

67. **염습(殮襲)** 죽은 이의 몸을 씻긴 후에 옷을 입히는 일.
68. **육진장포(六鎭長布)** 함경북도 육진에서 나는 척수가 긴 베.
69. **개렴(改殮)** 다시 고쳐 염습을 함.
70. **북망산천(北邙山川)** 북망산. 중국 하남성 낙양에 있는 산으로 옛날 무덤이 많이 있던 곳. 죽어가는 곳을 말함.
71. **수절원사춘향지묘(守節冤死春香之墓)** 수절하다 억울하게 죽은 춘향의 묘.
72. **신원(伸冤)** 가슴에 맺힌 원한을 풀어버림.

작별하고 춘향의 집으로 돌아왔다. 춘향이는 어둠침침한 한밤중에 서방님을 번개같이 얼른 보고 옥방에 홀로 앉아 탄식하는 말이,

"명천(明天)은 사람을 낼 제 별로 후박(厚薄)이 없건마는 나의 신세 무슨 죄로 이팔청춘에 임 보내고 모진 목숨을 살아 이 형문 이 형장이 무슨 일인고. 옥중 고생 삼사 삭에 밤낮이 없게 되었구나. 죽어서 황천에 돌아간들 제왕전(諸王前)에 무슨 말을 자랑하리. 애고 애고."

슬피 울 제 기진맥진하여 반생반사(半生半死)하는구나.

어사또 춘향 집을 나와서 그날 밤을 샐 작정하고 문안 문밖을 염탐하며 들을 제, 질청(秩廳)에 가 들으니 이방이 승발(承發)[73] 불러 하는 말이,

"여보소, 들으니 수의도(繡衣道)[74]가 새문 밖 이씨라더니 아까 삼경에 등롱불 켜 들고 춘향 모 앞세우고 폐의파관(弊衣破冠)[75]한 손님이 아마도 수상하니 내일 본관 잔치 끝에 일습(一襲)[76]을 구별하여 생탈없이 십분 조심하소."

어사가 그 말을 듣고, '그놈들, 알기는 아는구나' 생각하고, 또 장청(杖廳)에 가 들으니 행수 군관의 거동을 보소.

"여러 군관님네. 아까 옥거리에 왔다 갔던 걸인이 정말로 괴이한데 아마도 분명히 어사인 듯하니 용모파기(容貌把記)[77] 내어놓고 자상히 보소."

---

[73] 승발(承發) 아전 밑에서 잡무를 보던 사람.

[74] 수의도(繡衣道) 수의사도, 즉 어사또.

[75] 폐의파관(弊衣破冠) 찢어진 옷과 갓.

[76] 일습(一襲) 옷의 한 벌이라는 뜻으로 여기에서는 겉으로 드러난 행색을 말함.

[77] 용모파기(容貌把記) 어떠한 사람을 잡기 위하여 그 사람의 얼굴의 특징을 적은 기록.

어사또 듣고는,

'그놈들, 모두 귀신 같구나.'

하고, 현사(縣司)[78]에 가 들으니 호장(戶長) 역시 그러하다.

육방(六房)을 다 염문한 후에 춘향 집에 돌아와서 그 밤을 샌 연후에 이튿날 조사(朝仕)[79] 끝에 가까운 읍의 수령이 모여든다.

운봉 영장(雲峰營將), 구례, 곡성, 순창, 옥과, 진안, 장수 원님들이 차례로 모여든다. 좌편에 행수, 군관, 우편에 청령(聽令), 사령(使令), 한가운데 본관은 주인이 되어 하인을 불러 분부하되,

"관청색(官廳色)[80] 불러 다담(茶啖)[81]을 올리라. 육고자(肉庫子)[82] 불러 큰 소를 잡고, 예방(禮房) 불러 고인(鼓人)[83]을 대령하고, 승발 차일을 치게 하라. 사령 불러 잡인(雜人)을 금하라."

이렇듯 요란할 제 기치군물(旗幟軍物)이며 육각풍류(六角風流)[84]가 반공에 떠 있고 푸르고 붉은 비단옷을 입은 기생들은 비단 소매에 싸인 흰 손을 높이 들어 춤을 추고,

"지화자 두덩실."

하는 소리에 어사또 마음이 심란하구나.

---

[78]. **현사(縣司)** 관청의 수요에 따른 물품을 출납하는 곳.

[79]. **조사(朝仕)** 하급 벼슬아치가 날마다 아침에 으뜸 벼슬아치에게 뵈는 일.

[80]. **관청색(官廳色)** 관청빗. 옛날 수령의 음식을 맡아 하던 아전.

[81]. **다담(茶啖)** 불가에서 손님 앞에 내는 다과 따위.

[82]. **육고자(肉庫子)** 지방 관청에 쇠고기를 바치던 관노.

[83]. **고인(鼓人)** 공인(工人). 옛날에 악기를 연주하던 사람. 악공(樂工). 공생(工生).

[84]. **육각풍류(六角風流)** 음악을 말함.

"여봐라, 사령들아! 너의 원전(元前)에 여쭈어라. 먼데 있는 걸인이 좋은 잔치에 왔으니 주효(酒肴)나 좀 얻어먹자고 여쭈어라."

저 사령 거동 보소.

"어느 양반이기에, 우리 안전(案前)[85]께서 걸인을 못 들어오게 하시니 그런 말은 내지도 마시오."

등을 밀쳐내니 어찌 아니 명관인가. 운봉(雲峰)이 그 거동을 보고 본관에게 청하는 말이,

"저 걸인의 의관은 남루하나 양반의 후예인 듯하니 말석에 앉히고 술잔이나 먹여 보냄이 어떠하오?"

"운봉의 소견대로 하오마는."

하는데 '마는' 소리가 뒷입맛이 사납다.

어사또는 속으로, '오냐, 도적질은 내가 하리, 오랏줄은 네가 져라.'

운봉이 분부하여,

"그 양반 듭시래라."

어사또 들어가 단정히 앉아 좌우를 살펴보니 당상의 모든 수령들이 다 과상을 앞에 놓고 진양조가 양양[86]할 제 어사또 상을 보니 어찌 아니 분통하랴. 모[87] 떨어진 개다리소반에 닥나무 젓가락, 콩나물, 깍두기, 막걸리 한 사발이 놓였구나. 상을 발길로 탁 차 던지며 운봉의 갈비를 직신,[88]

---

85. **안전(案前)** 하급 관리가 상급 관리를 부르는 말.
86. **양양** 흥취가 넘침.
87. **모** 귀퉁이.
88. **직신** 검질기게 조르는 모양.

"갈비 한 대 먹고지고."

"다리도 잡수시오."

하고, 운봉이 하는 말이,

"이러한 잔치에 풍류로만 놀아서는 맛이 적사오니 차운(次韻)[89]이나 한 수씩 해보면 어떠하오?"

"그 말이 옳소."

하니, 운봉이 운을 내는데 높을 고(高), 기름 고(膏) 두 자를 내어놓고 차례로 운을 달 때에 어사또가 하는 말이,

"걸인도 어려서 『추구권(抽句卷)』[90]이나 읽었는데, 좋은 잔치를 당하여서 주효를 배불리 먹고 그저 가기 염치없으니 차운 한 수 하겠사오이다."

운봉이 반겨 듣고 붓과 벼루를 내어주니 좌중이 다 못하여 글 두 구를 지었으되, 민정(民情)을 생각하고 본관 정체(政體)를 생각하여 지었겠다.

금동이의 아름다운 술은 일만 백성의 피요 (金樽美酒千人血)
옥소반의 맛좋은 안주는 일만 백성의 기름이라 (玉盤佳肴萬姓膏)
촛불의 눈물이 떨어질 때 백성의 눈물이 떨어지고 (燭淚落時民淚落)
노랫 소리 높은 곳에 원망 소리 높았더라. (歌聲高處怨聲高)

이렇듯이 지었으되 본관은 몰라보고 운봉이 글을 보며 속으로, '아뿔싸! 일이 났구나' 생각한다.

---

[89] **차운(次韻)** 남의 운을 따라 시를 짓는 놀이.
[90] **추구권(抽句卷)** 명구(名句)를 초출한 책.

이때 어사또가 하직하고 간 연후에 공형(公兄)[91]을 불러 분부하되,

"야야, 일이 났다."

공방을 불러 포진(鋪陳)을 단속하고 병방을 불러 역마(驛馬)를 단속하고 관청색을 불러 다담(茶啖)을 단속, 옥형리를 불러 죄인을 단속하고 집사를 불러 형구를 단속하고 형방을 불러 문부(文簿)[92]를 단속하고, 사령을 불러 합번(合番)[93]을 단속하며 한참 이리 요란할 때 물색없는 저 본관이,

"여보, 운봉은 어디를 다니시오?"

"소변을 보고 들어옵니다."

본관이 분부하되,

"춘향을 급히 올리라!"

하고 주광(酒狂)이 난다.

이때 어사또가 군호(軍號)[94]할 때 서리에게 눈짓을 하니, 서리와 중방의 거동 좀 보소. 역졸을 불러 단속을 할 때 이리 가며 수군, 저리 가며 수군수 군.

서리와 역졸의 거동을 보소. 외올 망건, 공단 싸개, 새 패랭이를 눌러쓰고 석 자 감발을 두르고 새 짚신에 한삼 고의를 산뜻이 입고 육모 방망이와 녹피(鹿皮)[95]끈을 손목에 걸어 쥐고, 여기서 번쩍 저기서 번쩍 남원읍이

---

[91]. **공형(公兄)** 삼공형(三公兄). 각 고을의 호장(戶長), 이방(吏房), 수형리(首刑吏).

[92]. **문부(文簿)** 뒷날에 상고할 글발과 장부.

[93]. **합번(合番)** 중대한 일이 있을 때에 여럿이 모여 숙직함.

[94]. **군호(軍號)** 대궐의 군졸들이 쓰던 암호로 서로 눈치나 말로써 가만히 내통함.

[95]. **녹피(鹿皮)** 녹비. 사슴의 가죽.

우꾼우꾼. 청파역졸의 거동을 보소. 달 같은 마패를 햇빛같이 번쩍 들어,

"암행어사 출두야!"

외치는 소리 강산이 무너지고 천지가 뒤집히는 듯 초목금수(草木禽獸)
인들 아니 떨랴.

남문에서,

"출두야!"

북문에서,

"출두야!"

동서문에서 출두 소리가 청천에 진동하고,

"공형 들라."

외치는 소리에 육방이 넋을 잃어,

"공형이오."

등채찍으로 후닥닥 갈기니,

"애고, 죽는다!"

공방이 포진 들고 들어오며,

"안 하려던 공방을 하라더니 저 불속에 어찌 들어가노?"

등채찍으로 후닥닥 갈기니,

"애고 박 터졌네."

좌수(座首),[96] 별감(別監)[97]은 넋을 잃고 이방, 호장도 넋을 잃고 삼색나

---

[96] **좌수(座首)** 시골 관청의 우두머리.

[97] **별감(別監)** 좌수에 버금가는 자리.

졸(三色邏卒)⁹⁸ 분주하네.

　모든 수령들이 도망할 때 거동 좀 보소. 인궤(印櫃)⁹⁹를 잃고 과절¹⁰⁰ 을 들었으며 병부(兵符) 대신 송편을 들고, 탕건 대신 용수¹⁰¹를 쓰고 갓 대신 소반을 쓰고, 칼집을 쥐고 오줌을 누려 한다. 부서지니 거문고요, 깨지느 니 북과 장고로다.

　본관이 똥을 싸고, 멍석 구멍에 새앙쥐 눈뜨듯 하고 내아로 들어가서,

　"어 추워라! 문 들어온다 바람 닫아라, 물 마른다 목 들여라!"

　관청색은 상(床)을 잃고 문짝을 이고 내달으니 서리와 역졸이 달려들어 후닥닥,

　"애고, 나 죽네."

　이때 어사또가 분부하되,

　"이 고을은 대감이 좌정하시던 고을이라, 훤화(喧譁)¹⁰²를 금(禁)하고 객 사(客舍)로 옮겨가라 하라!"

　좌정한 후에,

　"본관은 봉고파직(封庫罷職)¹⁰³ 하라!"

　분부하니,

---

⁹⁸· **삼색나졸(三色邏卒)** 옛날 지방관아에 딸린 나장·군뢰·사령 등 세 하인을 함께 이르는 말.

⁹⁹· **인궤(印櫃)** 관청에서 사용하는 도장을 넣어두던 상자.

¹⁰⁰· **과절** 과자의 일종.

¹⁰¹· **용수** 술을 거르는데 쓰는 싸리로 만든 긴 통.

¹⁰²· **훤화** 지껄여 떠듦.

¹⁰³· **봉고파직(封庫罷職)** 어사또가 부정한 원을 파면시키고 관고를 쓰지 못하도록 봉인함.

"본관은 봉고파직이오!"

사대문에 방을 붙이고 옥형리를 불러 분부하되,

"네 고을 옥수(獄囚)를 다 올리라!"

호령하니 죄인을 올리거늘, 다 각각 문죄한 후에 죄 없는 자는 놓아줄 때,

"저 계집은 무엇이냐?"

형리가 여쭈오되,

"기생 월매의 딸이온데, 관청 뜰에서 포악한 죄로 옥중에 있사옵니다."

"무슨 죄냐?"

형리가 아뢰되,

"본관 사또의 수청으로 불렀더니 수절이 정절이라 수청을 아니 들려 하고 관전(官前)에서 포악한 춘향이로소이다."

어사또가 분부하되,

"네년이 수절한다고 관정(官庭) 포악하였으니 살기를 바랄쏘냐? 죽어 마땅하되 내 수청도 거역할까?"

춘향이 기가 막혀,

"내려오는 관장(官長)마다 모두가 명관이로구나. 수의(繡衣) 사또 들으소서. 층암절벽 높은 바위가 바람이 분들 무너지며 청송(靑松), 녹죽(綠竹) 푸른 나무가 눈이 온들 변하리까? 그런 분부 마옵시고 어서 바삐 죽여주오." 하며,

"향단아, 서방님 어디 계신가 보아라. 어젯밤에 옥문 간에 오셨을 제 천만 당부하였더니 어디로 가셨는지 나 죽는 줄 모르는가?"

어사또가 분부하되,

"얼굴을 들어 나를 보라!"

하시니, 춘향이 고개를 들어 대 위를 살펴보니 걸객으로 왔던 낭군이 어사
또로 뚜렷이 앉았구나.

반 웃음, 반 울음으로,

얼씨구나 좋을씨고
어사낭군 좋을씨고
남원 읍내 추절(秋節) 들어
떨어지게 되었더니
객사에 봄이 들어
이화춘풍(李花春風) 날 살린다.
꿈이냐 생시냐
꿈을 깰까 염려로다.

한참 이리 즐길 때에 춘향 모 들어와서 한없이 기뻐하는 말을 어찌 다
말하랴.

춘향의 높은 절개가 광채 있게 되었으니 어찌 아니 좋을쏜가. 어사또는
남원 공사(公事) 닦은 후에 춘향 모녀와 향단이를 서울로 데려갈 제, 위세
가 당당하니 세상 사람들이 누가 아니 칭찬하랴.

이때 춘향이 남원을 하직할 때 영귀(榮貴)하게 되었건만 고향을 이별하
니 한편 기쁘고 또 한편 슬프지 아니하랴.

놀고 자던 부용당아
너 부디 잘 있거라.
광한루 오작교며
영주각도 잘 있거라.
'풀은 해마다 푸르러지되
왕손(王孫)은 다시 못 돌아오느니라'[104]
나를 두고 이른 말이로다.
다 각기 이별할 때 만세 무량하옵소서.
다시 보기 망연(茫然)[105]이라.

이때 어사또는 좌우도(左右道)를 돌며 민정을 살핀 후에 서울로 올라가 어전에 절하니, 삼당상(三堂上)에 입시(入侍)하사 문부를 사정(査正)한 후에 임금께서 크게 칭찬하시고 즉시 이조참의(吏曹參議) 대사성(大司成)을 봉하시고 춘향으로 정렬부인을 봉하시니, 은혜에 감사하며 물러나와 부모 전에 뵈온대 성은(聖恩)을 축수(祝壽)하시더라.

이때 이판(吏判), 호판(戶判), 좌·우 영상(左右領相)을 다 지내고 퇴사(退仕) 후에 정렬부인과 더불어 백 년을 동락할 때에, 정렬부인에게 삼남 이녀를 두었으니 모두가 총명하여 그 부친을 압두(壓頭)[106]하고 계계승승하여 직거일품(職居一品)[107]으로 만세 유전하더라.

춘향전 끝

[104] **풀은 해마다 푸르러지되 왕손(王孫)은 다시 못 돌아오느니라** 왕유(王維)의 〈산중송별시(山中送別詩)〉.
[105] **망연(茫然)** 아득함.
[106] **압두(壓頭)** 첫머리를 차지함. 여기에서는 압도(壓倒)의 의미로 그 부친보다도 재주가 뛰어남을 말함.
[107] **직거일품(職居一品)** 벼슬살이함에 있어 첫째 품계를 차지함.

작품 해설

　「춘향전」은 작자와 창작연대가 미상인 고전소설로 오늘날에 이르기까지도 영화 등의 영상매체를 통해서 활발하게 재창작되고 있는 우리의 훌륭한 고전작품이다.

　현재까지 알려진 소설의 이본만 해도 120여 종에 이르는 방대한 작품군(「춘향전」, 「별춘향전」, 「열녀춘향수절가」, 「남원고사」, 「옥중화」, 「중상연예옥중가」 등의 여러 이름으로 불리고 있으며, 또한 유진한(柳振漢)이라는 사람에 의해서 한시로 창작(1754년)되기도 하였다)을 이루고 있다. 따라서 단일 작품으로만 생각하기보다는 '춘향전군' 이라고 보는 것이 타당할 것이다.

　이처럼 많은 이본이 전해지는 까닭에 「춘향전」의 여러 이본들은 각기 다른 계통으로 구분되어 지기도 하는데, 그 구분의 대강은 다음과 같다.

　우선 춘향의 신분이 원래부터 기녀였는지 아닌지에 따른 기생계와 비기생계로 나누어진다. 그리고 기생계의 작품들 중에서도 춘향과 도령이 만나 인연을 이룰 때 이도령이 춘향을 끝까지 잊지 않겠다고 다짐하는 불망기(不忘記)를 써주었는지 아닌지에 따라서 '불망기계' 와 '비불망기계' 로 나누어진다.

위와 같이 소재적 측면에서의 구분 외에도 작품 전체의 여러 핵심적인 소재들을 중심으로 구분한다면 20세기 이전의 작품들은 '별춘향전계(別春香傳系)'와 '남원고사계(南原古詞系)' 작품들로 크게 나누어진다. 한편 이 두 작품군들을 시간적인 측면에서 살펴보면 '별춘향전' 계통의 작품들이 선행하였고, 그 계통본에서 '남원고사계'의 작품들이 파생된 것으로 보고 있다.

작품의 이해를 돕기 위해 줄거리를 간략히 살펴보기로 한다.

숙종대왕 초에 전라도 남원에 사는 퇴기 월매는 성 참판과의 사이에서 춘향이라는 아름다운 딸을 낳는다. 춘향은 자라면서 빼어난 미모와 더불어 시서(詩書)에도 능해 뭇 사람들의 관심을 받았다.

어느 봄날, 남원부사의 아들 이몽룡은 방자를 데리고 남원에서 유명한 광한루에 올라 봄경치를 보며 시를 읊고 있었는데, 멀리서 아름다운 처녀가 그네를 뛰고 있는 것을 보게 된다. 그네를 뛰는 아리따운 그 모습을 본 이몽룡은 첫눈에 반하고 만다. 그 처녀가 바로 춘향이다.

춘향에게 온통 마음을 빼앗긴 몽룡은 방자를 통해 춘향에게 오늘 밤에 집에 찾아가겠노라는 말을 전하게 하였다. 그날 밤이 되자 몽룡은 방자를 앞세워 춘향의 집을 찾아가서 춘향의 어머니인 월매에게 자신의 춘향에 대한 열렬한 사모의 정을 말하고, 그날 밤으로 춘향과 운우지정을 나누게 된다. 몽룡은 춘향과 더불어 백년해로 할 것을 굳게 약속하였고, 그로부터 날마다 춘향을 찾아 사랑을 속삭였다.

얼마 후 몽룡은 부친이 한양으로 가게 됨에 따라 남원을 떠나지 않을 수 없게 되었고, 이에 그는 춘향을 찾아가 후일을 기약하고 슬픈 작별을 고하게 된다. 춘향은 낭군을 한양으로 보내고 날마다 자기를 부르는 반가운 소식이 오기를 고대하며 살아갔다.

이때 남원에는 성 참판의 후임으로 변학도가 부사로 부임하게 된다. 그는 부임하자마자 정사는 돌보지 않고 기생 점고부터 하였다. 수십 명의 기생을 차례로 점고하고도 성에 차지 못한 그는 드디어 소문으로 들은 춘향을 불러내어 수청을 강요한다. 그러나 춘향은 죽음을 각오하고 이를 거절한다. 춘향의 절개가 남다름을 안 변학도는 강권과 함께 달콤한 말로도 그녀를 유혹하지만 끝내 수청을 거절하는 춘향의 완강한 태도에 크게 노하여 모진 고문을 하고 옥에 가둔 뒤, 다가오는 자신의 생일 잔치에서 마지막까지 자신의 명을 듣지 않으면 처형하기로 한다.

한편, 한양으로 올라간 몽룡은 열심히 공부하여 과거에 장원급제하고, 암행어사를 제수받아 전라도를 암행하라는 명을 받고 내려오게 된다. 그는 하루 빨리 춘향을 만나고 싶어서 남원으로 곧바로 내려오고, 그 길에서 사람들의 말을 통해 춘향의 처지를 듣게 되며, 자신의 신분을 가리기 위해 거지 복장을 한 몽룡은 먼저 춘향의 집에 들러 월매를 만나보고 옥에 가서 춘향을 만난다.

드디어 변학도의 생일날이 되어 여러 고을의 벼슬아치들과 양반들이 다 모이고 성대한 잔치가 벌어진 자리에서, 변학도는 춘향을 데려다 마지막으로 고문을 가하며 수청을 강요한다. 바로 그 순간 암행어사 출도를 외치

며 이몽룡이 나타나자 순식간에 잔치마당은 아수라장이 된다. 몽룡은 변
학도를 파직시키고 춘향과 감격적으로 다시 만나게 된다.

그 후 그는 춘향을 한양으로 데려가 본부인을 삼고, 춘향의 정절을 높이
평가하여 임금도 당시의 신분 사회에서는 파격적으로 기생을 어머니로 둔
춘향을 정렬부인에 봉하여 신분의 굴레에서 벗어나게 해주었으며, 그들은
백년해로하며 행복하게 살게 된다.

이상의 줄거리를 보면 「춘향전」이라는 작품 안에는 몇 중요한 문학적 모
티프가 담겨져 있음을 알 수 있겠는데, 이는 그때까지 문헌으로 혹은 구비
전승되던 여러 설화들이 어우러진 결과라 하겠다.

그 내용은 아래와 같다.

벼슬아치가 민간의 여인을 탐내어 정조를 유린하려 하지만 여인이 끝까
지 정조를 지킨다는 내용의 설화로 이런 설화의 유형을 '관탈민녀(官奪民
女)' 설화라고 하며, 도미의 처, 지리산녀 설화 등이 이러한 유형에 속한다.

양반 자제와 기생 간의 신분의 제약을 뛰어넘는 사랑 이야기는 '애정설
화'라고 할 수 있는 유형으로 '성세창 설화'가 여기에 해당된다.

암행어사설화로, 어사 이시발의 실제담과 박문수의 이야기와 같은 것들
이다.

이와 같이 당시 민간에서 흥미있게 여겨지던 여러 요소들이 두루 갖춰
진 작품이었기에 「춘향전」이 널리 향유되었을지 모른다.

하지만 「춘향전」의 유행과 인기, 나아가 현대적인 의미에서도 관대한 평

가를 받는 이유에 대해서는 좀더 예리한 시각으로 살펴볼 필요가 있다.

춘향과 몽룡의 계급을 초월한 사랑, 특권계급의 전횡(專橫)을 대표하는 변학도와 이에 대한 평민들의 저항, 특히 변학도에 항거하여 절개를 지키는 춘향의 모습은 신분상승을 희구하는 조선 후기 민중의 자화상을 나타내는 것이다. 그리고 이도령이 극적으로 등장해서 변학도를 응징하는 모습은 현실적으로는 그 가능성이 적은 것이지만 그것조차도 민중의 꿈이 반영된 것으로 볼 수 있는 것이다.

「춘향전」은 자아의 신장과 꿈의 실현이라는 조선 후기 민중들의 갈망을 나타낸 것이기 때문에 당시 사회에 열렬히 환영받았고, 더불어 춘향의 수절이라는 미덕은 당시의 봉건윤리에도 잘 맞아떨어지는 부분으로 양반계층에서도 수용 가능한 요소로 작용했을 것이다. 이런 이유로 「춘향전」은 양반과 일반 민중 누구에게나 영합되는 국민문학으로서의 진면목을 잘 보여주는 훌륭한 고전작품으로 평가받는 것이다.

  ✎ 생각하는 갈대

첫째, 「춘향전」은 널리 알려진 바와 같이 이른바 '판소리계 소설' 작품이다. 그렇다면 '판소리계 소설'의 작품들은 어떤 것들이 있는지 찾아서 읽어 보도록 하자.

둘째, 「춘향전」의 계통은 춘향의 신분에 따라서 '기생계'와 '비기생계'
로 나눌 수 있다고 하였다. 우리가 흔히 '춘향전' 하면, 떠오르는
주제나 미덕은 신분을 초월한 지순한 사랑이라는 것이다. 그런데
만일 춘향의 신분이 비천하지 않고 이 도령과 동등하였다면 이 작
품을 어떻게 바라볼 수 있을까? '신분'이라는 개념에 대한 선입견
대신, 작품 자체의 미의식을 찾아보도록 노력해 보자.

셋째, 「춘향전」의 바탕에는 여러 설화적 요소들이 담겨져 있다. 이중 이
른바 '관탈민녀' 설화는 고대로부터 전래되어 온 모티프로써 『삼
국사기』의 '도미의 처' 이야기가 그 시작으로 알려져 있다. 이 이
야기를 읽어 보고 춘향의 열녀의식과 도미 처의 열녀의식을 비교
해 보자.

넷째, 「춘향전」에서 변학도는 악인이다. 하지만 어딘지 모르게 그를 철
저한 악인으로만 생각하기란 썩 내키지가 않으며, 이본에 따라서
는 그를 호방한 인물로 묘사하고 있기도 하다. 그렇다면 의식적으
로는 악인이라는 낙인을 찍어두면서도 철저히 미워하지 못하게
하는 이유가 어디에 있는 것일까?

심 청 전

송나라 말년에 황주 도화동에 한 사람이 있었는데, 성은 심(沈)이요, 이름은 학규였다. 대대로 벼슬이 끊이지 않는 집안으로 문벌이 혁혁(奕奕)하였으나, 집안 형편이 기울어져 스무 살이 못 되어 앞을 못 보게 되니, 벼슬길이 끊어지고 높은 자리에 오를 희망이 사라졌다.

시골에서 어렵게 사는 처지이고 보니 가까운 친척도 없고 게다가 눈까지 어두워서 알아주는 사람은 없었지만, 양반의 후예로 행실이 청렴하고 지조가 곧아 사람들이 모두 군자라고 칭송하였다. 그 아내 곽씨 부인은 어질고 지혜로워서 임사 같은 덕행과 장강 같은 아름다움과 목란(木蘭)[1] 같은 절개를 지녔으니, 「예기(禮記)」, 「가례(家禮)」 〈내칙편〉과 〈주남〉, 〈소남〉, 관저시[2]를 모를 것이 없었다. 이웃과 화목하고 아랫사람

---

[1]. **목란(木蘭)** 옛 중국의 효녀로 아버지를 대신하여 출전하였다가 돌아옴.

[2]. **관저시** 시경(詩經) 주남(周南) 편의 첫 장.

에게 따뜻하며 집안 살림하는 솜씨가 빈틈이 없었으나, 백이 숙제처럼 청렴하고 안연처럼 가난하게 살았다. 물려받은 재산이 없어 겨우 방 한 칸 초막에 많지 않은 세간살이로 끼니조차 잇기 힘들었다.

들에는 지을 논밭 하나 없고 행랑에는 종이 한 장 없이 가난한 살림이라, 가련하고 어진 곽씨 부인 몸소 품을 팔아 삯바느질을 하였다. 관대·도포·행의·창의·직령[3]이며, 섭수·쾌자·중추막[4]과 남녀 의복 잔누비질, 상침질 외올뜨기, 고두·누비 속올리기, 빨래하여 풀먹이기, 여름 의복 한삼고의, 망건 꾸미기, 갓끈 접기, 비자·단추·토수·보선 행전, 귀주머니·쌈지·대님·허리띠·약주머니·휘양·복건·풍채·천의, 갖은 금침 베갯모에 원앙쌍 수놓기며, 오사·모사·각대·흉배에 학놓기와, 초상난 집 원삼·제복짓기, 질삼·선주·궁초·공단·수주·남능갑사·운문·토주·분주·명주·생초·퉁경[5]이며, 북포·황저포·춘포·문포·제추리[6]며, 삼베·백저·극상·세목[7] 짜기와 혼인 장례 큰일 칠 때 음식 장만, 갖은 중계하기, 백산 과절 신선로며 종이 접기 과일 고이기와 잔칫상에 음식 차리기, 청·홍·황백 침향 염색하기를 일년 삼백예순날 하루 한시도 놀지 않고, 손톱 발톱 다 닳게 품을 팔아 모을 적에, 푼을 모아 돈을 짓고, 돈을 모아 양을 만들어, 일수놀이 장리변으로 착실한 이웃집에 빚을

[3] **도포·행의·창의·직령** 모두 조선시대 선비들나 관료들이 입던 의복의 일종.
[4] **중추막** 무관들이 입던 전복, 즉 의복의 일종.
[5] **질삼·선주·궁초·공단·수주·남능갑사·운문·토주·분주·명주·생초·퉁경** 모두 천의 일종.
[6] **제추리** 겉껍질을 벗겨낸 암갈색 속껍질을 햇볕에 한 이레쯤 바래어 붉은 빛이 도는 담황색 삼.
[7] **세목** 올이 매우 가는 무명.

주어 실수 없이 받아들여, 봄·가을에 올리는 제사와 앞 못 보는 가장 공경하고, 사절 의복 아침·저녁 반찬과 입에 맞는 갖은 별미로 입맛 돋우고, 비위 맞춰 지성 공경 언제나 한결같으니, 윗마을 아랫마을 사람들이 하나같이 곽씨부인 음전하다 칭송하였다.

하루는 심 봉사가 말하였다.

"여보, 마누라."

"예."

"사람이 세상에 생겨나서 인연 맺은 부부야 한둘이 아니오마는, 우리가 전생에 무슨 은혜로 이승에 부부되어, 앞 못 보는 나를 위해 잠시도 놀지 않고, 밤낮으로 벌어다가 어린아이 받들 듯이 행여 배고플까, 행여 추워할까, 의복 음식 때맞추어 극진히 공양하니 나는 편하다 하겠지만, 마누라 고생하는 일이 도리어 편치 못하니, 이제부터는 나한테 너무 마음 쓰지 말고 사는 대로 살아갑시다. 내 그것 말고는 마누라에게 할말이 없지만은 한 가지 마음에 맺힌 것은 우리 나이 마흔이 되도록 슬하에 자식이 없어 조상 제사를 끊게 되었으니, 죽어 저승에 간들 무슨 면목으로 조상을 뵐 것이오. 또, 우리 부부 신세를 생각하면 죽어서 장례를 치를 일이나 해마다 돌아오는 제삿날에 밥 한 그릇 물 한 모금 그 누가 차려 주겠소? 명산대찰에 공을 들여 보아, 다행히 눈먼 자식이라도 아들이고 딸이고 간에 낳아 보면 평생 한을 풀 것 같으니, 지성으로 빌어 봅시다."

곽씨가 대답하였다.

"옛글에 이르기를, '불효한 일이 삼천 가지나 되지만 그 가운데 자식 못

낳는 일이 가장 크다' 고 했으니, 우리에게 자식 없음은 다 저의 탓이라, 마땅히 내쫓을 일인데도 당신의 넓으신 덕택으로 지금까지 살아오고 있습니다. 자식 두고 싶은 마음이야 밤낮으로 간절하니, 몸을 팔고 뼈를 간들 못하겠습니까마는, 집안 형편도 어렵고, 바르고 곧으신 당신 성품에 어떻게 생각하실지 몰라 말을 꺼내지 못하였는데, 먼저 말씀하시니 지성으로 공을 들여 보겠습니다."

그리고는 품 팔아 모은 재물로 온갖 공을 다 들였다. 명산태찰 영신당과 오래 된 사당과 성황당이며, 여러 부처님, 보살님과 미륵님께 찾아다니며 칠성[8] 불공 · 나한[9] 불공 · 제석[10] 불공, 신중마지 · 노구마지 · 탁의시주 · 인등시주 · 창호시주 갖가지로 다 지내고, 집에 있는 날은 조왕[11] 성주[12] 지신제를 극진히 드렸으니, 공든 탑이 무너지며 심은 나무가 꺾어지랴.

갑자년 사월 초파일에 꿈을 꾸니, 상서로운 기운이 공중에 어리고 무지개가 영롱한 가운데 어떤 선녀가 학을 타고 하늘에서 내려오는데, 몸에는 색동옷이요 머리에는 화관이었다.

노리개를 느짓 차서 쟁그랑거리고 소리를 내며, 계화꽃[13] 한 가지를 손에 들고 부인께 절하고 곁에 와 앉는 모양은 뚜렷한 달 기운이 품안에 드

---

[8] 칠성 불교에서 북두(北斗)의 일곱 장군.
[9] 나한 모든 번뇌를 끊고 이치를 깨달아 열반의 경지에 든 성자.
[10] 제석 제석천.
[11] 조왕 민간신앙에서 부엌을 담당했던 신.
[12] 성주 민간신앙에서 집을 관장하는 신.
[13] 계화꽃 계수나무 꽃.

는 듯, 남해관음이 바다에서 다시 돋는 듯, 심신이 황홀하여 진정하기 어려웠다.

선녀가 부인에게,

"저는 서왕모[14]의 딸이었는데, 반도 복숭아 진상하러 가는 길에 옥진비자[15]를 만나 둘이 노닥거리느라 시간을 좀 어겼더니, 상제께서 죄를 주시어 인간계에 내치셨사옵니다. 제가 갈 바를 모르고 있자, 태행산 노군과 후토[16] 부인 제불보살 석가여래님이 부인 댁으로 가라 하시기에 왔사오니, 어여삐 받아주소서,"
하고는 품안으로 들어오기에 놀라 깨어보니 꿈이었다.

즉시 심 봉사를 깨워 꿈 이야기를 하니 두 사람의 꿈이 서로 같았다. 그날 밤에 어찌 했던지, 과연 그달부터 태기가 있었다.

곽씨 부인 마음을 어질게 가지고, 바르지 않은 자리에는 앉지를 않고, 깨끗하지 않은 음식은 먹지를 않으며, 음탕한 소리는 듣지를 않고, 나쁜 것은 보지를 않으며, 가장자리에는 서지를 않고, 삐뚤어진 자리에는 눕지를 않았다. 이렇게 하면서 열 달이 되니 하루는 해산기가 있었다.

"애고 배야, 애고 허리야!"

심 봉사가 한편으로는 반갑고 한편으로는 놀라서 친한 옆집 부인 데려다가 해산바라기를 부탁하고 짚 한 줌을 깨끗이 추려 깔고 정화수 한 사발

---

14. **서왕모** 중국 신화에서 곤륜산에 산다는 반인반수의 여자 선인.
15. **옥진비자** 옥진은 사람 이름. 비자는 편지 심부름을 하는 여자 하인을 이름.
16. **후토** 토지의 신.

을 소반에 받쳐놓고 단정히 꿇어앉아,

"비나이다, 비나이다, 삼신 제왕님께 비나이다. 곽씨 부인 늘그막에 낳는 아이오니 헌 치마에 외씨 빠지듯 순산하게 해주옵소서."

이렇게 비는데, 난데없는 향내가 방에 가득하고 오색 무지개가 둘러 정신이 가물가물한 가운데 아이를 낳고 보니 딸이었다.

심 봉사가 삼을 갈라 뉘여 놓고 어쩔 줄 모르고 기뻐하는데, 곽씨 부인이 정신을 차리고 나서 물었다.

"여보시오 서방님, 아들 딸 가운데 무엇인가요?"

심 봉사가 크게 웃고 아기를 더듬어 샅을 만져 보니, 손이 나룻배 지나듯 거침없이 지나가니,

"아기 샅을 만져 보니 아마 아들은 아닌가 보오."

임신하기 전에는 임신하기나 바랐으나 아기를 가진 후에는 아들이기를 바라는 마음이 둘 다 있었으니,

곽씨 부인 서러워하여 하는 말이,

"공을 들여 늘그막에 얻은 자식이 딸이란 말이오?"

심 봉사가 이를 듣고 이른 말이,

"마누라, 그런 말일랑 마오. 첫째는 순산이요, 딸이라도 잘 두면 어느 아들과 바꾸겠소. 우리 이 딸 고이 길러 예절부터 가르치고, 바느질 베짜기를 두루두루 가르쳐서 요조숙녀 되거들랑, 좋은 배필 잘 맞아서 사이좋게 살게 되면, 우리도 사위에게 의탁하고 외손에게 제사를 잇게 하면 되지 못하겠소?"

하며, 첫국밥 얼른 지어 삼신상에 받쳐 놓고 옷매무새 바로 하고 두 손 들어 빌었다.

"비나이다, 비나이다. 삼십삼천[17] 도솔천[18] 제석님께 비오니, 삼신 제왕님네 모두 한마음으로 굽어보소서, 사십 넘어 점지한 자식 한두 달에 이슬 맺혀 석 달에 피 어리고, 넉 달에 사람 모습 생기고 다섯 달에 살갗 생겨, 여섯 달에 육정 나고, 일곱 달에 골격 생겨 사만팔천 털이 나고, 여덟 달에 친잠[19] 받아 금강문 해탈문 고이 지나 순산하오니 삼신님네 덕이 아니신가 하옵니다. 비록 무남독녀 외딸이오나 동방삭[20]의 명을 주어, 태임의 덕행이며 대순 증삼[21] 효행이며 기량 처의 절행이며 반희의 재질이며, 복은 석숭(石崇)의 복을 점지하며 가이없는 복을 주어, 외[22] 붇듯 달 붇듯 잔병 없이 일취월장하게 해주옵소서."

빌기를 마친 후에 더운 국밥 퍼다 놓고 산모를 먹인 뒤에 비록 딸일망정 기쁘고 귀한 마음 비길 데 없는지라 눈으로 보진 못하니 손으로 더듬거려 아기를 어르는데,

아가 아가 내 딸이야,
아들 겸 내 딸이야.

17. **삼십삼천** 불교에서 말하는 도리천.
18. **도솔천** 욕계 육천(欲界 六天) 가운데 네 번째 하늘.
19. **친잠** 마음을 가라앉혀 생각을 모음.
20. **동방삭** 오래 사는 사람.
21. **증삼** 증자.
22. **외** 오이.

금을 준들 너를 사며
옥을 준들 너를 사랴.
어하둥둥 내 딸이야,
열 소경의 한 막대 분방서안옥등경[23]
새벽 바람 사초롱(紗燭籠)
당기 끝에 진주, 얼음 굴에 잉어로구나.
어하둥둥 내 딸이야,
남전 북답(南田北畓) 장만한들 이에서 더 좋으며
산호 진주 얻었던들 이에서 반가우랴.
표진 강의 숙향(淑香)이가 네가 되어 태어 났나,
은하수 직녀성(織女星)이 네가 되어 내려 왔나.
어하둥둥 내 딸이야.

　심학규가 이렇듯이 즐길 적에 제 정말 반가운 마음으로 이러니 산모의
섭섭하던 마음도 위로되어 즐겁기 측량이 없었다.
　슬프구나, 세상사 모든 일에 애락(哀樂)이 수(壽)가 있고 태어나고 죽음
에 명(命)이 있는지라 운명이 가련한 몸이라고 하여 그냥 넘어가지를 않는
구나.
　곽씨 부인 뜻밖에 산후 뒤탈이 일어났다. 어질고 음전한 곽씨 부인 해산
한 지 초칠일 못다 가서 바깥 바람을 많이 쐬어, 병이 나 호흡이 가쁘니 식
음을 전폐하며 정신없이 앓는다.
　"애고 배야, 애고 머리야, 애고 가슴이야, 애고 다리야."

[23]. **분방서안옥등경** 밝고 깨끗하고 귀중함.

곽씨 부인 지향없이 온몸을 앓으니, 심 봉사가 기가 막혀 아픈 데를 두루 만지며,

"여보 마누라, 정신 차려 말을 좀 하오. 식음을 전폐하니 기가 허하여 이러하오. 삼신님네 노함인가? 제석님의 노함인가? 마누라, 마누라 죽게 되면 눈 먼 이놈 팔자, 일가친척 바이없어 혈혈단신 이내 몸은 어디로 간단 말이오. 이 또한 원통한데 강보에 쌓인 이 여식을 어쩌란 말이오? 정신을 차리시오."

병세가 점점 위중하니 심 봉사가 겁을 내어 건너 마을 성 생원을 모셔다가 진맥한 후에 약을 쓸 제 천문동, 맥문동, 반하, 진피, 계피, 백복, 염소, 엽방풍, 시호, 계지, 행인,[24] 도인 신농씨[25] 장백 초로에 약을 쓴들 죽을병에는 약이 없는 법이라. 병세 점점 깊어져서 속절없이 죽게 되니, 곽씨 부인도 살지 못할 줄 알고 남편의 손을 잡고 유언을 한다.

"서방님!"

후유 한숨 길게 쉬고,

"내 말 좀 들어 보오. 우리 둘이 서로 만나 백년해로하려 하였으나 내 수명을 못 이기고 필경 죽을 것 같으니, 죽는 나는 괜찮으나 낭군 신세 어이할까. 가난한 살림살이 앞 못 보는 가장이 자칫하면 불편할까 걱정되어 아무쪼록 뜻을 받들고자 하여, 추위 더위 가리지 않고 아랫동네 윗동네로 다니면서 품을 팔아 밥도 받고 반찬도 얻어, 식은밥은 내가 먹고 더운밥은

---

[24] **천문동, 맥문동, 반하, 진피, 계피, 백복, 염소, 엽방풍, 시호, 계지, 행인** 모두 약재의 이름.
[25] **신농씨** 중국 옛 전설에 나오는 삼황(三皇)의 하나로 경제, 의학, 음악, 점서 등의 조신(祖神).

낭군 드려 배고프지 않고 춥지 않게 극진히 공경해 왔는데, 천명이 그뿐인지 인연이 끊겨 그러한지 하릴없게 되었구려. 내 어찌 눈을 감고 갈까. 뉘라서 헌 옷을 지어 주며 뉘라서 맛난 음식 권하리오. 내가 한 번 죽어지면 눈 어둔 우리 가장 사고무친 혈혈단신 의탁할 곳이 없어, 바가지 손에 들고 지팡막대 부여잡고 더듬더듬 때맞추어 나가다가 구렁에도 떨어지고 돌에도 채여 엎푸러져 신세 한탄 우는 양을 눈으로 보는 듯하고, 집집마다 찾아가서 밥 달라는 슬픈 소리 귀에 쟁쟁 들리는 듯하니, 나 죽은 뒤 혼백인들 차마 어찌 듣고 어찌 보며, 명산대찰 신공들여 사십에 낳은 자식 젖한 번도 못 먹이고 얼굴도 채 못 보고 죽는단 말이오? 전생에 무슨 죄로 이승에 생겨나서 어미 없는 어린 것이 뉘 젖 먹고 자라나며, 춘하추동 사시절을 무엇 입고 길러내리. 눈먼 가장 일신도 주체 못 하는데 또 저것을 어찌 하며, 그 모양 어찌 할까.

이내 몸이 이차에 죽게 되면 멀고 먼 황천길을 눈물겨워 어찌 가며, 앞이 막혀 어찌 갈까. 서방님, 저 길 건너 김동지 댁에 돈 열 냥 맡겼으니 그 돈일랑 찾아다가 내 초상에 보태 쓰십시오. 광 안에 해산쌀[26]을 사두었는데 못다 먹고 죽게 되니 이내 사정 원통하옵니다. 첫 삭망이나 지낸 뒤에 두고두고 양식하옵소서. 진어사댁 관복 한 벌 흉배 학을 놓다 다 못하고 보에 싸서 농 아래에 넣어두었으니, 나 죽어 초상 뒤에 찾으러 오거든 염려 말고 내어주시고, 건넛마을 귀덕어미 나와 절친하게 다녔으니 어린아이

---

[26] **해산쌀** 해산한 산모가 먹을 밥을 짓는 쌀.

안고 가서 젖 좀 먹여 달라 하면 결코 괄세하지 않을 테니 찾아가서 젖동냥을 하소서.

하늘의 도움으로 이 자식이 죽지 않고 자라나 제 발로 걷거든, 아이를 앞세우고 길을 물어 이내 무덤 앞에 찾아와서, '니 죽은 어미 무덤이다' 하고 가르치셔서 모녀 상면하게 하시면 바랄 게 무엇이겠습니까? 천명을 어길 길이 없어 앞 못 보는 가장에게 어린 자식 맡겨 두고 영결하고 돌아가니, 서방님 귀하신 몸 애통하다 상케 하지 마시고 천만보중[27]하셔요. 이승에서 못 다한 인연 후세에 다시 만나 이별 말고 사십시다. 애고 애고, 잊은 게 또 있네요. 저 아이 이름을 심청이라 지어주고, 내가 끼던 옥가락지 이 함 속에 있으니, 심청이 자라거든 날 본 듯이 내어주세요. 나라에서 내려주신 돈, 수복강녕(壽福康寧) 태평안락(太平安樂) 양편에 새긴 돈을 고운 비단 주머니에 주홍 당사[28] 벌매듭[29] 끈을 달아 두었으니, 그것도 내어 채워주셔요."

하고 잡았던 손을 뿌리치고 한숨짓고 돌아누워 어린아이를 잡아당겨 낯을 한데 문지르며 혀를 끌끌 차며 넋두리하였다.

"천지신명도 무심하시고 귀신도 야속하구나. 네가 진작 생기거나 내가 좀더 살거나 할 것이지, 너 낳자 나 죽어 가없는 이 설움을 너로 하여 품게 하니, 죽는 어미와 사는 자식이 생사간에 무슨 죄냐? 니가 이제 뉘 젖 먹고

27. **천만보중** 귀한 몸 상할까 조심함.
28. **당사** 중국에서 나는 명주실.
29. **벌매듭** 끈목을 벌 모양으로 매는 매듭.

살아나며 뉘 품에서 잠을 자리. 애고, 아가 아가. 어미 젖 마지막으로 먹고 어서 어서 자라거라."

두 줄기 눈물에 두 뺨이 젖는다. 한숨지어 부는 바람 소슬바람 되어 있고, 눈물 맺혀 오는 비는 보슬비가 되어 있다. 하늘은 나직하고 검은 구름 자욱한데 수풀에서 우는 새는 둥지에 잠이 들어 고요히 머무르고, 시내에 흐르는 물은 돌돌돌 소리내며 흐느끼듯 흘러가니 하물며 사람으로 어찌 아니 설워할 것인가. 부인 딸꾹질 두세 번에 숨이 덜컥 떨어지니 곽씨 부인은 이미 이 세상 사람이 아니라.

슬프다, 사람의 목숨을 하늘이 어찌 돕지 못하는고.

이때 심 봉사 눈이 보이지 않으니 부인이 죽은 줄도 모르고,

"여보 마누라, 사람이 병들면 다 죽는답디까? 그런 일 없을 것이오. 약방에 문의하고 약을 지어올 터이니 부디 안심하오."

심 봉사 속속히 약을 지어 집으로 돌아와 화로에 불 피우고 약탕기에 약을 올려 부채질에 달여내어 북포[30] 수건에 짜들어 얼른 들어오며 마누라를 부른다.

"여보 마누라, 얼른 일어나 약을 자시오."

약그릇을 곁에 놓고 부인을 일어나 앉히려고 하는데 싸늘한 기운에 덜컥 겁이 나 사지를 만져 보니 수족은 늘어지고 코 밑에서 찬 김이 나니 심 봉사 그제야 부인이 죽은 줄을 알고 반쯤 실성하여 소리를 지른다.

---

[30] **북포** 함경도에서 나는 삼베.

"애고, 마누라. 애고, 마누라. 참으로 죽었는가? 이게 웬일인고."

가슴을 꽝꽝 두드리며 머리를 탕탕 부딪치며 이리 둥글치며 저리 둥글치며 엎어지며 자빠지며 발을 동동 구르며 슬퍼 울부짖는다.

"여보, 마누라. 자네 살고 내가 죽으면 저 자식을 키울 것을, 내가 살고 자네 죽어 저 자식을 어찌 키운단 말이오? 애고 애고, 모진 목숨 살자 하나 무엇을 먹고 살며, 함께 죽자 한들 어린 자식 어찌 할까. 애고! 동지 섣달 찬 바람에 무엇 입혀 키워내며, 달은 지고 어두운 빈 방 안에 젖 먹자 우는 소리 뉘 젖 먹여 살려낼까? 마오 마오, 제발 덕분 죽지 마오. 평생 정한 뜻이 같이 죽어 한데 묻히자더니 염라국이 어디라고 날 버리고 가시오. 여보 마누라, 저것 두고 어찌 죽는단 말이오? 인제 가면 언제 오리, 애고, 겨울 지나 봄이 되면 친구 따라 오려는가, 여름 지나 가을되면 달을 따라 오려는가. 꽃도 졌다 다시 피고 해도 졌다 돋건마는, 우리 마누라 가신 데는 한번 가면 다시 못 오는가. 하늘나라 요지연에 서왕모[31]를 따라갔나, 월궁 항아[32] 짝이 되어 약을 찾아 올라갔나, 황릉묘[33] 두 부인께 회포 풀러 올라갔나. 회사정에 통곡하던 사씨 부인 찾아갔나. 나는 뉘를 찾아갈까, 애고 애고, 설운지고."

울다가 기가 막히고 목이 막혀 덜컥덜컥 치둥굴 내리둥굴 애통하여 슬피울 제, 도화동 사람들이 남녀노소 없이 모여 눈물을 흘리며 공론하기를,

---

[31] **서왕모** 중국 고대의 곤륜산에 산다는 선녀.
[32] **항아** 중국 설화 중 달에 산다는 선녀.
[33] **황릉묘** 중국 순임금의 이비(二妃)인 아황 · 여영의 사당.

"음전하던 곽씨 부인 불쌍히도 죽었구나. 죽은 곽씨 부인도 불쌍하고 앞 못 보는 심 봉사도 불쌍하다. 우리 동네 백여 집이 십시일반으로 한 돈씩 추렴 놓아 현철한 곽씨 부인 장례나 치러주면 어떻겠소."

한번 말이 나니 모두들 한입으로 응낙하고 수의와 관을 마련하여 양지 바른 곳을 가리어 사흘 만에 출상하려 할 제 불쌍한 곽씨부인 의금(衣衾) 관곽(棺槨) 정히 하여 신건(新件) 상두[喪輿] 대틀 위에 결관(結棺)하여 내 어놓고, 명정(銘旌) 공포(功布) 운아삽(雲亞翣)을 좌우로 갈라 세우고 발인 제(發靷祭) 지낸 후에 상두를 운행할 제 비록 가난한 초상이라도 동네가 힘을 도와 전심껏 차렸으니, 상두 치레 지극히 현란하였다.

남대단(藍大緞)[34] 휘장 백공단(白貢緞) 차양(遮陽)에 초록대단(草綠大緞) 전을 둘러 남공단(南貢緞) 드림에 홍부전 금자 박아 앞뒤 난간 황금 장식 국화 물려 늘이었다. 동서남북 청의동자(靑衣童子) 머리에 쌍북상투 좌우 난간 비껴 세우고, 동에 청봉(靑鳳) 서에 백봉(白鳳) 남에 적봉(赤鳳) 북에 흑봉(黑鳳) 한가운데 황봉(黃鳳) 주홍 당사 벌매듭에 쇠코 물려 늘이고 앞 뒤에 청룡 새긴 벌매듭 늘이어서, 무명 닷줄 상두꾼은 두건 제복 행전까지 생포로 거들고서 상여를 얽어 메고 갈지자로 운구한다.

"댕기랑 댕그랑, 어화 넘치 너호!"

"어화 넘치 너호!"

심 봉사 울고 불기를 그치지 아니하고 상두꾼은 상두노래 슬프게도 그

---

[34] **남대단(藍大緞)** 남빛을 띤 중국비단.

치지 아니한다.

원어 원어 원어리 넘차 원어.
북망산이 멀다더니 건넛산이 북망일세.
원어 원어 원어리 넘차 원어.
황천 길이 멀다더니 방문 밖이 황천이라.
원어 원어.
불쌍하다 곽씨 부인, 행실도 음전하고 재질도 기이터니,
늙도 젊도 아니해서 영결종천 하였구나.
원어 원어 원어리, 넘차 원어.
어화 넘치 너호!

이때 심 봉사 거동을 보니 어린아이 강보에 싸서 귀덕어미에게 맡기고
는 제복을 얻어 입고 지팡이 흩어 잡고 논틀 밭틀 좇아와서 상여 뒤를 부
여잡고 미친 듯 취한 듯 겨우 겨우 나가면서,

"애고 마누라, 애고 마누라 날 버리고 어딜 갔누, 나도 갑세. 나도 갑세.
만 리라도 나와 갑세. 어찌 이리 무정한가. 자식이 무슨 소용이요? 얼어 죽
기라도 할 것이요, 굶어 죽기라도 할 작정이요. 그리하니 날랑 갑세."

섧게 울면서 산소에 당도하여 안장하고 봉분을 다한 뒤에, 심 봉사가 제
를 지내는데 서러운 심정으로 제문 지어 읽는다.

아아, 부인이여, 아아, 부인이여
그토록 음전하던 부인이여,
그 누군들 따를 수가 있으리오.

한평생 같이 살자 기약하고, 급히 떠나 어디로 갔소.
이 아일 남겨 두고 떠나가니 이것을 어찌 길러 내며
한 번 가면 못 돌아올 저승에서 어느 때나 오려는가.
깊은 산에 묻혀 있어 자는 듯이 누웠으니
말 못하고 조용하니 보고 듣기 어려워라.
눈에서 흘러 옷깃 적시는 눈물 피가 되고
애끓는 마음으로 빌어본들 살 길이 전혀 없다.
그대 생각 간절하나 바라본들 어이 하며
그대 잃고 탄식하니 뉘를 의지하잔 말가.
백양나무에 달이 지니 산은 적막하여 밤 깊은데
울음소리 들리는 듯 무슨 말을 하소연한들
이승 저승 길이 달라 그 뉘라서 위로하리.
후세에나 만나려나 이승에는 한이 없네.
변변찮은 제물이나 많이 먹고 돌아가오.

제문을 막 읽더니 숨이 넘어갈 듯하여,

"애고 애고. 이게 웬일인고. 가오 가오. 날 버리고 가는 부인, 탄하여 무엇하리. 황천으로 가는 길에 주막이 없으니 뉘 집에 자고 가리, 가는 데나 내게 일러주오."

슬피 우니 장례에 온 손님들이 말려 진정시켰다.

돌아와서 집이라고 들어가니 부엌은 적적하고 방은 텅 비었다. 휑댕그런 빈 방에 혼자 앉아 온갖 시름하는 차에 귀덕어미가 아기를 주고 가는지라 심 봉사 어린 아기 품에 안고 태백산 갈까마귀 게발 물어 던진 듯이 홀로 오똑 누웠으니 마음이 온전하랴. 벌떡 일어서더니 이불도 만져 보고 베개도 더듬으니, 전에 덮던 이부자리 전과 같이 있지마는 독수공방 뉘와 함께 덮고 잘 것인가. 농짝도 쾅쾅 치며 바느질 상자도 덥석 만져보고, 머리 빗던 빗도 핑둥그리 던져도 보고, 받은 밥상도 더듬더듬 만져보고, 부엌을 향하여 공연히 불러도 보며, 이웃집 찾아가서 공연히,

"우리 마누라 여기 왔소?"

물어도 보고, 우는 아이 품에 안고,

"아가 아가 우지 마라. 너의 모친 먼데 갔다. 낙양동촌이화정(洛陽東村梨花亭)[35]에 숙낭자(淑娘子)를 보러 갔다. 황릉묘 이비[36]한테 회포 말을 하러 갔다. 너의 모친 잃고 슬픔겨워 너 우느냐. 우지 마라 우지 마라. 네 팔자가 얼마나 좋으면 이레 만에 어미 잃고 강보 중에 고생하리. 우지 마라, 우지 마라. 해당화 범나비야, 꽃이 진다 설워 마라. 명년 삼월 돌아오면 그 꽃 다시 피느니라. 하나 우리 아내 가시는 데는 한번 가면 못 오신다. 어진 심덕 착한 행실 잊고 살 길이 없다.

낙일욕몰청산서(落日欲歿峴山西)[37] 해가 져도 부인 생각, 파산야우창추지(巴山夜雨漲秋池)[38] 빗소리도 부인 생각, 세우청강양량비(細雨淸江兩兩飛)하던 짝 잃은 외기러기 명사벽해(明沙碧海) 바라보고 뚜루룩 낄룩 소리하고 북천으로 향하는 양 내 마음 더욱 섧다. 너도 또한 임 잃고 임 찾아가는 길, 너와 나와 비교하니 두 팔자 같고나. 너의 어머니 무심도 하다, 어린

---

35. **낙양동촌이화정(洛陽東村梨花亭)** 숙향전에 나오는 구절. 숙향이 마고할미와 살던 곳.
36. **황릉묘 이비** 아황과 여영.
37. **낙일욕몰청산서(落日欲歿峴山西)** 이백(李白)의 〈배양가(襄陽歌)〉의 한 절.
38. **파산야우창추지(巴山夜雨漲秋池)** 당나라 시인 이상은(李商隱)의 작품.

너를 두고 죽었으니. 오늘은 젖을 얻어먹었으나 내일은 뉘 집에 가 젖을 얻어먹을까. 애고 애고, 야속하고 무상한 귀신이 우리 마누라를 잡아갔구나.”

이렇게 애통하다가 마음을 돌려 생각하기를,

‘죽은 사람은 다시 살아올 수 없는 법이라. 할 수 없으니 이 자식이나 잘 키워 내리라,’

하고 어린아이 있는 집을 차례로 물어 동냥젖을 얻어 먹일 적에, 눈 어두워 보지는 못하고 귀는 밝아 눈치로 가늠하고 앉았다가 아침 해가 돋을 적에 우물가의 두레박 소리에 날 샌 줄을 짐작하고 문 펄쩍 열어 우둥퉁 나가.

“우물에 오신 부인 뉘신 줄 모르나, 이레 만에 어미 잃고 젖 못 먹어 죽게 된 이 아이 젖 좀 주오.”

“나는 젖이 없소마는 젖 있는 여인네가 이 동네에 많으니 아기 안고 찾아가서 젖 좀 달라면 뉘가 괄시하겠소?”

심 봉사 이 말에 아기를 품에 안고 한 손에 지팡이 짚고 더듬더듬 동네 아이 있는 집을 물어 시비(柴扉)[39]안에 들어서며 애걸복걸 빈다.

“이 댁이 뉘 댁인지, 아뢸 말씀 있습니다.”

그 집 부인 밥짓다 말고 천방지축 뛰어나오며 딱한 마음으로 대답한다.

“그간 사정은 말을 안 하시니 모르겠으나 어찌 이리 힘들게 나오셨습니

---

[39] 시비(柴扉) 사립문.

까?"

심 봉사 눈물 지으며 목이 메어 하는 말이,

"여보시오 아주머님, 여보 아씨님네, 이 자식 젖 좀 먹여 주오. 나를 본들 어찌 괄시하고, 우리 마누라 살았을 제 인심으로 생각한들 차마 어찌 괄시하겠소. 어미 없는 어린 것이 불쌍하지 아니하오. 댁네 귀하신 아기 먹이고 남은 젖이 있거든 이 불쌍한 아이 젖 좀 먹여 주오."

하니, 뉘 아니 먹여 주리.

또 육칠월 김매는 아낙네 잠시 쉬는 참에 찾아가서 애걸하여 얻어 먹이고, 또 시냇가에 빨래하는 데도 찾아가면 어떤 부인은 달래다가 따뜻이 먹여주며 훗날도 찾아오라 하고, 또 어떤 여인은,

"이제 막 우리 아기 먹였더니 젖이 없어요." 하였다.

젖을 많이 얻어먹어 아기 배가 볼록하면 심 봉사 좋아라고 양지바른 언덕 밑에 쪼그려 앉아 아기를 어루는데,

아가 아가 자느냐.
아가 아가 웃느냐.
어서 커서 너의 어머니같이 어질고 똑똑하여
효행 있어 아비에게 귀한 일을 보여라.
어느 할머니 있어 보아주며
어느 외가 있어 맡길쏘냐.

하루라도 아이를 맡길 사람이 없으니 아이 젖을 얻어 먹여 뉘어 놓은 뒤에, 사이사이 동냥할 제 삼베 전대 두 동 지어 한 머리는 쌀을 받고 한 머리

는 벼를 받아 모으고, 장날이면 가게마다 다니며 한푼 두푼 얻어 모아 아이 간식거리로 갱엿이나 홍합도 샀다. 이렇게 살면서도 매월 초하루 보름과 소상·대상·기제사를 염려 없이 지냈다.

심청이는 장래 귀히 될 사람이라, 천지 귀신이 도와주고 여러 부처와 보살이 남몰래 도와주어 잔병 없이 자라나서 제 발로 걸어 다니며 어린 시절을 지났다.

무정한 세월은 물 흐르듯 하여 어느덧 청이 나이 열한둘이 되니, 얼굴이 아름답고 행동이 민첩하고, 효행이 뛰어나고 소견이 탁월하고 인자함이 비길데가 없었다. 아버지의 조석 공양과 어머니의 제사를 법도대로 할 줄 아니 누가 아니 칭찬할 것인가.

하루는 심청이 아버지께 여쭈었다.

"아버님 들으소서, 말 못하는 까마귀도 공림(空林) 저문 날에 먹을 것을 물어다가 제 어미를 먹일 줄 알고 곽거⁴⁰는 부모님께 효도하여 공경 극지히 하려할 제 세 살 된 어린 아이 부모 반찬 먹는다고 산 자식을 묻으려고 두 부부가 의논하였고, 맹종은 효도하여 엄동설한 찬 바람에 죽순을 얻어 부모 봉양하였으니, 소녀 나이 십 여세라 옛 효자만 못할망정 어찌 아버님의 은혜를 모르겠습니까. 아버지 눈 어두우신데 밥 빌러 가시다가 높은 데나 깊은 데, 좁은 길로 여기저기 다니다가 엎어져서 상하기 쉽고, 비바람 부는 궂은 날과 눈서리 치는 추운 날이면 병이 나실까 밤낮으로 염려됩니

---

⁴⁰· **곽거** 중국 후한시대의 이십사효(二十四孝)의 한 사람.

다. 제 나이 십여 세나 되었는데 낳아서 길러 주신 부모 은덕을 이제 갚지 못하면, 불행 당하신 후에 애통해 한들 어찌 갚겠어요? 오늘부터 아버지는 집이나 지키시면 제가 나서서 밥을 빌어다가 끼니 걱정 덜게 해드리겠어요."

심 봉사가 웃으며 하는 말이,

"네 말이 기특하구나. 인정은 그러하나 어린 너를 내보내고 집에 앉아 받아먹는 내 마음은 어찌 편하겠느냐, 그런 말 다시 마라."

심청이 다시 여쭈었다.

"자로[41]는 어진 사람으로 백리 길을 마다 않고 쌀을 져다 부모를 봉양했고, 제영[42]은 비록 여자였지만 낙양 감옥에 갇힌 아버지를 제 몸 팔아 구해 냈다는데, 그런 옛일을 생각한다면 사람 일이란 한가진데 이만한 일을 못 하겠나요. 너무 만류하지 마세요."

심 봉사가 옳게 여겨,

"기특하다 내 딸아, 효녀로다 내 딸아. 네 말대로 그리 하여라."

하고 허락하였다.

심청이 이날부터 밥 빌러 나설 적에 먼 산에 해 비치고 앞마을에 연기나면, 헌 버선에 대님치고 말기만 남은 베치마, 깃만 남은 헌 저고리 이렁저렁 얽어 메고, 청목 휘양 둘러쓰고 버선 없어 발을 벗고, 뒤축 없는 신을 끌고 헌 바가지 옆에 끼고 노끈 매어 손에 들고, 건넛마을 바라보니, 하늘과

---

[41] **자로** 공자의 제자.

[42] **제영** 전한시대 사람으로 순우의 딸.

산에 짐승하나 보이지 않고 길에 나다니는 사람 하나 없다. 엄동설한 모진 바람 살을 에듯 불어온다. 황혼에 가는 거동을 보니 눈 뿌리는 수풀 속에 외로이 날아가는 어미 잃은 까마귀로구나.

옆걸음을 쳐 손 호호 불며 웅크려 건너가서 이집 저집 부엌문에 들어서서 가련히 비는 말이,

"어머니는 세상 버리시고 우리 아버지 눈 어두워 앞 못 보시니 공양할 길 없습니다. 밥 한 술 덜 잡수시고 주시면 눈 어두운 저의 아버지 시장을 면하겠습니다."

보고 듣는 사람들이 마음에 감동하여 밥 한 술, 김치 한 그릇을 아끼지 않고 주고 몸이라도 녹이고 먹고 가라 하는 사람이 있으면, 심청이 하는 말이,

"추운 방에 늙으신 아버지가 기다리고 계실 텐데 어찌 저 혼자만 먹겠습니까? 어서 바삐 돌아가서 아버지와 함께 먹지요."

이렇게 얻어서 두세 집 밥을 모아서 넉넉하면 급히 돌아와서 방문 앞에 들어서며,

"아버지 춥고 시장하지 않으셨어요? 오래 기다리셨지요, 여러 집을 다니다 보니 이렇게 더디었어요."

심 봉사가 딸을 보내고 마음 둘 데 없어 탄식하다가 이런 소리를 얼른 반겨 듣고 문을 펄쩍 열고 두 손 덥석 잡고,

"애고, 내 딸 너 오느냐?"

하고 두 손을 덥석 잡고,

"손 시리지? 화로에 불 쬐어라."

하며 손을 입에 대고 훌훌 불며, 발도 차다고 어루만지며, 혀를 끌끌 차고 눈물을 글썽였다.

"애고 애고 애닮구나, 니 에미가 야속쿠나. 내 팔자야. 어린 너를 시켜 밥을 빌어먹고 살란 말이냐? 애고 애고, 모진 목숨 구차히 살아서 자식 고생만 시키는구나."

심청의 극진한 효성, 아버지를 위로하기를,

"아버지 그런 말씀 마셔요. 부모를 봉양하고 자식의 효도 받는 것이 이치에 합당하고 사람의 도리에 당연하니, 그런 걱정일랑 마시고 진지나 잡수셔요."

하며 아버지 손을 잡고,

"이것은 김치고, 이것은 간장이어요, 시장하신데 많이 잡수셔요."

이렇듯이 공양하며 춘하추동 사시절 쉬지 않고 밥을 빌어 아비를 공양하였다.

한해 두해 나이 점점 자랄수록 천성이 재바르고 바느질 솜씨가 능란하여 동네 바느질로 공밥 먹지 아니하고, 삯을 주면 받아 와서 아버지 의복과 반찬하고, 일 없는 날은 밥을 빌어 근근이 연명해 갔다.

세월이 물 흐르듯 흘러가서 심청의 나이 열다섯이 되었으니 얼굴은 천하일색이요, 효행이 출중하고 문필도 유려하여 인의예지(仁義禮智), 삼강오륜, 집안에서 여자가 할 일 중 모르는 것 없이 빼어나니 이것이 타고난 성품이지 가르쳐서 될 일인가? 여자 중의 군자요, 새 중의 봉황이요, 꽃 중의 모란이라.

윗마을 아랫마을 사람들이 모친을 닮아 현철하다고 칭찬이 자자 하니 그 소문이 멀리까지 퍼져나가, 하루는 월명 무릉촌 장 승상 댁 시비(侍婢)가 들어와서, 부인이 심 소저를 부른다 하기에 심청이 아버지께 여쭈었다.

"아버님, 천만 뜻밖에도 어른이 부르시옵니다. 시비와 함께 다녀와도 되겠습니까?"

"일부러 부르시니 아니 가겠느냐. 지체 높으신 분이니 일거 행동 조심커라."

"제가 가서 더디더라도 잡수실 진짓상을 보아 두었으니 시장하시거든 잡수셔요. 부디 저 오기를 기다려 조심하셔요."

시비를 따라갈 제 단정하고 자연스럽게 천천히 걸음 걸어 승상댁 문전에 당도하여 시비가 손을 들어 가리키는 데를 바라보았다.

문 앞에 심은 버들 아늑하게 둘러 봄기운이 완연하고, 대문 안에 들어서니 왼편에 벽오동은 맑은 이슬이 뚝뚝 떨어져 학의 꿈을 놀래 깨우고, 오른편에 선 늙은 소나무는 청풍이 건듯 부니 늙은 용이 굼틀거리는 듯, 중문 안에 들어서니 창 앞에 심은 화초 일년초 봉 장미는 속잎이 빼어나고, 높은 누각 앞에 부용당은 갈매기가 날고 있는데 연잎은 물 위에 높이 떠서 동실넙적하고, 진경이는 쌍쌍, 금붕어 둥둥, 안중문 들어서니 규모도 굉장하고 대문과 창문도 찬란하였다.

머리가 반쯤 센 부인 옷매무새 단정하고 살결이 깨끗하여 복록이 가득해 보인다. 심 소저를 보고 반겨하여 일어나 맞은 후에 심청의 손을 쥐며,

"네가 과연 심청이냐? 듣던 말과 같구나."

하며 자리에 앉게 한 뒤에 가련한 처지를 위로하였다.

부인이 자세히 살펴보니, 단장한 것이 없으나 타고난 자태가 봉황의 용모로 국색(國色)이라. 옷깃을 여미고 앉은 모습은 비 개인 맑은 시냇가에 목욕하고 앉은 제비가 사람보고 놀라는 듯, 황홀한 저 얼굴은 하늘 가운데 돋은 달이 수면에 비치었고, 바라보는 저 눈길은 새벽빛 맑은 하늘에 빛나는 샛별 같고, 두 뺨에 고운 빛은 늦은 봄 산자락에 부용이 새로 핀 듯, 두 눈의 눈썹은 초생달 정신이요, 흐트러진 머리털은 새로 자란 난초 같고, 가지런한 귀밑머리는 매미의 날개라. 입을 벌려 웃는 양은 모란화 한 송이가 하룻밤 비 기운에 피고자 벌어지는 듯, 흰 이를 드러내어 말을 하니 농산[43]의 앵무로다.

부인이 칭찬하기를,

"전생의 일은 모르겠으나, 네 분명히 선녀로다. 네 도화동에 내려왔으니 월궁에 놀던 선녀들이 벗 하나를 잃었구나. 오늘 너를 보니 우연한 일 아니로다. 무릉촌에 내가 있고 도화동에 네가 나니, 무릉촌에 봄이 들고 도화동에 꽃이 피는구나. 천지의 정기를 빼앗으니 비범한 아이로구나."

"청아, 내 말을 들어라. 승상이 일찍 세상을 버리시고, 아들이 삼사형제이나 모두 서울에 가 벼슬하니 다른 자식 손자 없고 각 방의 며느리는 아침 저녁 문안한 후 다 각기 제 일을 하니 슬하에 말벗 없어 자나 깨나 적적

한 빈 방에서 보이는 것은 촛불이요, 길고 긴 겨울밤에 대하는 것은 고서 (古書)로다. 너의 신세 생각하니 양반의 후예로 저렇듯 어려우니 어찌 아니 불쌍하랴. 내 수양딸이 되면 살림도 가르치고 글공부도 시켜 친딸같이 길러 내어 말년 재미 보려 하니, 네 뜻이 어떠하냐?"

심 소저가 일어나 두 번 절하고 여쭈었다.

"팔자가 기구하여 태어난 지 이레 안에 어머니가 세상을 버리셔서, 눈 어두운 아버지가 동냥젖 얻어 먹여 겨우 살았습니다. 어머니의 얼굴도 모르는 더할 수 없는 슬픔이 끊일 날이 없기로, 저의 부모 생각하여 남의 부모도 공경해 왔습니다. 오늘 승상 부인께서 저의 미천함을 헤아리지 않으시고 딸을 삼으려 하시니, 어머니를 다시 뵈온 듯 황송하고 감격하여 몸 둘 바를 모르겠나이다. 부인의 말씀을 좇자 하니 내 일신상이야 영화롭고 부귀를 누리겠지만, 눈 어두우신 우리 아버지 음식 공양과 사철 의복 뉘라서 돌보아 드리겠습니까? 낳아서 길러 주신 부모님 은혜는 누구에게나 있지마는 저에게는 더욱 남다른 데가 있사오니, 제가 아버지 모시기를 어머니 겸 모시고, 아버지는 저를 믿기를 아들 겸 믿사오니, 아버지가 아니었다면 제가 이제까지 살았겠습니까? 제가 만일 없게 되면 저의 아버지 남은 수명을 마칠 길이 없을 테니 애틋한 정으로 서로 의지하여 제 몸이 다하도록 길이 모시려 하옵니다."

말을 마치자 눈물이 얼굴에 맺히는 모습은 봄바람에 가는 빗방울이 복사꽃에 맺혔다가 점점이 떨어지는 듯하니, 부인도 또한 가련하여 등을 어루만지며,

"효녀로다 네 말이 과연 하늘이 내린 효녀로다. 마땅히 그래야지. 늙고 정신없는 내가 미처 생각지 못했구나."

그러는 가운데 날이 저무니 심청이 여쭙기를,

"부인의 크신 덕을 입어 종일토록 모셨사옵니다. 이제 날이 저물었으니 급히 돌아가 아버지의 기다리시는 마음을 위로코자 합니다."

부인이 말리지 못하고 아쉬운 마음을 달래며 옷감과 양식을 후히 주어 시비와 함께 보낼 적에,

"너는 부디 나를 잊지 말고 모녀간의 의를 두어 이 늙은이의 기쁨이 되어 다오."

하니 심청이 대답하기를,

"부인의 고마우신 뜻이 이러하시니 삼가 그 말씀을 따르도록 하겠습니다."

하고 절하며 하직하고 급히 돌아왔다.

한편 심 봉사가 무릉촌에 딸 보내고 홀로 앉아 심청을 기다릴 제, 배는 고파 등에 붙고 방은 추워 턱이 떨어질 지경인데, 잘 새는 날아들고 먼 절에서 쇠북 소리 들리니 날 저문 줄 짐작하고 혼자 하는 말이,

"내 딸 심청이는 응당 곧 오련마는 무슨 일에 빠져서 날 저문 줄 모르는고. 주인에게 잡히어 못 오는가, 저물게 오는 길에 몸이 추워 못 오는가? 우리 딸 효성 비바람 피하지 않고 오련마는……."

새 날아가는 소리 포르륵 나도,

"청이 너냐?"

낙엽 구르는 소리만 버석 나도,

"청이 너냐?"

하면서 반기기도 하고, 괜히 눈보라가 떨어진 창가에 부딪치기만 해도 행여 심청이 오는 소리인가 하여 반겨 나서면서,

"심청이 너 오느냐?"

하고 나가 봐도 적막한 빈 뜰에 인적이 없으니 공연히 속았구나.

심 봉사 지팡막대 찾아 짚고 사립 밖에 나가다가 한 길 넘는 개천물에 풍덩 뚝 떨어지니 얼굴은 온통 진흙이요, 의복은 다 젖어 얼음이 되었구나. 두 눈을 번득이며 나오려면 더 빠지고 뒤뚱거리다 도로 미끄러져 하릴없이 죽게 되니 심 봉사 몹시 겁을 내어,

"게 아무도 없소? 사람 좀 살리소!"

몸이 점점 깊이 빠져 허리에 물이 차니,

"아이고, 나 죽는다."

차차 물이 올라와 목까지 올라차니,

"아이고, 허푸, 허푸, 사람 살리소!"

아무리 소리친 들 해는 저물고 행인은 끊겼으니 뉘라서 건져주리.

그래도 죽을 사람 구해주는 부처님은 곳곳마다 있는 법인지라, 마침 이때 몽운사 화주승[44]이 절을 새로 지으려고 시주책을 둘러메고 내려왔다가 절을 찾아 올라갈 제 그 거동이 얼굴은 백옥 같고 눈은 소양강 강물이라,

---

[44] **화주승** 시주하는 물건들을 얻어 절의 양식을 대는 중.

양 귀는 축 쳐졌고 양쪽 팔을 아래로 드리우면 무릎을 지나가고, 삿갓에 감투 꾹 눌러쓰고 금관자를 귀 위에 붙이고 백세포[45] 큰 장삼에 홍띠를 눌러 띠고 안장도는 고름에 늦추 차고 염주 목에 걸고 팔개[46] 팔에 걸고 소상반죽(瀟湘班竹)[47] 열두 마디 쇠고리에 길게 달아 철철 늘어 짚고 흔들흔들 올라간다.

이 중이 뉘뇨? 육관대사 사명 받아 용궁에 문안 갔다 약주 먹고 취하여 희롱하던 성진이도 아니요, 삭발은 이승에서 할 바 아니니, 수염을 길러 장부의 기상을 보이자던 사명당도 아니요, 몽운사 화주승이 시주집 내려왔다 청산은 어둑어둑하고 눈 덮인 들판에 달이 돋을 제 돌밭 비탈길로 절을 찾아가는데 바람결에 애처로운 소리가 들리는구나.

"사람 살류."

"이 울음이 웬 울음인고?"

소리나는 곳을 찾아가니 어떤 사람이 개천에 빠져서 거의 죽게 되었다. 급한 마음에 구절죽장 되는 대로 내던지고 굴갓, 장삼 훨훨 던지고 행천 대님 버선 벗고 누비 바지저고리 거듬거듬 추켜올려 자개미[48]에 딱 붙이고 백로가 물고기 낚듯 징검징검 뛰어들어 심 봉사 가는 허리 후리쳐 담쑥 안아 삐뚜름이 어깨에 메고 나와 밖에 앉힌 후 자세히 보니 전에 보던 심 봉사다.

45. **백세포** 하얗고 고운 삼베.
46. **팔개** 대무로 만든 장신구.
47. **소상반죽(瀟湘班竹)** 소상강에서 난다는 점점이 자국이 난 대나무.
48. **자개미** 허벅다리가 몸에 붙은, 불두덩 양쪽의 오목한 곳.

"어허, 이게 웬일이시오?"

심 봉사가 정신차려 묻기를,

"게 뉘시오?"

화주승이 대답하기를,

"소승 몽운사 화주승이올시다."

"그렇지, 사람을 살리는 부처로군요. 죽을 사람을 살려 주시니 은혜 백골난망(白骨難忘)이오."

화주승이 심 봉사 손을 잡고 인도하여 방 안에 앉히고는 젖은 의복 벗기고 마른 의복 입힌 후 물에 빠진 까닭을 물었다.

심 봉사 신세를 한탄하다가 전후 사정을 말하니, 그 중이 봉사더러 하는 말이,

"딱하시구려. 우리 절 부처님이 영험이 많으셔서 빌어서 아니 되는 일이 없고 구하면 응하시니 부처님전 공양미 삼백 석을 시주로 올리고 지성으로 불공을 드리시오. 반드시 눈을 떠서 성한 사람이 되어 천지 만물을 보게 될 것이오."

심 봉사가 그 말에 집안 형편은 생각지 않고 눈 뜬단 말에 혹하여,

"그러면 삼백 석을 시주책에 적어 가시오."

화주승이 허허 웃고,

"이보시오, 적기는 적겠으나 댁의 집안 형편을 살펴보니 삼백 석을 무슨 수로 장만하겠소."

심 봉사가 홧김에 하는 말이,

"여보시오, 대사가 사람을 몰라보네. 어느 실없는 사람이 영험하신 부처님전 빈말을 할 것인가. 눈 뜨려다가 앉은뱅이 될 것이요. 사람을 업신여겨 그런 걱정일랑 말고 당장 적으시오."

화주승이 허허 웃고 바랑을 펼쳐 놓고 제일 윗줄 붉은 칸에, '심학규 쌀 삼백 석'이라 대서특필하고 하직 인사를 하고 갔다.

심 봉사가 화주승이 가고 화가 가라앉은 후 다시금 생각하니 복을 빌려다 도리어 화를 당하게 생겼으니 혼자 한탄하며,

"아이고, 공을 들이려다 되려 죄를 받겠구나. 장차 이를 어찌한단 말인가!"

이 설움 저 설움, 묵은 설움 햇설움이 불같이 일어나니 견디지 못하여 통곡을 한다.

"애고 애고, 내 팔자야. 망녕을 하였구나. 애고 애고, 내 일이야. 하느님이 공평하사 후하고 박함이 없건마는, 무슨 일로 맹인 되어 형세조차 가난하고, 일월같이 밝은 것을 분별할 길 전혀 없고, 처자 같은 친한 사람 대하여도 못 보겠네. 우리 아내 살았더면 끼니 근심 없을 것을, 다 커가는 딸자식을 온 동네에 내놓아서 품을 팔고 밥을 빌어 근근이 살아가는 이 형편에 공양미 삼백 석을 호기 있게 적어 놓고 백 가지로 생각한들 방법이 없구나. 빈 단지를 기울인들 한 되 곡식 되지 않고, 장농을 뒤져 본들 한 푼 돈이 어디 있나. 오두막집 팔자 한들 비바람 못 피하니 살 사람이 뉘 있으리, 내 몸을 팔 자 하니 한 푼 돈도 싸지 않으니 내라도 안 사겠네. 어떤 사람 팔자 좋아 눈과 귀가 완전하고 손발이 다 성하며, 부부가 해로

하고 자손이 그득하며 곡식이 그득하고 재물이 쌓여 있어 써도 써도 못다 쓰고 아쉬운 것 없건마는, 애고 애고, 내 팔자야. 나 같은 이 또 있는가? 애고 애고 서러워라."

한창 이리 탄식할 제, 심청이 바삐 돌아와서 방문을 벌컥 열고 아버지, 부르는데 자기 아버지 모양을 보고 깜짝 놀라 발을 구르면서 온 몸을 두루 만지며,

"아버지 이게 웬일이요? 나를 찾아 나오시다가 이런 욕을 보셨나요, 이웃집에 가셨다가 이런 봉변 당하셨나? 벗은 의복 보니 물에 흠씬 젖었으니 물에 빠지셨군요. 춥긴들 오죽하며 분함인들 오죽할까요. 승상 댁 노부인이 굳이 잡고 만류하여 하다 보니 늦었어요."

승상 댁 시비 불러 부엌에 있는 나무로 불 좀 지펴 달라 부탁하고, 치마 폭을 거듬거듬 걷어잡고 눈물 흔적 씻으면서, 얼른 밥을 지어 부친 앞에 상을 내며,

"진지를 잡수셔요, 더운 진지 가져왔으니 국을 먼저 잡수셔요."

손을 끌어 가리키며,

"이것은 김치고, 이것은 자반이어요."

심 봉사 어떤 곡절인지,

"나 밥 안 먹으련다."

"아버지 웬일이어요? 어디 아파 그러신가요, 더디 왔다고 화가 나서 그러신가요."

"아니다. 너 알아 쓸데없다."

"아버지 그게 무슨 말씀이어요? 부모와 자식간에 무슨 허물 있겠어요? 아버지는 저만 믿고 저는 아버지만 믿어 크고 작은 일을 의논해 왔는데 오늘 말씀이, '너 알아 쓸데없다' 하시니, 부모 근심은 곧 자식의 근심이라. 제 아무리 불효한들 말씀을 아니 하시니 제 마음이 슬픕니다. "

하고 심청이 훌쩍훌쩍 울자 심 봉사가 그제야 말하기를,

"내가 무슨 일로 너를 속이랴만, 네가 알게 되면 지극한 너의 마음 걱정만 되겠기로 말하지 못하였다. 아까 너를 기다리다 저물도록 안 오기에 하도 갑갑하여 너를 찾아 나가다가 한 길이 넘는 개천에 빠쳐서 거의 죽게 되었더니, 뜻밖에 몽운사 화주승이 나를 건져 살려 놓고 사정을 묻더구나. 내 신세를 생각하고 전후를 말하였으나 그 중이 하는 말이, '몽운사 부처님이 영험하니 공양미 삼백 석을 진심으로 시주하면 생전에 눈을 떠서 천지만물 보리라' 하더구나. 홧김에 적었으나 중을 보내고 생각하니, 돈 한 푼 쌀 한 톨 없는 터에 삼백 석이 어디서 난단 말이냐?"

심청이 그 말을 듣고 도리어 반가이 여기며 아버지를 위로한다.

"아버지 걱정 마시고 진지나 잡수셔요. 후회하면 정성이 아니 되옵니다. 아버지 눈을 떠서 천지만물 보신다면 공양미 삼백 석을 어떻게 해서든지 준비하여 보겠습니다."

"네가 아무리 애를 쓴들 이런 어려운 형편에 어찌 할 수 있겠느냐?"

"아버님, 그런 말 마십시오. 왕상은 얼음 깨서 잉어를 얻었고, 맹종은 엄동설한 눈밭에서 죽순을 얻었으니, 그런 옛일을 생각하면 제 효성이 비록 옛 사람만 못하지만 지성이면 감천이라 하니 공양미는 얻을 길이 있을 테

니 깊이 근심 마셔요."

갖가지로 위로하고, 그날부터 목욕재계하여 몸을 깨끗이 하고 집을 청소하고 뒷곁에 단을 쌓아, 밤이 깊어 사방이 고요할 때 등불을 밝혀 놓고 정화수 한 그릇을 떠 좋고 북두칠성을 향하여 향 피우고 절하며 빌었다.

"소녀 심청 비옵니다. 일월 성신이며 하지(下地) 후토(后土) 성황(城隍) 사방지신(四方之神), 제천제불(諸天諸佛) 석가여래 팔금강보살(八金剛菩薩), 소소응감(昭昭應感)⁴⁹하옵소서. 하느님이 만드신 해와 달은 사람에게는 눈과 같사옵니다. 해와 달이 없사오면 무엇을 분별하겠습니까? 저의 아비 무자생(戊子生)으로 삼십 안에 눈이 어두워 사물을 못 보니 아비 허물을 제 몸으로 대신하옵고 천생연분 짝을 만나 오복을 누리며 살 수 있도록 하여 주옵소서."

이렇게 빌기를 아침저녁으로 계속하였더니 천신이 기도를 흠향하여 앞길을 인도하시는구나.

하루는 유모 귀덕어미가 오더니,

"아가씨, 이상한 일 보았소."

"무슨 일이 이상하오?"

"어떠한 사람인지 십여 명씩 떼를 지어 다니면서 값은 고하간에 십오 세 처녀를 사겠다 하고 다니니, 그런 미친놈들이 어디 있소?"

---

⁴⁹· **소소응감(昭昭應感)** 반드시 감응함.

심청이 속마음으로 반겨 듣고,

"여보 그 말이 진정이오? 정말로 그렇다더면 그 다니는 사람 중에 나이 많고 점잖은 사람을 불러오되 밖에 말이 나지 않게 조용히 데려와 주오."

귀덕어미 알았다 대답하고 데려왔는지라, 귀덕어미를 사이에 넣어 사람 사려는 내력을 물은즉 그 사람 대답이,

"우리는 황성 사람으로 물건을 사러 배를 타고 만 리 밖으로 다니오. 배가 지나다니는 길에 인당수라는 물이 있는데 물이 워낙 변화무쌍하여 예측불허이니 자칫하면 수장(水葬)을 당하는지라 알아보았더니 십오 세 된 처녀를 제물로 하여 제사를 지내면 만 리 물길을 무사히 건너고 장사도 성공하여 억만금을 번다기에 목구멍이 포도청이라 사람 사러 다니오. 혹여 몸 팔 처녀 있으면 그 값을 계의치 않고 주겠소."

심청이 다 듣고 그제야 나서며,

"나는 이 동네 사람인데, 우리 아버지가 앞을 못 보셔서 평생의 한이시라 공양미 삼백 석 불전에 드려 지성으로 불공하면 눈을 떠서 보리라 하였소. 집안 형편이 어려워 장만할 길이 전혀 없어 내 몸을 팔아 소원을 빌려 하니 나를 사가는 것이 어떻겠소?"

뱃사람들이 이 말을 듣고 마음이 심란하여 다시 볼 정신이 없어 고개를 숙이고 섰다가.

"낭자 말씀 듣자니 효성이 지극하나 가련하구려."

하고 치하한 후에 저희 일이 급한지라 허락하였다.

"배가 떠나는 날이 언제이오?"

"내달 15일이면 떠나오."

서로간에 굳게 약속하고 그날 바로 선인들은 공양미 삼백 석을 몽운사에 보냈다.

심청이 귀덕어미를 만나 백 번 단속하여 말 나지 않도록 한 후 집으로 돌아와 아버지를 뵙고 여쭙기를,

"아버지."

"왜 그러느냐?"

"공양미 삼백 석을 이미 몽운사에 보냈으니 이제는 근심치 마셔요."

심 봉사가 깜짝 놀라,

"너, 그 말이 웬 말이냐? 쌀 삼백 석이 어디 있어 보냈단 말이냐?"

심청같이 타고난 효녀가 어찌 아버지를 속이랴마는, 어찌할 수 없는 형편이라 잠깐 거짓말로 속여 대답한다.

"일전 장 승상 댁 노부인이 저를 수양딸로 삼으려 하셨는데 차마 허락지 않았습니다. 그러나 지금 형편으로는 공양미 삼백 석을 장만할 길이 전혀 없기로 이 사연을 노부인께 말씀드렸더니, 반가이 쌀 삼백 석을 내어주시기에 수양딸로 팔리게 되었습니다."

심 봉사가 물색도 모르면서 이 말만 반겨 즐거워한다.

"그렇다면 고맙구나. 그 부인은 한 나라 재상의 부인이라 아마도 다르리라. 복을 많이 받겠구나. 저러하기에 그 아들 삼형제가 벼슬길에 나아갔나 보다. 그나저나 양반의 자식으로 몸을 팔았단 말이 듣기에 괴이하다마는 장 승상 댁 수양딸로 팔린 거야 어떻겠느냐. 언제 가느냐?"

"다음 달 보름날에 데려간다 합니다."

"어허, 그 일 매우 잘 되었다."

심청이 그날부터 곰곰 생각하니, 사람이 세상에 태어나서 한때를 못 보고 이팔 청춘에 죽을 일과 눈 어두운 백발 아비 영 이별하고 죽을 일에 정신이 아득하여 일에도 뜻이 없어 식음을 전폐하고 근심으로 지내다가, 다시금 생각하기를,

'엎지러진 물이요, 쏘아 놓은 화살이다.'

날이 점점 가까워오니 생각하기를,

'이러다간 안 되겠다. 내가 죽으면 춘하추동 사시사철 아비 의복 뉘가 할까. 아직 살았을 제 아버지 의복이나 얼른 지어드리리라.' 하였다.

춘추 의복 상침 겹것, 하절 의복 한삼 고의 박아 지어 들여놓고, 동절 의복 솜을 넣어 보에 싸서 농에 넣고, 청목으로 갓끈 접어 갓에 달아 벽에 걸고, 망건 꾸며 당줄 달아 걸어 두고, 배 떠날 날을 헤아리니 하룻밤이 남아 있다.

밤은 깊어 삼경인데 은하수는 이미 기울었다. 촛불을 대하여 두 무릎을 마주 꿇고 머리를 숙이고 한숨을 길게 쉬니, 아무리 효녀라도 마음이 온전하겠는가.

"아버지 버선이나 마지막으로 지으리라."

심청이 바늘에 실을 꿰어 드니 가슴이 답답하고 두 눈은 침침, 정신은 아득하여 하염없는 울음이 가슴 속에서 솟아나니, 아버지가 깰까 하여 크게 울지 못하고 흐느끼며 아버지 얼굴에 낯도 대 보고 손발도 만져 본다.

"오늘 밤 모시면 그 언제 다시 뵐까? 내가 한번 죽어지면 손발이 끊긴 것과 같을진대 누굴 믿고 사실 건가? 애닯다, 우리 부친. 내가 철들고 나서는 밥 빌기를 놓으시더니, 내일부터라도 동네 거지 되게 되었으니 눈치인들 오죽하며 멸시인들 오죽할까. 부친 곁에 내가 모셔 백 세까지 공양타가 이별을 당하여도 망극한 이 설움이 측량할 수 없겠거든, 하물며 이러한 생이별이 고금 천지간 또 있을까. 우리 부친 곤한 신세 조석 공양 뉘라 하며, 고생하다 죽사오면 또 어느 자식 있어 머리 풀고 애통하며, 초종(初終) 장례 소대기며 연년 오는 기제사에 밥 한 그릇 물 한 그릇 뉘라서 차려놓을까. 몹쓸 년의 팔자로다. 이레 안에 모친 잃고 부친마저 이별하니 이런 일이 또 있는가.

저문 날에 구름 일 때 소통천의 모자 이별, 수유꽃 꽃놀이에 근심하던 용산의 형제 이별, 타향살이 설워하던 위성의 친구 이별, 전쟁터에 님을 보낸 오희 월녀 부부 이별, 이런 이별 많건마는 살아 당한 이별이야 소식 들을 날이 있고 만날 날이 있건마는, 우리 부녀 이별이야 어느 날에 소식 알며 어느 때에 또 만날까. 돌아가신 어머니는 황천으로 가 계시고 나는 이제 죽게 되면 수궁으로 갈 것이니, 수궁에서 황천가기 몇 만 리, 몇 천 리나 되는고? 모녀상면 하려 한들 어머니가 나를 어찌 알며, 내가 어찌 어머니를 알리. 묻고 물어 찾아가서 모녀상면 하는 날에 응당 아버지 소식을 물으실 테니 무슨 말씀으로 대답하리. 오늘 밤 새벽 때를 함지[50]에다 머물게

---

[50] **함지** 해가 목욕한다는 서쪽에 있는 연못.

하고, 내일 아침 돋는 해를 부상(扶桑)[51]지에다 매어두면 가련하신 우리 아비 한번 더 보련마는, 날이 가고 돋는 해를 뉘라서 막을쏘냐. 애고 애고, 설운지고."

천지가 사정없어 이윽고 닭이 우니 심청이 하릴없어,

"닭아 닭아, 우지 마라. 제발 덕분에 우지 마라. 반야 진관에서 닭울음 기다리던 맹상군[52]이 아니로다. 네가 울면 날이 새고, 날이 새면 나 죽는다. 죽기는 서럽지 않으나 의지 없는 우리 아버지 어찌 잊고 가잔 말이냐?"

어느덧 동방이 밝아오니, 심청이 아버지 진지나 마지막 지어드리리라 하고 문을 열고 나서니, 벌써 뱃사람들이 사립문 밖에서 주저하며,

"오늘이 배 떠나는 날이오니 수이 가게 해 주시오." 한다.

심청이 이 말을 듣고 낯빛이 없어지고 손발에 맥이 풀리며 목이 메고 정신이 어지러워 뱃사람들을 겨우 불러,

"여보시오, 선인네들. 나도 오늘이 배 떠나는 날인 줄 이미 알고 있으나, 내 몸 팔린 줄을 우리 아버지가 아직 모르시오. 잠깐 기다리면 진지나 마지막으로 지어 잡수시게 하고 말씀 여쭙고 떠나도록 하겠소."

하니 뱃사람들이,

"그리 하오."

허락하니, 심청이 들어와 눈물로 밥을 지어 아버지께 올리고, 상머리에 마주앉아 아무쪼록 진지 많이 잡수시게 하느라고 자반도 떼어 입에 넣어

---

[51] **부상(扶桑)** 동쪽 바다 해뜨는 곳에 있다는 신령스러운 나무.
[52] **맹상군** 진나라의 재상으로 위기에 빠졌으나 닭울음소리를 잘 내는 식객의 도움으로 위기를 모면함.

드리고 쌈도 싸서 수저에 놓으며,

"진지 많이 잡수셔요."

심 봉사는 철도 모르고,

"야, 오늘은 반찬이 유난히 좋구나. 뉘 집 제사 지냈느냐?"

심청이 기가 막혀 속으로만 흐느껴 울며 훌쩍훌쩍 소리나니 심 봉사 물색없이 귀밝은 체 말하기를,

"아가, 니가 어디 아프냐? 감기가 들었나 보다."

부모와 자식간에 천륜이 중하니 어찌 꿈에 미리 보여주지 않았을까, 심 봉사 간밤 꿈 이야기를 한다.

"아가 아가, 이상한 일도 있더구나. 간밤에 꿈을 꾸니, 네가 큰 수레를 타고 한없이 가더구나. 수레라 하는 것이 귀한 사람이 타는 것인데 우리 집에 무슨 좋은 일이 있을란가 보다. 오늘 장 승상 댁에서 가마 태워 가려나 보다."

심청이 들어 보니 분명 저 죽을 꿈인 줄 짐작하고 슬픈 내색 감추고 둘러대기를,

"그 꿈 참 좋습니다."

하고 진짓상을 물려내고 담배에 불붙여 물려 드린 뒤 밥상을 앞에 놓고 먹으려 하니 간장이 썩은 눈물이 눈에서 솟아나고, 아버지 신세 생각하고 저 죽을 일 생각하니 정신이 아득하고 몸이 떨려 밥을 먹지 못하고 물렸다.

그런 뒤에 심청이 사당에 하직하려고 들어갈 제 정갈하게 세수하고 사당문을 가만히 열고 하직 인사를 올렸다.

"못난 불효 심청이는 아비 눈을 뜨게 하려고 남경 선인들에게 삼백 석에 몸이 팔려 인당수 제물로 가옵니다. 조상 제사를 끊게 되었사오니 너무 탓하지 마시고 눈 먼 아비 눈 뜨게 하옵시고 현철한 부인 맞이하여 아들딸 낳고 조상 뵙게 하옵소서."

울며 하직하고 사당문을 닫으며 울먹이며 하는 말이,

"내가 죽으면 누가 다시 이 문을 누가 여닫으며, 동지 한식 단오 추석 사(四)명절이 온들 주과포혜[53]를 누가 다시 올리고, 분향 재배를 누가 할까? 조상의 복이 없어 이 지경이 되었구나. 불쌍한 우리 부친 가까운 친척 하나 없고 앞 못 보고 형세 없어 믿을 곳이 없이 되니 어찌 잊고 돌아갈까."

하며 구르듯이 뛰어나와 자기 아비 앞에 나와 두 손을 부여잡고 털썩 주저앉아 아버지를 부르더니 그만 기절하고 만다.

심 봉사가 깜짝 놀라,

"아가 아가, 이게 웬일이냐? 정신 차리거라. 어쩐 일이냐?"

심청이 정시차려 여쭙기를,

"아버지, 제가, 못난 딸자식이 아버지를 속였어요. 공양미 삼백 석을 제물로 몸을 팔아 오늘이 바로 떠나는 날이니 저를 마지막 보셔요."

슬픔이 심하면 도리어 가슴이 막히는 법이라, 심 봉사 하도 기가 막혀 울음도 안 나와 실성을 하는데,

"애고, 애고. 참말이냐, 응? 애고 애고, 이게 웬 말인고? 못 간다. 못 가

---

[53] **주과포혜** 간소하게 차린 제물. 술,과실, 포와 식혜.

네가 날더러 묻지도 않고 네 마음대로 한단 말이냐? 네가 살고 내가 눈을 뜨면 그는 마땅히 할 일이나, 자식 죽여 눈을 뜬들 그게 차마 할 일이냐? 너의 어머니 늦게야 너를 낳고 초이레 안에 죽은 뒤에, 눈 어두운 늙은 것이 품안에 너를 안고 이집 저집 다니면서 구차한 말 해가며 동냥젖 얻어 먹여 이만치 자랐기로 한시름 놓았더니, 이게 웬 말이냐?

내 아무리 눈 어두우나 너를 눈으로 알고, 너의 어머니 죽은 뒤에 걱정없이 살았더니 이 말이 무슨 말이냐? 마라 마라, 못 한다. 아내 죽고 자식 잃고 내 살아서 무엇 하리? 너하고 나하고 함께 죽자. 눈을 팔아 너를 살 터에 너를 팔아 눈을 뜬들 무엇을 보려고 눈를 뜨리? 어떤 놈의 팔자길래 사궁지수(四窮之首)[54] 된단 말이냐?

네 이놈 상놈들아! 장사도 좋지마는 사람 사다 제수하는 것을 그 어데서 보았느냐? 하느님의 어지심과 귀신의 밝은 마음 앙화가 없겠느냐? 눈 먼 놈의 무남독녀 철모르는 어린아이 나 모르게 유인하여 값을 주고 산단 말이냐? 돈도 싫고 쌀도 싫다. 네 이놈 상놈들아, 옛글을 모르느냐? 칠년대한(七年大旱) 가물 적에 사람으로 빌라 하니 탕임금 어지신 말씀, '내가 지금 비는 바는 사람을 위함인데 사람 죽여 빌 양이면 내 몸으로 대신하리라' 몸소 희생되어 몸을 정히 하여 상임 뜰에 빌었더니 수천 리 너른 땅에 큰 비가 내렸느니라. 이런 일도 있었으니 내 몸으로 대신 감이 어떠하냐? 이놈들아, 날 죽여라. 아이고 나 죽는다. 지금 내가 예서 죽으면 네놈들이

---

[54] **사궁지수(四窮之首)** 살아 가기에 매우 딱한 네 가지 신세. 늙은 홀어니, 부모 없는 아이, 자식 없는 늙은이, 늙은 홀아비.

무사할까. 아이고, 동네 사람들 이놈들 좀 막아주소."

심청이 아버지를 붙들고 울며 위로하기를,

"아버지 할 수 없어요. 저는 어차피 죽지마는 아버지는 눈을 떠서 밝은 세상 보시고, 착한 사람 구하셔서 아들 낳고 딸을 낳아 후사를 전하세요. 못난 딸자식은 생각지 마시고 오래오래 평안히 계십시오. 이도 또한 천명이니 후회한들 어찌하겠어요?"

부녀가 서로 부여 안고 딩굴며 통곡하니 둘러선 모든 사람 어느 누가 아니 슬퍼할 것인가.

뱃사람들이 그 딱한 형편을 보고 모여 앉아 공론하기를,

"심 소저의 효성과 심 봉사의 일생 신세 생각하여, 십시일반이라 하였으니 조금씩 힘을 모아 봉사님 굶지 않고 헐벗지 않게 한 살림을 꾸며 주면 어떻겠소?"

"그 말이 옳소."

하고 쌀 백 석과 돈 삼백 냥이며, 무명 삼베 각 한 동씩 마을에 들여놓고 동네 사람들을 모아 당부하기를,

"삼백 냥은 논을 사서 착실한 사람 주어 도지로 작정하고, 백미 중 열닷 섬은 당년 양식 하게 하고, 나머지 팔십여 석은 연년으로 내어놓아 장리(長利)로 추심하면 양미가 풍족할 것이니 그렇게 하시오. 또 무명, 삼베 각 한 바리는 사철 의복 짓게 하시오. 이런 내용을 관청에 공문으로 보내고 마을에도 알립시다."

선인들이 구별을 다 짓고 나서 심 소저에게 가자 할 때, 무릉촌 장 승상

댁 부인이 그제야 이 말을 듣고 급히 시비를 보내어 심 소저를 부르기에, 소저가 시비를 따라가니 승상부인이 문 밖에 내달아 소저의 손을 잡고 울며 말하였다.

"네 이 무상한 것아, 나는 너를 자식으로 여겼는데 너는 나를 어미같이 여기지를 않았구나. 쌀 삼백 석에 몸이 팔려 죽으러 간다 하니 효성이야 지극하다마는, 네가 살아 세상에 있으며 하는 것만 같겠느냐? 나와 의논하였더라면 이 지경은 없을 것을 어찌 그리 무상하느냐?"

손을 끌고 들어가 앉힌 후에,

"이제라도 쌀 삼백 석을 내어 줄 것이니 뱃사람들 도로 주고 당치 않은 말 다시 말라,"

하시니 심 소저가 한참을 생각하다 여쭈었다.

"당초에 말씀 못 드린 것을 이제야 후회한들 무엇 하겠습니까? 또한 부모를 위해 공을 드릴 양이면 어찌 남의 명분없는 재물을 바라겠습니까? 쌀 삼백 석을 도로 내어주면 뱃사람들 일이 낭패이니 그도 또한 어려울 것이고, 남에게 몸을 허락하여 약속을 정한 뒤에, 더구나 값을 이미 받고 몇 달이나 지난 뒤에 약속을 어기면 차마 어찌 낯을 들고 다니겠습니까? 늙으신 아버님을 두고 죽는 것은 이보다 더한 불효없다는 것을 모르는 바 아니오나 하늘의 뜻이오니 어찌 하오리까. 부인의 하늘같은 은혜와 착하신 말씀은 저승으로 돌아가서 결초보은하겠습니다."

눈물이 옷깃을 적시니, 부인이 다시 보니 엄숙한지라, 하릴없이 다시 말리지도 못하고 차마 놓지도 못하였다.

"내가 너를 본 연후로 내가 낳은 듯이 정을 두어 한 시간만 못 보아도 한이 되고 연연하여 사랑하는 마음 누르지 못하겠더니, 이제 눈 앞에 네 죽으러 가는 것을 차마 보고 살 수 없다. 네가 잠깐 지체하면 네 얼굴 네 태도를 화공에게 일러, 붙들어 두고 생전 볼 것이니 조금만 더 머물러라."

승상 부인이 시비를 급히 불러 일등 화공 불러들이라 일렀다.

"보아라, 정성을 다하여 심 소저 얼굴 체격 상하 의복 입은 것과 수심 겨워 우는 모습 조금도 다름없이 잘 그려라. 다 그리면 두터운 상을 줄 터이니 정성들여 잘 그려라."

족자를 내어놓으니 화공이 분부 듣고 족자를 펼쳐들고 붓을 손에 들고 심 소저를 바라본 후 이리저리 그린 후 오색 화필을 좌르르 펼쳐 각색 단청 벌여놓고 훨훨 떨어놓으니, 난초같이 푸른 머리 광채가 찬란하고 백옥같은 얼굴 눈물 흔적 완연하고 가는 머리 고운 수족 분명한 심 소저다. 심 소저가 둘이 되었구나.

부인이 일어나서 오른손으로 심청의 목을 안고 왼손으로 그림을 어루만지며 통곡하여 슬피 운다.

심청이 여쭙기를,

"부인은 분명 전생에 나의 부모이셨습니다. 이제 가면 어느 날에 다시 모시겠습니까? 소녀, 글 한 수를 지어 정을 표하오니 걸어두고 보십시오."

부인이 반기어 종이와 붓을 내어 주니 붓을 들고 글을 쓸 제, 눈물이 비가 되어 점점이 떨어지니 송이송이 꽃이 되어 향내가 날 듯하다.

안방에 걸고 보니 그 글은 이러하였다.

사람의 죽고 사는 게 한낱 꿈이러니 (生居死歸一夢間)
정에 끌려 어찌 굳이 눈물을 흘리랴마는 (眷情何必淚潸潸)
세간에 가장 애끓는 곳이 있으니 (世間最宥斷腸處)
풀 돋는 강남에 사람이 돌아오지 못하는 일이라. (草綠江南人未還)

 부인이 글 짓는 것을 보시고,

 "너는 과연 이 세상 사람 아니로다. 이 글이 정녕 신선의 글귀로구나. 이
길 가는 것이 분명 네 마음이 아니라 상제께서 부르시는 것이니 네 어이
피할쏘냐. 내 또 한 이 운에 맞추어 글을 지으리라."
하고 글을 써 주었다.

난데없는 비바람 어둔 밤에 불어 오니 (無端風雨陽臺魂)
아름다운 꽃 날려서 뉘 집 문에 떨어지나 (吹送名花落海門)
인간의 귀양살이 하늘이 정하셔서 (謫降人間天必覽)
아비와 자식으로 하여금 정을 끊게 하는구나. (無辜父女斷情恩)

 심 소저가 그 글을 품에 품고 부인과 눈물로 이별하니 차마 보지 못할
지경이었다.

 심청이 돌아와서 아버지께 하직하니 심 봉사가 달려들어 심청의 목을
붙들고 뒹굴며 통곡한다.

 "못 간다, 못 가. 날 죽이고 가거라. 혼자는 못 간다. 죽어도 같이 죽고
살아도 같이 살아야지, 어찌 너 혼자 가겠느냐. 죽어 고기밥도 너와 나와

같이 되자."

심청이 아버지를 위로하기를,

"부모와 자식간의 천륜을 끊고 싶어 끊사오며 죽고 싶어 죽겠습니까마는, 액운이 막혀 있고 생사가 때가 있어 사람의 정으로 생각하면 떠날 수 없지만 천명이니 어찌 피하겠사옵니까. 불효 심청 생각지 마시고 좋은 배필 얻으시어 아들딸 낳고 후사를 이으소서."

"못 간다, 못 가. 애고 애고, 그런 말 마라. 내 팔자가 그리하면 이리 되었겠느냐."

심청이 동리 사람들에게 부탁하여 아버지를 붙들게 하고 뱃사람들을 따라갈 제, 끌리는 치마폭 거듬거듬 안고 흐트러진 머리털은 두 귀 밑에 늘어지고 비같이 흐르는 눈물 옷깃을 적신다. 엎어지며 자빠지며 치마폭 붙들고 나갈 제 건넛집 바라보며,

"김 동지 댁 큰아가 너와 나와 동갑으로, 담을 두고 이웃하여 피차 크며 형제같이 정을 두어 백 년이 다 지나도 인간고락 사는 흥미 함께 보자 하였는데, 나 이렇게 떠나가니 그도 또한 한스럽다. 천명이 그뿐으로 나는 이미 죽겠으나, 의지 없는 우리 부친 애통하여 상하실까 걱정되어 죽은 후 수궁 원혼 되겠으니, 네가 나를 생각하거든 나의 부친 극진 대우하여 다오. 앞집 작은아기 상침질 수놓기를 뉘와 함께 하려느냐. 작년 오월 단오날 밤 그네 뛰면 놀던 일을 네가 기억하느냐. 금년 칠월 칠석날 밤에 함께

---

55. **걸교(乞巧)** 칠석날 밤에 부녀자들이 길쌈을 잘하게 해달라고 직녀에게 비는 일.

걸교(乞巧)[55]하겠더니 이제는 할 수 없게 되었구나. 나는 이미 우리 부친 위하여 죽으러 가니, 네가 나를 생각거든 불쌍한 우리 부친 나 부르며 애통해 할 때 네가 와서 위로해라, 너와 나와 사귄 정, 네 부모가 내 부모요, 내 부모가 네 부모, 네가 살아 있을 때야 내가 고맙단 못하겠지만, 우리 부친 백세 후에 지부(地府)에 들어오셔 부녀 상봉하는 날에 네 정성 내가 알고 고맙다 하겠다."

　동네 남녀노소 없이 눈이 붓도록 서로 붙들고 울다가 마을 어귀에서 서로 손을 놓고 헤어졌다. 그때 하느님이 아시던지 밝은 해는 어디 가고 어두침침한 구름이 자욱하며 청산이 찡그리는 듯, 강물 소리 흐느끼고, 휘늘어져 곱던 꽃은 시들어 제 빛을 잃은 듯하고, 하늘거리는 버들가지도 졸듯이 휘늘어졌고, 복사꽃은 다정하여 슬픈 듯이 피어 있다.

　"물어 보자, 꾀꼬리야. 뉘를 이별하였길래 벗을 불러 울어대느냐? 뜻밖에 두견이야, 너는 어이하여 피를 내어 우는게냐? 달 밝은 밤, 너른 산을 어디 두고 애끊는 슬픈 소리 울어서 보내느냐? 네 아무리 가지 위에 앉아서 가지 마라 울어도 돈에 팔린 이 몸이 어찌 다시 돌아올까."

　바람에 날린 꽃이 얼굴에 와 부딪치니 꽃을 들고 바라보며,

　"봄바람이 사람 마음 알아주지 못한다면 무슨 까닭으로 지는 꽃을 불어 보내리오. 한무제 수양공주 매화비녀 있건마는 죽으러 가는 몸이 뉘를 위해 단장하리. 앞산에 지는 꽃이 지고 싶어질 것인가 마지못한 일이러니 누구를 탓하고 누구를 원망하리오."

한 걸음에 돌아보며 두 걸음에 눈물지며 강 머리에 다다르니, 뱃머리에 판자 깔고 심청이를 인도하여 빗장 안에 실은 후에 닻을 감고 돛을 달아 여러 선인들 소리를 한다.

"어기야, 어기야, 어기양, 어기양."

소리를 하며 북을 둥둥 울리면서 노를 저어 배질하여 물결에 배를 띄워 떠나간다.

망망한 너른 바다에 거친 물결이 이니, 물 위 갈매기는 갈대숲으로 날아들고 북쪽 기러기 남으로 돌아온다. 출렁이는 물소리는 고깃배 소리가 분명하나, 굽이친 물줄기에 사람 자취 보이지 않고 산봉우리만 푸르렀다. '부르는 뱃노래에 온갖 근심 담겨 있다' 함은 나를 두고 한 말이리라.

장사땅을 지나가니 간의태부 가의[56]는 간 곳이 없고, 멱라수[57] 바라보니 굴원이 물에 빠져 지킨 충성 진실로 대단하다.

황학루[58]에 당도하니,

해 저문 저녁 날에 고향은 어디인가,
강산에 아지랑이 내 마음 시름겹네.

라던 최호의 유적이요, 봉황대에 다다르니,

[56.] **가의** 중국 전한시대의 문인. 학자.
[57.] **멱라수** 굴원이 빠져 죽은 강.
[58.] **황학루** 중국 3대 누각의 하나.

먼 산은 하늘 멀리 아득히 솟아 있고,
강줄기 갈라진 곳 백로주되어 있다.

하던 이태백이 놀던 곳이다.

심양강 다다르니 백낙천은 어디 가고 비파소리 끊어졌다. 적벽강은 그저 지나갈까. 소동파 놀던 풍류는 그대로 있는데 조조 같은 당대 영웅 지금에 어느 곳에 있을까? 달은 지고 깊은 밤에 고소성에 배를 매니 한산사 종소리 뱃전에 들려온다. 진회수를 건너가니 장사하는 아낙네는 자기 나라 망한 줄도 모르고 달빛어린 강가에서 후정화(後庭花)[59]만 노래한다.

소상강 들어가니 악양루 높은 누각 호수 위에 떠 있고, 동남으로 바라보니 산들은 겹겹이 쌓여 있고 강물은 넓고 넓다. 소상팔경이 눈앞에 벌여 있어 찬찬히 둘러보니 물결은 아득한데, '주루룩 주루룩' 내리는 비 아황과 여영[60]의 눈물이요, 대나무에 어린 반점 점점이 맺혔으니 '소상강 밤비'가 이 아니냐.

칠백 평 호수 맑은 물에 가을달이 돌아오니 하늘의 푸른빛이 물 위에 어리었다. 어부는 잠을 자고 소쩍새만 날아드니 '동정호 가을 달'이 바로 이 아닐까.

오나라 초나라 너른 물에 오고가는 장삿배는 순풍에 돛을 달아 북을 둥둥 울리면서,

[59] 후정화(後庭花) 『악학궤범』에 전하는 노래.
[60] 아황과 여영 중국 요임금의 두 딸로 순임금에게 시집감.

"어기야, 어기야, 어야."

　소리하니 '먼 포구에 돌아오는 돛단배'가 바로 이 아닐까.

　강 언덕 두서 너 집에 밥 짓는 연기 피어오르고, 강 건너 절벽 위에 저녁 노을 비쳐오니 '무산의 저녁노을'이 바로 이것이 아닐까.

　하늘에 떠다니는 갖가지 구름 뭉게뭉게 일어나서 한 떼로 둘렀으니 '창오산 저녁 구름'이 바로 이것이며, 푸른 물 하얀 모래 이끼 낀 양쪽 언덕에 시름을 못 이기어 날아오는 기러기는 갈대 하나 입에 물고 점점이 날아들며 끼룩끼룩 소리하니 '모래밭에 내려앉는 기러기'가 바로 이것이다. 상수로 수운이 적막하고 황릉으로 울고 가니 옛 사당이 분명하다.

　남쪽 지방 찾아왔던 두 자매의 혼이라도 있을 줄 알았는데 제 소리에 눈물지니 '황릉묘의 두 부인 사당'이 이것이며, 새벽 종 큰 소리에 경쇠 소리 뎅뎅 섞여 나니 배 타고 온 먼 길손의 깊이 든 잠 놀래 깨우고, 탁자 앞의 늙은 중은 아미타불 염불하니 '한산사 저녁 종'이 바로 이것이 아닌가.

　경을 다 본 후에 배를 타고 떠날 적에 향기로운 바람이 일어나며 노리개 부딪는 소리 들리더니 수풀 사이에서 어떤 두 부인이 선관(仙官)을 높이 쓰고 안개빛 저고리에 석류빛 치마 입고 신을 끌며 나오더니,

　"거기 가는 심 소저, 그대는 우리를 모를 것이다만, 우리 성군 순임금이 창오의 들판에서 돌아가시고 속절없는 이 두 몸이 소상강 대 수풀에 피눈물 뿌렸더니 가지마다 아롱져서 잎잎마다 원한이었다. '창오산이 무너지

고 소상강의 물 말라야 대나무에 어린 핏자국이 없어지리라' 하였으니 천
추에 깊은 한을 하소연할 곳이 없다가, 지극한 너의 효성 하례코자 우리가
왔다. 요·순 임금 돌아가신 뒤로 수천 년이 흘러 지금에 이르렀으니, 오
현금[61] 〈남풍시〉를 이제까지 전하더냐? 물길 먼먼 길에 조심하여 다녀오
라."

하더니 문득 간 데 없다.

   심청이 마음속으로 생각하기를,

   '여기가 소상강이니 아마도 두 부인은 아황과 여영이로다. 한데 이상키
도 하여라. 죽으러 가는 날보고 다녀오라 하다니.'

   서산에 다다르니 풍랑이 크게 치고 찬 기운이 돌며 검은 구름이 두르더
니 사람이 나오는데, 얼굴은 큰 수레바퀴만 하고 두 눈 사이가 널찍한데
가죽으로 몸을 감싸고 두 눈을 딱 감고 슬피 울며 소리치기를,

   "거기 가는 심 소저야, 너는 나를 모르리라. 나는 오나라의 오자서로다.
슬프다, 우리 오왕. 백비의 참소 듣고 촉루검을 내게 주어 목을 찔러 죽게
하고, 가죽부대로 몸을 싸서 이 물에 던졌으니, 대장부의 원통한 마음에
월나라가 오나라를 멸하는 모양을 똑똑히 보려고, 내 눈을 빼어 동쪽 대문
위에다 걸어두고 왔더니 과연 그 모양을 보았노라. 그러나 내 몸에 감은
가죽 뉘라서 벗겨 주며 눈 없는 게 한이로다."

   이는 누구인고 하니 오나라 충신 오자서였다.

---

[61]. **오현금** 신농씨가 만든 현이 다섯인 악기.

구름이 걷혀지며 햇빛이 밝게 비치고 물결이 잔잔한데, 어떤 두 사람이 밭둑에서 나온다. 앞의 한 사람은 왕자의 기상이요, 얼굴은 무한 근심 띠어 있고 의복이 남루하니 초나라 임금임이 분명하다.

눈물지으며 하는 말이,

"애닲고 분한 것은 진나라의 속임 되어, 삼 년 동안 무관에 억류되어 고국을 바라보며 고향에 돌아가지 못하고 원혼이 되었구나. 천추에 깊은 한이 소쩍새가 되었더니, 원수 갚을 기회인 줄 반겨 듣고 나섰다가 속절없는 동정달에 헛춤만 추었노라."

뒤에 또 한 사람은 얼굴색이 파리하고 형용은 고고한데,

"나는 초나라 굴원이라, 회왕을 섬기다가 자란[62]의 참소를 받아 더러운 몸 씻으려고 이 물에 빠졌다가, 어여쁠사 우리 임금, 사후에나 섬기려고 이 땅에 와 모셨노라. '고황의 후손이며, 아버지는 백용이라. 초목이 가을 만나 시들어 가니, 내 님이 늦으실까 걱정스럽네'[63] 라는 구절을 세상 선비들이 몇몇이나 외우던고? 그대는 부모 위해 효성으로 죽고 나는 충성을 다하더니, 충효는 일반이라 위로코자 내 왔노라. 바다 만 리 먼먼 길에 평안히 가거라."

"죽은 지 수천 년인데 그 혼백이 남아 사람의 눈에 보이니 나도 또한 귀신이구나. 나 죽을 징조로구나."

---

[62] **자란** 회왕의 아들.
[63] **고황의 후손이며, 아버지는 백용이라. 초목이 가을 만나 시들어 가니, 내 님이 늦으실까 걱정스럽네** 굴원이 지은 〈이소경〉의 한 구절.

하며 슬피 탄식한다.

"물에서 잠을 잔 지 몇 밤이며 배에서 밥을 먹은 지 몇 날이냐?

> 그간 서너 달이 물같이 지나가니
> 가을 바람 쌀쌀하게 저녁 나절 일어나고
> 너른 세상 환하여 밝게 빛난다.
> 지는 노을 외로운 갈매기와 나란히 날고
> 가을에 맑은 물 하늘과 한빛이네.
> 한없이 지는 낙엽 쓸쓸이 내려 앉고
> 다함없는 긴 강물 출렁이며 흐른다.
> 강 언덕에 귤 익으니 조각조각 황금이요
> 갈대꽃 바람에 우니 점점이 흰 눈이라.
> 가랑비에 지는 잎은 곰개도 붉었는데
> 외로운 어선들은 등불을 돋우 달고
> 〈어부가〉로 화답하니 그도 또한 수심이라.
> 물가에 푸른 산은 봉우리마다
> 칼날 되어 가르나니 물굽이라.
> 해 지는 장사땅에 가을날 저무는데
> 어디를 찾아가서 아황 여영 위문할까.
> 송옥[64]의 〈비추시(悲秋詩)〉가 이에서 더할쏘냐?
> 동남동녀(童男童女) 실었으니 진시황의 약 캐러 가는 밴가?
> 방사 서불 태웠으니 한무제의 신선 찾는 밴가?
> 길에서 죽자 해도 뱃사람들이 수직하고
> 살아서 가자 하니 고국이 멀고 멀다.

---

[64] **송옥** 중국 시인이자 학자. 굴원에게 사사하였음.

한곳에 다다라 돛을 지우고 닻을 내리니 여기가 바로 인당수다.

거센 바람 크게 일어 바다가 뒤눕는데 어룡이 싸우는 듯, 벽력이 일어난 듯, 너른 바다 한가운데 일천 석 실은 배, 노도 잃고 닻도 끊어지고 용총도 부러지며 키도 빠지고, 바람불고 물결쳐 안개비 뒤섞어 잦아지는데 갈 길은 천리 만리 남아 있다. 사면은 어둑하고 천지가 적막하여 간신히 떠오는데 뱃전에 큰 물이 탕탕치고, 돛대도 와지끈, 순식간에 위태하다.

도사공 이하 모두들 겁을 내어 정신이 달아나고, 고사 제물 차릴 적에 섬쌀로 밥을 짓고 돝 잡아 큰 칼 꽂아서 정하게 바쳐놓고 삼색 실과 오색 당속(糖屬)[65]에 큰 소 잡고 동이술을 방위 차려 갈라 놓고 심청을 목욕시켜 의복을 정히 입혀 뱃머리에 앉힌 후에, 도사공이 고사를 올릴 제 북채를 갈라 쥐고 북을 둥둥 둥둥 두리둥둥 울리며,

"허원씨[66] 배를 내어 막힌 데를 건네주심을 후세 사람 본을 받아 사농공상(士農工商) 일을 삼아 다 각기 살아 가니 막대한 공 어찌 아니며 하우씨[67] 구 년 홍수 배를 타고 다스렸고, 물길 따라 구획지어 물길을 돌렸으며, 오자서 공을 세우고도 구주로 망명할 제 조각배로 건네주고, 제갈공명 높은 조화 동남풍을 빌어내어 조조의 백만대군 불로써 공격하여 적벽대전할 적에 배가 없었으면 어찌 하였을꼬? 연명은 전원으로 돌아오고 장경은 강동으로 돌아갈 제 이도 또한 배를 탔고, 임술년 가을 칠월 달에 조각배 띄워

---

65. **당속(糖屬)** 설탕을 졸여 만든 음식.
66. **허원씨** 중국 고대의 임금으로 배와 수레를 처음 만듦.
67. **하우씨** 중국 하나라를 연 시조. 우씨.

놓고 소동파도 놀았었고, '지국총 어사와' 하니 배를 저어 떠다님은 어부의 즐거움이요, 닻을 올려 노 저으며 장포로 내려가니 오나라 월나라 아가씨들 배를 타고 연꽃 따고, 재물을 많이 싣고 해마다 왕래함은 장삿배가 이 아닌가?

우리 동무 스물네 명 장사를 직업삼아 십여 세에 조수타고 표박서호 떠다니니, 인당수 용왕님은 사람 제물 받는다 하여 유리국 도화동에 사는 십오 세 효녀 심청을 제물로 드리오니, 사해 용왕님은 고이고이 받으소서. 동해신 아명 서해신 거승이며, 남해신 축융 북해신 옹강이며, 칠금산 용왕님 자금산 용왕님 개개 섬 용왕 님 영각대감 성황님, 화장성황 이물고물 성황님네 다 굽어보옵소서. 물길 천리 먼먼 길에 바람구멍 열어내고, 낮이면 골을 넘어 대야에 물 담은 듯이, 배도 무쇠가 되고 닻도 무쇠가 되고 용총 닻줄 모두 다 무쇠로 점지하시고, 빠질 근심 없애고 재물 잃을 근심도 없애시어 억십만 금 이문 남겨 웃음으로 즐기고 춤으로 기뻐하게 점지하여 주옵소서. 고시래!"

빌기를 다한 후에 북을 '두리둥 두리둥' 치면서 재촉한다,

"시각이 급하니 어서 바삐 물에 들라."

심청이 거동 보소.

두 손을 합장하고 일어나서 하늘님 전 비는 말이,

"비나이다, 비나이다, 하늘님전에 비나이다. 심청이 죽는 일은 추호라도 섧지 않으나, 병든 아버지 깊은 한을 생전에 풀려하고 이 죽음을 당하오니 황천(皇天)은 감동하사 어두운 아비 눈을 밝게 띄워 주옵소서."

도화동을 향하더니,

"아버지, 나 죽소. 어서 눈을 뜨시오."

눈물 지으며 선인들께 말한다.

"여러 선인님네 평안히 가옵시고 억십만 금 이문 남겨 이 물가를 지나거든 나의 혼백 불러내어 물밥이나 주시오."

안색을 변치 않고 휘날리는 치마폭을 무릅쓰고 이리저리 저리이리 뱃전에 나서 보니 티 없이 푸른 물은 '월러렁 콸넝' 뒤둥구리 굽이 쳐서 물거품 이는데 심청이 기가 막혀 뒤로 벌떡 주저앉아 뱃전을 다시 잡고 기절하여 엎던 양은 차마 보지 못할 지경이다. 심청이 다시 정신 차려 할 수 없어 일어나서 치마폭을 뒤집어쓰고, 종종걸음으로 물러섰다 바다 속에 몸을 던진다.

거꾸로 풍덩 빠지니, 꽃 같은 몸이 풍랑에 휩쓸리고 밝은 달이 물 속에 잠기어 너른 바다 속에 곡식낱이 빠진 것 같았다. 물결은 잔잔하고 광풍은 삭아지며 안개 자욱하여 가는 구름 머물렀고, 맑은 하늘 푸른 안개 새는 날 동방처럼 날씨 명랑하였다.

도사공 하는 말이,

"아이고, 불쌍타. 고사를 지낸 후에 날씨가 순통하니 심 낭자 덕 아니신가?"

좌중이 모두 엎어져 울며,

"하늘이 내린 효녀, 심청 아깝고 불쌍하다. 부모형제가 죽은들 이리 서러울까."

'어기야 어기야' 뱃노래 한 곡조에 삼승 돛짝을 채워 양쪽에 갈라 달고 남경으로 들어갈 제, 와룡수 여울물에 쏘아놓은 살대같이, 기러기 다리에 전한 편지 북해상에 기별같이 순식간에 남경으로 다다랐다.

이때에 무릉촌 장 승상 댁 부인은 심청과 이별하고 애석한 마음 달랠 길 없어 화상 족자 걸어 두고 날마다 보던 중에 하루는 족자빛이 검어지며 물이 줄줄 흐르거늘 부인 놀라,

"아이고, 이제 죽었구나."

슬픈 마음 이기지 못하여 간장이 끊어지듯 가슴이 터지는 듯 기막혀 울음 우는데 족자빛이 갑자기 새로이 밝아지니 이상하여 혼잣말을 한다.

"누가 건져내어 목숨을 얻었는가? 창해 만 리 떨어졌으니 소식을 어찌 알까."

그날 밤에 장 승상 부인이 심 소저를 위하여 혼을 불러 위로하는 제사를 바치려고 제물을 갖추어 강가에 나아갔다. 시비를 데리고 강가에 다다르니, 밤은 깊어 삼경인데 첩첩이 쌓인 안개 산골짝에 잠겨 있고 첩첩이 이는 안개 강물에 어리었다.

조각배 저어 중류에 띄워 놓고 배 안에 제사상을 차린 다음 부인이 손수 잔을 부어 흐느끼며 소저를 불러 위로하였다.

"아아 슬프도다, 심 소저야. 죽기를 피하고 살기를 구하는 것이 사람으로서 당연하거늘, 일편단심에 양육하신 아버지의 은덕을 죽음으로 갚으려고 남은 목숨 스스로 끊어, 고운 꽃이 흐려지고 나는 나비 불에 뛰어드니 어찌 아니 슬플쏘냐? 한 잔 술로 위로하니 마땅히 소저의 혼이 아니면 없

어지지 아니하리니, 속히 와서 흠향함을 바라노라."

눈물 뿌려 통곡하니 천지 미물인들 어찌 아니 감동하리. 뚜렷이 밝은 달도 구름 속에 숨어 있고 사납게 불던 바람도 고요하고 용왕이 도왔던지 강물도 고요하고 백사장에 놀던 갈매기도 목을 길게 빼어 '꾸루룩' 소리하며, 고기잡는 어선들은 가던 돛대 머무른다.

뜻밖에 강 가운데서 한 줄기 맑은 기운이 뱃머리에 어렸다가 잠시 뒤에 사라지며 날씨가 화창하니, 부인이 반겨하며 일어서서 바라본다. 부인이 한없이 서러워 집으로 돌아온 후 물가에 망녀대를 세운 후 매월 삭망이 되면 제를 지내기를 삼 년 동안 하였다.

이때 심 봉사는 딸을 잃고 모진 목숨 죽지 못하여 근근이 살아갈 제, 도화동 사람들이 심 소저가 지극한 효성으로 물에 빠져 죽은 일을 불쌍히 여겨 망녀대 바로 옆에 타루비(墮淚碑)를 세우고 글을 새겼다.

앞 못 보는 아버지 위해 (心爲其親雙眼茫)
제 몸 바쳐 효도하러 용궁에 갔네. (殺身成孝死龍宮)
안개 어린 바다에 마음만 떠 있으니 (烟波萬里深深碧)
강가 풀잎에 해마다 서린 한이 가실 길 없네. (江草年年恨不窮)

강가를 오가는 행인 중 비문을 보고 아니 우는 이 없고, 심 봉사는 딸이 생각나면 그 비를 안고 울었다. 세상에 이처럼 억울하고 고르지 못한 세상이 없으니 가난하고 약한 사람은 부모가 준 몸과 하늘이 내린 귀중한 목숨도 보전치 못하고 하늘이 내린 효녀가 인당수에 가련한 몸을 던졌도다.

그러나 심청이 간 곳이 이 세상 이별하고 간 성스러운 곳이니 하늘님의 능력이 끝없이 큰 곳이라, 사리사욕에 어둔 세상 사람들과 말 못 하는 부처는 심청을 돕지 못하였거니와 인당수 물귀신이야 어찌 심청의 지극한 마음을 모를 것인가.

이때 심 낭자는 너른 바다에 몸이 들어 죽은 줄 알았는데, 무지개 영롱하고 향내가 코를 찌르며, 맑은 피리 소리 은근히 들리기에 몸을 머물기를 주저하고 있었다.

옥황상제 하교하사 인당수 용왕과 사해용왕에게 일일이 명을 내리셨다.

"내일 출천 효녀 심청이가 그곳에 갈 것이니 몸에 물 한 점 묻지 않게 할 것이며, 만일 모시기에 조금치라도 실수가 있으면 사해용왕은 천벌을 주고 지부왕은 파문을 내릴 것이니, 수정궁으로 모셔 들여 삼 년 동안 받들고 단장하여 세상으로 돌려보내라."

명이 내리니 사해용왕과 지부왕이 모두 다 놀라 두려워하더라. 곧 무수한 바다의 장군과 군사들이 모여들 제, 원참군 별주부와 철갑 입은 여러 장군들과 백만 물고기 병사며, 무수한 선녀들은 백옥 가마를 마련하여 그때를 기다리니, 과연 옥같은 심낭자가 물로 뛰어들기에 선녀들이 받들어 가마에 앉혔다.

심 낭자 정신을 차려 하는 말이,

"속세의 비천한 인간으로 어찌 용궁의 가마를 타리까?"

하니 여러 선녀들이 여쭙기를,

"옥황상제의 분부가 지엄하시어 만일 타시지 아니하시면 우리 용왕이 죄를 면치 못하실 것이니 사양치 마시고 타소서."

심 낭자가 그제야 마지못하여 가마 위에 높이 앉으니 팔선녀가 가마를 메고 여섯 용은 곁에서 모시고, 바다의 장군과 군사들이 좌우로 호위하며 청학 탄 두 동자는 앞길을 인도하여 바닷물에 길 만들고 풍악으로 들어갔다.

이때 천상 신선과 선녀들이 심 소저를 보려고 늘어섰는데, 태을진군[68]는 학을 타고, 적송자는 구름 타고, 사자 탄 갈선옹과 청의동자 백의동자, 쌍쌍 시비 취적선과, 월궁항아 서왕모며 마고선녀 낙포선녀[69]와 남악부인의 팔선녀 다 모였는데, 고운 복색 좋은 패물 향기도 이상하며 풍악이 앞서 간다.

왕자진의 봉피리며 곽처사의 죽장구며 성연자의 거문고와 장자방의 옥퉁소며 해강의 해금이며 완적의 휘파람, 적타 고취 옹적하며 금고의 거문고 풍악 소리 낭자하여 수궁이 진동한다.

수정궁으로 들어가니 인간세계와는 다른 별천지라.

남해 광리왕이 통천관을 쓰고 백옥홀을 손에 들고 호기 찬란하게 들어가니, 삼천팔백 수궁부 내외의 대신들은 왕을 위하여 영덕전 큰 문 밖에 차례로 늘어서서 환호성을 올렸다. 심 낭자 뒤로 백로 탄 여동빈,[70] 고래탄

[68] 태을진군 북극성의 신.
[69] 낙포선녀 복희씨의 딸.
[70] 여동빈 당나라의 불사의 신선.

231

이적선과 청학 탄 장녀가 공중을 날아다니고 있었다.

집치레 보자 하면 능란하고 장하구나. 고래 뼈를 걸어서 대들보를 삼으니 신령스런 빛깔이 햇빛에 빛나고, 물고기 비늘을 모아서 기와를 삼으니 상서로운 기운이 공중에 어린다. 값진 보물로 치장한 궁궐은 하늘의 빛과 어울리고, 입고 있는 의복들은 인간의 온갖 의복과도 비길 수 없었다.

산호주렴 대모 병풍 광채도 찬란한데 비단 휘장을 구름같이 높이 치고, 동으로 바라보니 대붕[71]이 하늘을 나는데 쪽빛보다 푸른 물은 가마에 둘러 있고, 서쪽으로 바라보니 푸른 물결 아득한데 꾀꼬리 한 쌍 날아들고, 북으로 바라보니 아득한 푸른 산은 비취색을 띠고, 위쪽을 바라보니 상서로운 구름이 붉은데 위로는 하늘로 통하고 아래로는 세상에 뻗쳐 있다.

음식을 둘러보니 세상 음식 아니었다. 유리 소반 옥돌 상에 유리 술잔 호박 받침, 자하주[72] 천일주에 기린포로 안주하고, 호로병 거호탕에 감로수도 넣어 있고, 옥돌 소반에다 반도 복숭 담아 있고, 한가운데 삼천벽도 덩그렇게 고였는데 신선 음식 아닌 것이 없었다.

수궁에 머물 적에 옥황상제의 명이니 거행이 오죽할 것인가. 사해용왕이 다 각기 시녀를 보내어 아침저녁으로 문안하고, 번갈아 당번을 서 호위하며, 금수능라 비단 옷에 화용월태 고운 얼굴 다 각기 잘 보이려고 잘 차린 시녀들 주야로 모실 적에 사흘마다 작은 잔치, 닷새마다 큰 잔치를 베풀면서, 상당에서 비단 백 필, 하당에서 진주 서 되를 바쳤다. 이처럼 부지

<hr>

[71] **대붕** 하루만에 천 리를 나는 상상의 새.
[72] **자하주** 신선이 마신다는 자줏빛 술.

런히 받들면서도 오히려 잘못하지나 않을까 조심하기가 각별하였다.

하루는 하늘의 옥진 부인이 오신다 하니 수궁이 뒤눕는 듯, 용궁이 소란하다. 심 소저 뉘신 줄을 몰라 멀리 서서 바라볼 따름이다.

오색 구름이 푸른 하늘에 어렸는데 아름다운 풍악이 궁중에 낭자하며 우편에는 단계화, 좌편에는 벽도화,[73] 청학 백학 옹위하고 봉황은 춤을 추고 앵무는 벌여 섰는데, 각궁의 시녀들이 옆에서 모시어 천상 선녀 앞에 서고 용궁 선녀 뒤에서서 엄숙하게 내려오니 보던 바 처음이었다.

이윽고 옥진 부인이 가마에서 내려 섬뜰에 올라서며,

"청아, 네 어미 왔다!"

부르는 소리에 심 소저 고개 들어 보고 그제야 어머니인 줄을 알고 왈칵 뛰어 나서며,

"애고, 어머니."

우르르 달려들어 모친의 목을 안고 울며 웃으며 말하였다.

"나를 낳으시고 초칠일 안에 가셨으니 지금까지 십오 년을 얼굴도 모르고 지냈으니 천지간 한없이 깊은 한이 개일 날이 없었사옵니다. 오늘날 이곳에 와서 어머니와 다시 만날 줄을 알아서 오는 날 아버지 앞에서 이 말씀을 여쭈었더라면, 날 보내고 설운 마음 조금은 위로했을 것을, 우리 모녀야 서로 만나보니 좋지마는 외로우신 아버님은 뉘를 보고 반기실까."

새로웁고 반가운 정과 감격하고 급급한 마음 어찌할 줄 모르다가, 모시

---

[73] **벽도화** 벽도나무의 꽃. 삼천 년 만에 꽃이 핀다는 전설의 꽃.

고 누에 올라가 모친 품에 싸여 앉아 얼굴도 대어 보고 수족도 만지면서 젖도 인제 먹어 보자 하니 반갑고도 즐거워라.

이같이 즐겨 하며 울음 우니 부인도 슬퍼하고 등을 뚝뚝 두드리며,

"우지 마라, 내 딸아. 내가 너를 난 연후에 상제의 분부 급하여 세상을 잊었으나 눈 어둔 너의 부친 고생하고 사심을 어찌 잊었겠느냐. 생각할수록 기막힌 중, 버섯밭에 이슬 같은 십생구사 네 목숨을 더욱 어찌 생각이나 했겠느냐. 황천이 도와주사 네 이제 살았구나. 안아 볼까 업어 볼까 귀하여라, 내 딸이야. 얼굴 생김새, 웃는 모양 너의 부친 흡사하고, 손길 발길 고운 것은 어찌 그리 나 같으냐. 어릴 적 일이라 다 큰 네가 어찌 알겠느냐마는 이 집 저 집 여러 사람 동냥젖을 먹고 컸을 것이니 그동안 너의 부친 그 고생은 말 안 해도 알겠구나. 너의 부친 고생하고 응당 많이 늙으셨을 게지. 귀덕어미네 매우 극진하였는데 지금까지 살았느냐?"

"고생하고 지낸 일을 어찌 감히 잊었겠습니까."

부친 고생하던 말과 일곱 살에 제가 나서서 밥 빌어 봉친한 일, 바느질로 살아온 일과 승상 부인이 저를 불러 모녀의 정을 맺은 후에 태산 같은 은혜 받은 일과 선인 따라오려 할 때 화상 족자를 그렸던 것과 귀덕어미가 베푼 은혜를 낱낱이 말하고 나니, 옥진 부인 그 말 듣고 승상 부인을 치하하였다.

그럭저럭 여러 날을 수정궁에 머무를 제 하루는 옥진 부인이 심청더러,

"모녀간에 반가운 마음이야 한량없지마는 옥황상제 처분으로 맡은 직분이 많아 오래 지체하지 못하겠다. 오늘 나를 이별하고 너의 부친 만날 것

을 니가 어찌 알겠느냐마는 후일에 서로 만나 반길 때가 있을 것이다."

작별하고 일어나니 심청이 기가 막혀,

"아이고 어머니. 소녀는 마음먹기를 오래 모실 줄로만 알았더니, 이별이 웬일이오?"

아무리 애걸한들 마음대로 못할 일이라, 옥진 부인 일어서서 손을 잡고 작별하고 공중으로 향하니 홀연히 사라져 더 이상 볼 수 없으니 심청이 하릴없이 눈물로 하직하고 수정궁에 머물렀다.

하루는 옥황상제께서 효녀 심청을 매우 가상히 여기시어 더 오래 수정궁에 둘 수 없다 하시며 사해용왕에게 말씀을 전하시기를,

"심 낭자를 오정연화 꽃봉우리에 아무쪼록 고이 모셔, 왔던 인당수로 돌려보내어 좋은 때를 잃지 말게 하라."

분부가 지엄하시니 사해용왕이 명을 듣고 심 소저를 보내실 제, 큰 연꽃 송이에 심 낭자를 고이 모셔 아침저녁 먹을 것과 비단 보배를 많이 넣고 옥화분에 고이 담아 인당수로 보내었다.

사해용왕이 친히 나와 전송하고 각 궁 시녀와 여덟 선녀가 여쭙기를,

"소저는 인간 세상에 나아가서 부귀와 영광으로 만만세를 즐기소서."

소저 대답하기를,

"여러 왕의 덕을 입어 죽을 몸이 다시 살아 세상에 나가오니 은혜를 잊을 수가 없습니다. 모든 시녀들과도 정이 깊어 떠나기 섭섭하오나 이승과 저승의 길이 다르기에 저는 이제 이별하고 가옵니다. 수궁의 귀하신 몸 내

내 평안하옵소서."

하직하고 돌아서니, 어디로 가는지도 모르게 순식간에 꿈같이 인당수에 번듯 떠서 뚜렷이 수면을 영롱케 하니 천신의 조화요 용왕의 신령이었다.

바람이 분들 끄떡하며 비가 온들 떠내려 갈쏘냐. 오색 무지개가 꽃봉오리 속에 어리어 둥덩실 떠 있을 적에, 심청이 문득 정신을 차려 보니 이미 인당수다.

남경 갔던 뱃사람들이 억십만 금 이문을 내어 돛대 끝에 큰 기 꽂고 웃고 떠들고 춤추며 고국으로 돌아오는 길에 인당수에 다다르자 배를 매고 큰 소 잡고 동이술에 각종 과일 차려 놓고 북을 치며 제를 지낸다.

"우리 일행 수십 명 몸에 재액을 막아 주시고 소망을 뜻한 대로 이루어 주셨으니 용왕님의 넓으신 덕택을 한 잔 술로 정성을 드리옵니다. 어여삐 보셔서 이 제물을 받아 주시옵소서."

하고 제를 올린 뒤에 정한 제물 다시 차려 심 소저의 혼을 불러 슬픈 말로 위로한다.

"출천 효녀 심 소저는 늙으신 아버지 눈뜨기를 위하여 젊은 나이에 죽기를 마다 않고 바다 속 외로운 혼이 되었으니 어찌 아니 가련하고 불쌍하리오. 우리들은 소저로 말미암아 장사에 이문을 내어 고국으로 돌아가지마는 소저의 영혼이야 어느 날에 다시 돌아올까? 가다가 도화동에 들어가서 소저의 아버지 살았는가 여부를 알아보고 가오리다. 한 잔 술로 위로하니 만일 아시거든 영혼은 이를 받으소서."

제물을 풀고 눈물을 쏟고 나서, 한곳을 바라보니 한 송이 꽃봉오리 너른

바다 가운데 둥덩실 떠 있으니 뱃사람들이 괴이하게 여겨 저희들끼리 의논하기를,

"저 꽃이 웬 꽃이냐? 천상의 월계화[74]냐, 요지의 벽도화냐? 천상의 꽃도 아니요, 세상의 꽃도 아닌 것이 바다 위에 있을 시는 아마도 심 소저의 영혼이 꽃이 되어 떴나 보다."

가까이 가서 보니 과연 심 소저가 빠졌던 곳이라. 공론이 분분한 중에 흰 구름 가운데서 선연한 푸른 옷을 입은 선관(仙官)이 공중에서 학을 타고 날아와서 크게 외치는 소리가,

"해상에 떠 있는 선인들아, 그 꽃 보고 쓸데없는 잡소리 마라. 그 꽃은 천상화니, 다른 사람들에게 알리지 말고 각별히 조심하여 곱게 모셔서 천자께 진상하라. 만일에 그렇지 아니하면 뇌성보화천존(雷聲普化天尊) 시켜 벼락을 내리리라."

선인들이 그 말을 듣고 황망하여 떨며 꽃을 고이 건져 배에 모신 후에 청포자를 둘러치고 안팎으로 엄히 지켰다. 닻을 감고 돛을 다니 순풍이 절로 일어 배 빠르기가 나는 화살이니 남경이 순식간이라. 네다섯 달이나 걸리던 길을 며칠 만에 다다르니, 이도 또한 이상하다 할 것이었다.

돌아와서 억십만 금이 넘는 재물을 다 각기 나누어 가질 적에, 배주인은 무슨 마음에서인지 재물은 마다하고 꽃송이만 차지하여 자기 집 깨끗한 곳에 단을 쌓고 두었더니 향취가 온 집안에 가득하고 주위에 무지개가 둘

---

[74]. **월계화** 장미꽃의 일종. 하늘에 핀다고 여겨짐.

러 있었다.

이때 송 천자는 황후가 별세하신 후 간택을 아니 하시고, 화초를 구하여 상림원에다 채우고 황극전 뜰 앞에도 여기저기 심어두고 기화요초 벗을 삼아 지내실 제 화초도 많도 많다.

팔월 부용군자며, 연못 그득 맑은 물에 홍련화며, 그윽한 향내 피어내며 달뜨는 저녁나절에 소식 전하던 매화며, 여기저기 심어 있는 붉은 복사꽃이며, 아름다운 여인의 손톱에 물들이려고 밤에 화분에 넣고 찧는 봉선화며, 구월 구일에 활짝 피는 국화며, 귀한 사람 즐겨 찾는 부귀할 손 모란화며, '배꽃은 땅에 가득 떨어지고 문은 열리지 않았다' 던 장신궁중의 배꽃이며, 칠십 제자 강론하던 살구나무의 살구꽃이며, 천태산 들어가면 산기슭에 피어있는 작약이며, 촉나라 망한 한을 못 이기어 피 토하던 두견화며, 촉국 배국 시월국이며, 교화 난화 산당화며, 장미화에 해바라기며, 주작화에 금선화와 능수화에 견우화며, 영산홍 지산홍에 왜철죽 진달래 백일홍이며, 난초 파초에 강진향이며, 그 가운데 전나무 호도목이며, 석류목에 송백목이며, 치자목이며, 율목 시목에 행자목이며, 너울너울 각색으로 층층이 심어 두고, 때를 따라 구경하실 제 향내가 건듯 불면 우질우질 넘놀며 울긋불긋 떨어지며, 벌 나비 새 짐승이 춤추며 노래하니 천자께서 흥을 붙여 날마다 구경하시었다.

마침 이때 남경 뱃사람이 대궐 안 소식을 듣고 꽃 한 송이 진상하니 천자 친히 보시고 매우 기뻐하셨다. 천자께서 반기시어 그 꽃을 들여다가 황극전에 놓고 보니 빛이 찬란하여 해와 달이 빛을 내는 것 같고, 크기가 겨룰 것이 없고 향기가 특출하니 세상 꽃이 아니었다.

"달빛에 그림자가 분명하니 계수나무 꽃도 아니요, 요지연의 흰 복숭아 동방삭이 따온 후에 삼천 년이 못 되었으니 벽도화도 아니니, 서역국에 연화씨가 떨어져 그것이 꽃 되어 바다에 떠 왔는가?"

하시며 자세히 살펴보니 붉은 안개 둘러 있고 상서로운 기운이 어리었으니, 황제 크게 기뻐 하사 옥쟁반에 받쳐 화단에 옮겨 놓으니 모란화 부용화가 다 아래 자리로 돌아가니, 매화 국화 봉선화는 모두 다 신하라 이를 지경이었다.

하루는 천자께서 주무시려 하실 때 비몽사몽간에 하늘에서 내려온 선관이 학을 타고 나타나 읍하고 흔연히 말하였다

"황후께서 붕어하심을 들으신 상제께서 인연을 보내셨사옵니다."

말을 다 듣지 못하고 깨니 남가일몽[75]이라 친히 달을 따라 화단을 배회하시는데, 밝은 달은 뜰에 가득하고 산들 바람 부는 중에 문득 옥쟁반의 꽃을 살피던 중 봉오리가 흔들리며 가만히 벌어지고 무슨 소리 나는 듯하였다.

천자께서 몸을 숨겨 가만히 살펴보니 예쁜 선녀가 얼굴을 반만 들어 꽃봉오리 밖으로 반만 내다보더니, 사람 자취 있음을 보고 도로 헤치고 들어갔다. 천자께서 보시고 문득 몸과 마음이 황홀하시어 의아한 생각이 들어서서 아무리 기다리나 다시는 기척이 없는지라 가까이 가서 꽃봉오리를

---

[75] **남가일몽** 한낱 헛된 꿈.

가만히 벌리고 보시니 한 처녀가 있기에 천자 반기며 물으시기를,

"그대가 귀신이냐 사람이냐?"

선녀가 즉시 내려와 땅에 엎드려 여쭙기를,

"소녀는 상제의 명을 받고 세상으로 나왔다가 황제의 모습을 뵈오니 극히 황공하옵니다."

하니 천자 마음속으로 생각하시기를,

'상제께옵서 좋은 인연을 보내신 것이로다. 하늘이 내리신 바를 받아들이지 않으면 이런 좋은 기회가 다시는 오지 않으리라.' 하시고,

"배필을 정하리라."고 결심하시었다.

천자가 혼인을 하기로 작정하시고 문무백관을 불러들이니 모두들 들어와 엎드려 절하였다.

"짐이 잠시 꿈에서 이상한 일을 겪었기로 얻은 꽃송이를 살폈더니 한 낭자가 앉았는데 황후의 기상이다. 경들의 뜻은 어떠한고?"

"황후께서 승하하심을 하늘이 아시고 인연을 보내셨으니 나라와 조정이 두루 발전할 징조이옵니다. 하늘의 보살피심이니 이보다 큰 국가 경사가 있겠사옵니까."

천자께서 기뻐하시며 흠천감으로 하여금 날을 잡으라 하고 예부에 분부하여 가례(嘉禮)[76]를 마련하였다. 소저를 황후로 봉하여 승상의 집으로 모신 뒤에 혼인날이 되자 명하시기를,

---

[76] **가례(嘉禮)** 왕가의 경사스러운 예식.

"이러한 일은 천만고에 없는 일이니 예의범절을 특별히 마련하도록 하라."

하시니 그 위엄이 이 세상에서 처음이요, 천고에 더욱 없는 일이더라.

칠보화관 십장생(十長生)에 수복 놓아 진주옥패 학 두 마리에 봉황을 끝에 달아 월궁항아 하강한 듯 전후 좌우 상궁 시녀 녹색치마 붉은 윗옷 빛이 난다. 낭자 쓴 화관이며 족두리며 봉차(鳳釵) 죽절(竹節) 밀화불수(蜜花佛手) 산호가지 명월패 울금향(鬱金香) 당의(唐衣) 원삼 호품(好品)으로 단장하니, 황후 위의[77] 장하도다.

층층이 모신 시녀 하늘궁전 시위한 듯 청홍백 비단 차일 하늘 닿게 높이 치고, 금으로 수놓은 용문석(龍紋席) 공단 휘장 금병풍에 백자천손 가득하다.

금촛대에 홍초 꽂고 유리 산호 좋은 옥병 굽이굽이 진주로다. 기린과 봉화, 공작 짖는 사자, 청학은 쌍쌍이요, 앵무 같은 궁녀들은 기를 잡고 늘어섰다. 삼태, 육경, 만조, 백관, 동서편에 갈라서서 읍하고 앞으로 나왔다 물러나는 거동 위풍이 당당하다.

이부상서(吏部尙書) 함을 지고 납채[78]를 드린 후에 천자 위의 볼짝시면, 우뚝한 코 번듯한 얼굴 긴 수염 용감하고 당찬 기상, 천지조화가 모두 발 아래 있네. 황하수 다시 맑아 성인이 나셨도다. 면류관 곤룡포에 양 어깨 일월부터 빛이 나니, 오복을 모두 갖춘 사람이라.

---

[77] **위의** 위엄 있는 몸가짐이나 차림새.
[78] **납채** 아들 집에서 신부 집으로 혼인을 청하는 의례. 납폐.

대례를 마친 후에 낭자 금 덩[79]에 고이 모셔 황극전에 드실 때 위의 예절이 거룩하고 장하도다.

이로부터 심 황후 어진 덕이 천하에 가득하니 조정 문무백관과 각 성(城)의 자사(刺史)와 모든 읍(邑)의 태수 억조창생 인민들이 복을 빌며 축원하기를,

"우리 황후 어진 성덕, 만수무강하옵소서."

이때에 심 봉사는 딸을 잃고 실성하여 날마다 탄식할 제, 봄이 가고 여름 되니 녹음방초 한이 되고 지지지 우는 새는 심 봉사를 비웃는 듯, 산천은 막막하고 물소리 처량하였다.

도화동 안팎 동리 남녀노소 모두 와서 안부를 묻고 정담을 나누고 딸과 같이 놀던 처녀들이 종종 와서 인사하였으나, 설운 마음 쌓여만 갔다.

청이 아장아장 들어오는 듯, 앞에 앉아 말하는 듯, 무리무리 착한 일과 공경하던 말소리가 들리는 듯하여 한시라도 못 견디고 반시라도 못 견딜 것 같았는데 이제, 눈앞에서 딸을 잃고 목석같이 살았으니 이런 팔자 또 있는가.

이렇듯이 눈물을 흘리며 세월을 보내는데 인간에게 친절한 것은 천륜이라.

심 황후는 이때 귀중한 몸이 되었으나 눈 먼 아비 생각에 무시로 슬퍼하

---

79. 덩 귀부인이 타던 가마.

시며 홀로 앉아 탄식한다.

"불쌍하신 우리 부친, 살아 계신가 돌아가셨나. 부처님이 영험하사 저간에 눈을 떠서 정처 없이 다니시나."

이렇듯 심 황후는 부귀 극진하였으나 늘상 마음속에 숨은 근심이 아버지 생각뿐이었다.

하루는 근심을 이기지 못하여 시종을 데리고 옥난간에 기대어 서 있었더니, 가을 달은 밝아 산호 발에 비쳐 들고 귀뚜라미 슬피 울어 방 안에 흘러들어 무한한 심사를 점점이 불러낼 제, 높은 하늘 외로운 기러기 울면서 내려오니 황후께서 반가운 마음에 바라보며,

"기러기야, 거기 잠깐 머물러서 나의 말 좀 들어 봐라. 소중랑이 북해상에서 편지 전하던 기러기냐, 푸른 물 흰 모래밭에 그리움을 못 이기어 내려오는 기러기냐, 도화동에 우리 아버지 편지를 매고 네 오느냐? 이별 삼년에 소식을 못 들으니 내가 이제 편지를 써서 네게 전할 테니 부디부디 잘 전하여라."

하고 방 안에 들어가 상자를 얼른 열고 두루마리 종이 끌러 내어놓고 붓을 들고 편지를 쓰려 할 제, 눈물이 먼저 떨어지니 글자는 먹칠이 되고 말마디는 뒤바뀐다.

> 슬하를 떠나온 지 해가 세 번 바뀌오니
> 아버님 그리워 쌓인 한이 바다같이 깊습니다.
> 엎드려 생각컨대 그간에 아버지 몸 편히 지내시온지,
> 그리는 마음 이루 다 말씀드릴 길이 없습니다.

불효녀 심청은 뱃사람을 따라갈 제,

하루 열두 시에 열두 번씩이나 아버님을 뵙고 싶었사옵니다.

하나 약속한 바 있으니 어찌 하겠사옵니까.

대여섯 달을 물 위에서 자고, 마지막에는 인당수에 가서 제물로 빠졌습니다.

그런데 하늘님이 도우시고 용왕이 구하셔서

세상에 다시 나와 이 나라 천자의 황후가 되었습니다.

부귀영화는 부족함이 없사오나, 간장에 맺힌 한 있으니

부귀에도 뜻이 없고 살기도 바라지 아니하고,

다만 바라기는 아버님을 다시 뵈온 후에 그날 죽어도 한이 없겠습니다.

아버님이 저를 보내고 겨우 지내시면서 항상 기다리시며

생각하시는 줄은 분명히 알지만은,

죽었을 때는 혼이 막혀 있었고 살았을 때는 액운이 막혀 천륜이 끊겼습니다.

그간 삼 년 동안에 눈은 뜨셨는지

마을에 맡긴 돈과 곡식은 그대로 있어 목숨을 보존하시고 계신지요?

아버님 귀하신 몸 잘 보중하셨다가

쉬이 만나 뵈옵기를 천만 바라고 천만 바라옵니다.

날짜를 얼른 써서 가지고 나와 보니 기러기는 간 데 없고 아득한 구름 밖에 은하수만 기울었다. 별과 달만 밝아 있고 가을 바람 소슬하다.

하릴없어 편지를 집어 상자에 넣고 소리없이 울고 있는데, 이때 황제께서 내전에 들어오셔서 황후를 바라보시니, 두 눈 사이에 근심스러운 빛이 있으니 푸른 산이 석양에 잠긴 듯하고, 얼굴에 눈물 자욱이 있으니 국화가 햇빛 아래 시드는 듯하여 황제께서 물으셨다.

"무슨 근심이 계시기에 눈물 흔적이 있소? 귀하기는 황후가 되어 있으니 천하에 제일 귀하고, 부하기는 사해를 차지하였으니 인간 중에 제일 부자인데 무슨 일이 있어 이렇듯 슬퍼하시는게요?"

　황후가 대답하기를,

　"제가 과연 바라는 바가 있사오나 감히 여쭙지를 못하였습니다."

　"바라는 바가 무슨 일인지 자세히 말씀해 보시구료."

하시니, 황후 다시금 꿇어앉아 여쭙기를,

　"신첩이 본시 용궁 사람이 아니오라 황주 도화동 사는 심학규의 딸이옵
니다. 첩의 아비가 안맹하시어 그것이 철천지한(徹天之恨)이 되었는데 몽
운사 부처님께 공양미 삼백 석을 정성껏 시주하면 감은 눈은 뜬다 하기에,
가세는 빈한하고 구할 길이 바이없어 남경 장사 떠나는 선인들에게 삼백
석에 몸을 팔아 인당수에 빠졌사옵니다. 한데 천만 뜻밖에 용왕의 덕을 입
어 다시 사람으로 살아 돌아왔사옵니다."

하고 그동안 있었던 일을 자세히 여쭈니 황제께서 들으시고,

　"그러하시면 어찌 진작에 말씀을 못하시었소? 어렵지 않은 일이니 너무
근심치 마시오."

하시고 그 다음날 조회를 마친 뒤에 온 조정 신하들과 의논하시고,

　"황주로 관리를 보내어 심학규를 부원군으로 대우하여 모셔오라."

하였다. 곧바로 황주자사가 장계를 올렸는데 떼어 보니,

　　분명히 본주의 도화동에 맹인 심학규가 있었으나
　　일 년 전에 떠난 뒤로 사는 곳을 알 수 없습니다.

라고 되어 있었다.

　황후께서 들으시고 망극한 마음을 이기지 못하여 눈물을 흘리며 길이 탄식하시니 천자께서 간곡히 위로하시기를,

　"죽었으면 할 수 없겠지만 살아 있으면 만날 날이 있을 것이니, 설마 찾지 못하겠습니까?"

　황후께서 크게 깨달으셔서 황제께 여쭈었다.

　"이 땅의 모든 백성은 다 임금의 신하라 할 수 있사옵니다. 그중에 가엾은 사람들은 홀아비, 과부, 고아, 자식 없는 늙은이일 것입니다. 그 가운데에서도 가장 불쌍한 것은 병든 사람이며, 병신 중에도 불쌍한 것이 앞 못 보는 소경이오니 천하 맹인을 모두 모아 잔치를 베푸옵소서. 그들이 천지를 분간 못하고 부모처자를 보지 못하여 품은 한을 풀어 주소서. 그러하면 그 가운데 혹시 저의 아버님을 만날 수도 있을 것이니, 이는 저의 소원일 뿐 아니오라 또한 나라에 화평한 일도 될 듯하오니 이 일을 어찌 생각하시는지요?"

　천자께서 이 말을 들으시고 크게 칭찬하시기를,

　"과연 천하의 효녀로소이다. 그렇게 하십시다."

하시고, 즉시 가까운 신하를 불러들여 명을 내리시며 연유를 하교하사 금월 말일에 황성에서 맹인을 위한 잔치를 여신다는 칙지(勅旨)[80]를 선포하셨다.

---

[80] 칙지(勅旨) 칙명.

"높은 관리에서 서민에 이르기까지 맹인이면 성명과 거주지를 기록하여 각 읍으로부터 기록해 올리도록 하라. 그들을 잔치에 참례하게 하되, 만일 맹인 하나라도 명을 몰라 참례치 못한 자가 있으면 해당 도의 감사와 수령은 마땅히 중한 벌을 받을 것이다."

각 도 각 현에서 곳곳마다 거리거리에 게시(揭示)하여 노소 맹인들을 황성으로 올려 보내는데 그중에 병든 소경은 약을 먹여 조리시켜 올려가고, 소경 중에 살림이 넉넉한 자가 있어 요리저리 빠지려다 영문에 들어가면, 볼기 맞고 올라가고, 젊은 맹인 늙은 맹인 일시에 올라간다.

그런데 심학규는 어디 가고 이를 모르는가.

이때 심학규는 몽운사 부처가 영험이 없었는지 딸 잃고 쌀 잃고 눈도 뜨지 못하여 지금껏 심 봉사는 봉사인 채로 있었는데, 더하여 눈도 못 떴을 뿐 아니라 생애의 고생이 세월을 따라 더욱 깊어갔다.

당초에 도화동 사람들은 남경 장사 부탁도 있고 곽씨 부인을 생각하든지 심청의 지극한 당부를 생각해서 심 봉사를 위하여 마음 극진히 써서 돕는 터였다. 마을 사람들이 심 봉사의 돈과 곡식을 늘려서 심 봉사 의식 넉넉하고 집안 형편이 해마다 늘어갔다.

이때 그 마을에 뺑덕어미라는 계집이 있었는데 그 행실이 과히 괴악하였다. 뺑덕어미가 심 봉사의 가세 넉넉한 줄 알고 자진하여 첩이 되어 살았는데, 이년의 못된 버릇이 차마 입에 담지 못할 지경이라.

한시 반 때도 입을 놀지 아니하려고 하였으니 눈 먼 심 봉사 가세 결딴을 내는데, 양식 주고 떡 사먹기, 벼를 주고 고기사기, 베를 주어 돈을 받아 술 사먹기, 정자 밑에 낮잠자기, 이웃집에 밥 부치기, 마을 사람더러 욕설하기, 일꾼들과 싸우기, 술 취하여 한밤중에 긴 목 놓고 울음 울기, 빈 담뱃대 손에 들고 보는 대로 담배 청하기, 동리 남자 유인하기, 온갖 악증을 다 하며 일 년 삼백육십오 일을 입을 안 놀리고는 못 견디고 집안 살림살이 홍시감 빨 듯 홀짝 하여 없애니, 심 봉사 여러 해 독수공방한 터라 집안에 사람있는 즐거움에 아무런 줄 모르고 지내다 집안살림이 점점 줄어들었다.

뺑덕어멈 마음먹기를 털어먹다 털어먹다 이제는 이삼 일치 양식만 남겨놓고 모두 털어 도망할 작정으로, 유월 까마귀 곤 수박 파먹듯이 심 봉사 재물을 밤낮으로 퍽퍽 파먹는구나.

하루는 심 봉사가 뺑덕어멈을 불러 물었더니,

"여보소, 뺑덕이네. 우리 형편 착실하다 하였는데, 근래에 어찌해서 형편이 못 되어 다시금 빌어먹게 되었다고 남들이 다 수군대네. 이 늙은 것이 다시 빌어먹자 한들 동네사람도 부끄럽고 내 신세도 말이 아니니 어디로 낯을 들어 다니겠는가?"

뺑덕어미가 대답한다.

"봉사님, 여태 잡수신 게 무엇이오? 식전마다 해장하시니 든 죽 값이 여든두 냥이요, 낳아서 키우지도 못한 것 밴다고 살구는 어찌 그리 먹고 싶던지, 살구 값이 일흔석 냥이오. 어찌 그리 갑갑하오."

심 봉사 속은 타지만 헛웃음 웃으며,

"야, 살구는 너무 많이 먹었네 그려. 그렇지마는 '계집 먹은 것은 쥐 먹은 것'이라 하였으니 따져 봐야 쓸데 없고 우리 세간 기물 다 팔아 가지고 타향으로 가세."

"가장이 하자시면 그리하지요."

"동리 다른 이에게 진 빚이나 없나?"

"내가 줄 것이 좀 있소."

"얼마나 되나?"

"뒷동리 주막에 해장술 값이 마흔 냥."

심 봉사 어이없어 하는 말이,

"어허, 잘 먹었다. 또?"

"저 건너 불똥이 함씨에게 엿 값 서른 냥."

"잘 먹었다. 또?"

"안촌에 담뱃값이 쉰 냥."

"허, 것 참 잘 먹었네."

"기름 장사에게 스무 냥."

"기름은 사서 무얼 했나?"

"머릿기름 했지요."

심 봉사 하도 기가 막혀,

"모두 하면 대체 얼마나 되나?"

"고까짓 것 무에 많소?"

한참 이리 주고받던 차에 심 봉사 그 재물을 생각하니 딸 생각에 뼈가 아리며 간절한지라 미친 척, 취한 척 홀로 뛰어나와서 심청이 간 길을 찾아 강가에 털썩 앉아 딸을 부르며 운다.

"내 딸아, 너는 어이하여 못 오느냐. 인당수 깊은 물에 니가 죽어 황천 가서 너와 너의 모친 서로 얼굴을 볼짝시면 혼이라도 되어 와서 나를 납죽 잡아 가라."

이리하여 약간 남은 살림살이 다 팔아서 이고지고 타향으로 떠돌이 생활에 나섰다.

어느 날 심 봉사가 강가에서 자기 신세 생각하며 심청이를 생각하며 울고 있자니 관에서 심부름 나온 아전이 심 봉사가 강가에서 울고 있단 말을 듣고 찾아와서,

"여보시오, 봉사님네. 관가에서 찾으신다 하니 어서 서둘러 가봅시다."

심 봉사 이 말에 놀라 벌떡 일어서며,

"나, 나는 아무 잘못 없소이다."

"아니, 누가 죄 있어 잡아간다 하였소? 황성에서 나랏님이 소경들을 불러 올려 벼슬 주고, 좋은 집 주고, 잔치를 한다 하니 어여 갑시다."

심 봉사 관차[81]를 따라 관가에 들어가니 관가에서 말하기를,

"황성에서 맹인 잔치를 여신다니 어서 급히 올라가거라."

"옷 없고 노자 없어 황성 천리 길 도저히 못 가겠소."

관가에서 노자를 내어주고 옷 일습을 마련하여 어여 바빠 올라가라 하

---

[81] **관차** 관에서 심부름 나온 아전.

니 심 봉사 하릴없이 집으로 돌아와 마누라를 부른다.

"여보, 뺑덕이네."

뺑덕어미는 심 봉사가 홧김에 물에 빠져 죽은 줄 알고 남은 살림 내 차지라고 속으로 은근히 좋아하였더니 심 봉사가 다시 들어오니 급히 대답하였다.

"네, 네."

"여보게 마누라, 내 오늘 관가에 갔더니 황성에서 맹인 잔치를 한다고 날더러 가라 하니 내 갔다 올 터이니 집안을 잘 살피고 나 오기를 기다리소."

"여필종부라니 가장 가는데 내 어찌 아니 가겠소. 나도 같이 가겠소."

"자네 말이 너무 고마우이. 그럼 같이 가볼까? 건넛마을 김장자에게 돈 삼백 냥 맡겼으니 그 돈 중에 오십 냥 찾아오소. 가지고 가세."

"에그 봉사님 딴소리 하시네. 그 돈 삼백 냥 벌써 이번 달에 찾아다가 살구 값으로 다 먹어 없앴소이다."

심 봉사 기가 막혀,

"삼백 냥 찾아온 지 며칠이나 되었다고 살구 값으로 다 없앴단 말이오?"

"고까짓 돈 삼백 냥 얼마나 된다고 다 썼다고 그같이 노여워하시오?"

"자네 말하는 꼴을 들어 보니 귀덕이네 맡긴 백 냥도 벌써 찾아 썼겠구랴?"

뺑덕어미 또 대답하되,

"그 돈 백 냥 찾아서 떡값, 팥죽값 하느라 진즉에 다 썼소."

심 봉사 더욱 기가 막혀,

"애고, 이 몹쓸 년아. 하늘이 내린 내 딸 청이 인당수에 죽으려 가며 제 죽은 후에 가엾은 이 신세 의탁이라도 하라고 주고 간 돈, 네 년이 무엇이라고 그 중한 돈을 떡값 살구값 팥죽값으로 다 녹여 없앴단 말이냐?"

"그러면 어찌하오? 먹고 싶은 것 안 먹을 수 있소?"

뺑덕어미가 살망을 피우며,

"어쩐 일인지 지난달에 달거리를 거르더니, 신 것만 구미에 당기고 밥은 아주 먹기가 싫더이다."

그래도 어리석은 것이 사내라 심 봉사 이 말을 듣고 깜짝 놀라,

"여보게, 그러면 태기가 있을라나 보네. 그러나 신 것을 그리 많이 먹었으니 아이를 낳으면 그놈의 자식이 시큰둥하여 쓰겠나? 아들이건 딸이건 간에 하나만 낳소. 그도 그러려니와 서울 구경도 하고 황성 잔치도 볼 겸 같이 가세."

이렇듯 말하며 행장을 차릴 적에, 심 봉사 거동 보소. 제주산 조랑말 꼬리털로 만든 갓양태에, 굵은 베로 만든 중치막[82]에, 나무로 만든 전대(纏帶) 둘러 띠고, 노잣돈을 보에 싸서 보자기에 싸서 어깨 너머 둘러메고 소상반죽(瀟湘斑竹) 지팡이를 왼손에 든 연후에, 뺑덕어미 앞세우고 심 봉사 뒤를 따라 황성으로 올라간다.

한곳에 다다라서 한 주막에서 자노라니, 그 근처에 황 봉사라 하는 반소

---

[82] **중치막** 옛날 벼슬하지 않은 선비가 입던 웃옷. 소매가 넓고 길며, 앞은 두 자락 뒤는 한 자락으로 옆 구리는 터져 있음.

경에 살림살이 넉넉한 봉사가 뺑덕어미 음탕하고 서방질 잘 한다는 소문이 자자한 것을 미리 알고 한 번 보기를 원하였다. 황 봉사 뺑덕네가 으레 그곳에 올 줄 알고 주막주인과 의논하여 뺑덕어미를 갖가지 말로 꼬여내었다.

뺑덕어미 속으로 생각하되,

'심 봉사 따라 황성 잔치 간다 해도 눈뜬 계집이야 잔치에 참예도 못할 터고, 집으로 가 보았자 살림도 전만 못하여 살기가 여의치 않을 것이다. 외상값에 졸려 살 수도 없을 터이니, 차라리 황 봉사를 따라가면 일신도 편하고 한철 살구는 잘 먹을 터이니 황 봉사를 따라가리라.'

하고 약속을 단단히 정하여,

'잠들기를 기다려 도망하리라.'

하고 짐짓 잠든 체를 하고 누웠더니 심 봉사가 깊이 잠이 들었기에 노잣돈과 행장까지 도적질 하여 가지고 밤중에 도망을 하였다.

불쌍한 심 봉사는 아무것도 모르고 식전에 일어나서,

"여보소 뺑덕어미, 어서 가세. 무슨 잠을 그리 자나."

하며 말을 한들 수십 리나 달아난 계집이 대답이 있을 수 있나.

"여보소 마누라."

아무리 하여도 대답이 없으니 심 봉사 마음에 괴이하여 머리맡을 더듬은즉, 행장과 노자 싼 보따리가 없는지라. 그제야 도망한 것을 알고는,

"애고, 이 계집 도망하였나?"

심 봉사 탄식한다.

"여보게 마누라, 나를 두고 어디 갔나? 나랑 가세. 마누라, 나를 두고 어디 갔나? 황성 천리 먼먼 길을 누구와 함께 동행하며 누구를 믿고 가란 말인가. 나를 두고 어디 갔나? 애고 애고, 내 일이야."

울다가 어찌 생각했는지 혼자 꾸짖어 손을 휠휠 뿌리치며,

"아서라 아서라, 이년! 내가 너를 다시 생각하면 세상물정 모르는 코맹맹이 아들놈이다." 하고는,

"공연히 그런 몹쓸 것을 들였다가 살림만 날리고 도중에 낭패를 당하니 이 모든 것이 나의 신수소관이라, 누구를 원망하고 누구를 탓하랴. 우리 어질고 음전하던 곽씨 부인 죽는 것도 보고 살아 있고, 출천 효녀 심청이 생이별하여 물에 빠져 죽는 것도 보고 살았거늘 하물며 저딴 것을 생각하면 개아들놈이다."

하더니 그래도 또 못 잊어,

"애고, 뺑덕어미."

부르며 사람 데리고 말을 걸 듯 혼자 궁시렁거리다가 날이 밝으니 다시 떠나갔다.

이때는 어느 때인고 하니, 오뉴월 더운 때라. 덥기는 불 같이 더운데 비지땀 흘리면서 한 곳에 당도하니 백석청탄 시냇가에 목욕 감는 아이들이 저희끼리 웃고 까불며 멱 감는 소리가 나자 심 봉사도,

"애라, 나도 목욕이나 해야겠다."

고의 적삼을 활활 벗고 시냇가에 들어앉아 목욕을 한바탕 하고 난 후 물가로 나가 옷을 입으려 더듬어 본즉, 심 봉사보다 더 시장한 도적놈이 다

집어 가지고 도망을 하였구나.

심 봉사가 기가 막혀,

"애고 애고, 서울 천 리 멀고먼 길을 어찌 가리. 네 이놈 도적놈의 새끼야, 내 것을 가져가서 남 못할 일 시키느냐? 허다한 부자집의 먹고 쓰고 남는 재물이나 가져다가 쓸 것이지, 이 불쌍한 눈먼 놈의 것을 갖다 먹고 니가 온전할 것이냐. 빨래하는 아낙네도 없으니 뉘게 가서 밥을 빌며, 의복이 없으니 뉘라서 내게 옷을 줄까. 귀먹장이 절름발이 다 각기 병신살이 섧다섧다 하더라도 천지 일월성신 흑백장단이며 천하만물 분별할 수 있거늘 어느 놈의 팔자가 소경이 되어 천지분간 못하는가. 살아 무엇 하리 내 팔자야. 어서 죽어 황천 가서 내 딸 청이 고운 얼굴 한번 만나 보리로다."

벌거벗은 알봉사가 불같은 땡볕 아래 홀로 앉아 장탄식을 한들 그 뉘라 옷을 줄까.

한창 이리 울며 탄식할 제, 마침 무릉태수가 서울에 갔다가 내려오는 길이라.

"이놈 물렀거라, 오험! 에이 물렀거라."

한창 이리 와자지끈 떨떨거리며 벽제[83] 소리 요란하게 내려오니, 심 봉사 길을 비키라는 소리를 반겨 듣고,

"옳다, 어디 관장이 오나보다. 억지나 좀 써보리라,"

하고 마침 독을 품고 앉았다가 벽제소리 가까이 오니 두 손으로 불두덩이

---

[83] **벽제** 옛날 지위 높은 사람이 행차할 때 따르던 하인이 잡인의 통행을 막아 길을 치우던 일.

거머쥐고 엉금엉금 기어 들어갔다. 좌우의 나졸들이 달려들어 밀쳐내니 심 봉사가 무슨 유세나 하는 줄로 여기며,

"아뢰어라, 아뢰어라. 내 지금 황성가는 봉사로다. 너의 상전에게 발괄[84] 차로 아뢰어라. 너의 성명은 무엇이며 이 행차는 어느 고을 행차신지 일러라."

한창 이렇게 서로 다투고 있는데 행차가 멈추고 무릉태수가 하는 말이,

"너 내 말 들어라, 어디 사는 소경이며 어찌 옷을 벗었으며, 무슨 말을 하고자 하느냐?"

심 봉사가 여쭙기를,

"예, 아뢰리다. 저는 황주 도화동에 사는 심학규이온데, 서울로 가는 길에 날이 너무 더워서 길을 갈 수가 없기로 목욕하고 가려고 잠깐 옷을 벗고 목욕을 하고 나와서 보니, 어느 못된 도적놈이 의관과 봇짐을 모두 다 가져가서 낮도깨비처럼 이러지도 저러지도 못하게 되었습니다. 제 의관과 봇짐을 찾아 주십시오. 그리 아니 하시면 잔치에 가지 못할 밖에 하릴없으니, 나으리께서 특별히 살펴 주시기를 바라옵니다."

태수가 이 말을 듣고 불쌍히 여겨,

"네 아뢰는 말을 들으니 꽤 유식한 것 같구나. 그 사정을 호소문으로 써서 올리도록 하라. 그런 다음에야 의관과 노자를 주겠노라."

심 봉사 아뢰기를,

---

84. **발괄** 옛날 억울한 사정을 말이나 글로 하소연 하는 일.

"글은 좀 하오나 눈이 어두우니 형방아전을 보내 주시면 불러서 쓰게 하겠습니다."

태수가 형방에게 분부하여,

"써주도록 하라."

하시니 심 봉사가 호소문을 부르기를 서슴지 아니하고 좍좍 지어 올리니 태수 받아보니 그 내용은 이러하였다.

이 몸이 하늘에 죄를 얻어 타고난 팔자가 기박하여
해와 달보다 더 밝은 것이 없지마는
두 눈이 어두워 보지 못하고
즐거움은 부부만한 것이 없는데도
죽은 아내를 다시 만나지 못함이 한스럽다.
일찍이 청운의 꿈을 품었으나 늘그막에 생각하니
한 일 없이 머리만 세어졌으니
눈물이 흘러 옷깃 적시고 깊은 근심에 눈자위 찡그리도다.
아침저녁 몰라보게 늙어 감은 피부를 만져 보니 알겠구나.
입에 풀칠하려 이리저리 밥을 빌고
입은 옷은 몸을 못 가리니 어디 가서 얻어올까.
우리 천자 거룩하사 명을 내려 맹인 잔치 열어 주시니
밝은 햇빛 동서남북 사방으로 골짝마다 미친다.
서울에서 시골까지 갈 길은 멀고먼데
가진 것은 지팡이 하나이고
살림이 가난하여 가진 것은 바가지 하나로다.
날씨가 너무 더워 냇가에서 목욕을 하다가
의복과 봇짐을 백사장에서 잃었으니
봇짐과 전대를 많은 나그네들 틈에서 찾기 어렵도다.

내 신세 생각하니 울에 걸린 양과 같다.
옷을 벗은 맨몸은 낮에 나온 도깨비요,
혼자서 우는 모습 그림자 없는 귀신일세.
엎드려 생각하니 나으리는 어질고 밝은 관리이시니
화살 맞은 새를 살려 주시고
물 마른 고기를 구해 주소서.
고금에 없는 이 어려움을 도와주시면
이 세상에 다시 살린 은혜가 되실 테니
밝히 살피시고 처리해 주옵소서.

태수께서 칭찬하시고

"너의 사정 원통하나 졸지에 찾기는 어려우니 옷 한 벌을 주는 것이 낫겠다. 입고 서둘러 올라가라."

급창을 불러 옷고리짝을 열고 의복 한 벌 내어주고,

"네 갓 벗어 소경 주어라. 가마꾼은 수건 쓰고 망건을 벗어 소경 주라 하라."

하고 수행관리 불러 노잣돈을 주시니, 심 봉사 또 말하기를,

"신이 없어 못 가겠소."

"신이야 할 수 있느냐? 하인의 신을 주자 하니 저희들이라고 발을 벗고 가라 하겠느냐?"

그때 마침 그중에 마부질 심하게 하는 놈이 말 탄 손님의 돈을 일쑤 잘 발라내어, 말죽 값도 한 돈이면 될 것을 열두 닢 훑어 내고, 신이 성하여도 떨어졌다 하고 신 값을 총총 훑어내어 신을 사서 말 궁둥이에다 달고 다녔

다. 태수가 그놈의 하는 양을 괘씸하다 여겨 그 신을 떼어 주라 하시니, 급
창이 달려들어 떼어 주었다.

심 봉사 신을 얻어 신은 후에,

"그 흉한 도적놈이 잘 자란 오동나무와 김해산 좋은 대로 마치 맞게 맞
추어서 만든 아직 대 속도 미어지지 않은 담뱃대도 가져갔소. 오늘 먹을
담뱃대가 없소."

태수가 웃으며 말하기를,

"그러니 어찌 하자는 말인가?"

"글쎄 그렇다는 말씀이지오."

태수 크게 웃으시고 담뱃대를 내어주시니 심 봉사 담뱃대를 받아 들고
한 마디 더 한다.

"황송하오나 담배 한 대 맛보았으면 좋을 듯하오."

태수가 방자 불러 담배 내어주시니 심 봉사 하직하고 황성으로 올라가
며 신세한탄 하는 말이,

"도중에 어진 수령 만나 의복은 얻어 입었으나 길을 인도할 사람이 없으
니 어찌하여 찾아갈까? 오늘은 어데가 자며, 낼은 어데가 잘까. 조자룡 강
건너던 청총마나 있으면은 오늘 바로 황성에 가련마는 바싹 마른 내 두 다
리 몇 날을 걸어야 황성에 갈까나. 눈 어둡고 약한 몸이 황성 천리 어이 갈
까. 황성을 가기는 간다마는 그곳이 어디더냐 곱디고운 우리 청이 볼 수
있는 용궁이냐? 현철하신 우리 부인 볼 수 있는 황천이냐? 용궁도 황천도
아니거늘 간다 한들 어이 할꼬."

이렇게 탄식하며 가다가 한곳에 이르니, 나무 그늘 우거지고 풀들은 무성한데 앞내 버들은 푸른 휘장 두르고 뒷내 버들은 초록 휘장 둘러 한결같이 늘어지고 펑퍼져서 휘늘어진 곳이라.

심 봉사가 그늘에 앉아 쉬는데 길 가에서 한 여인이 말을 건넨다.

"거기 가는 분이 심 봉사시오? 날 좀 보오."

심 봉사 생각하기를,

'이 땅에 날 알 이 없건마는 괴이한 일이로고.'

"게 누구시요? 날 아는 사람 없을 터에 누가 나를 찾소?"

"여보, 댁이 심 봉사 아니오?"

"그렇기는 하오마는 어쩐 일이시오?"

"그렇잖은 일이 있으니 게 잠깐 머물러 계시오."

하고 들어가더니 다시 나와 인도하기에 그 여인을 따라가니 집이 또한 번듯하다.

그 집 사랑에다 앉히고 저녁밥을 내어 오니 심 봉사가 생각하기를,

"고이한 일이다. 이게 어쩐 일인고?"

차려온 음식과 반찬이 예사 음식이 아니어서 밥을 달게 먹은 후 저물어 황혼이 되니 그 여인이 다시 나와서,

"여보시오 봉사님, 날 따라서 저 방으로 들어갑시다."

심 봉사가 대답하기를,

"어찌 외간 남자가 여자 방에 들어간단 말이오?"

"쓸데없는 소리 말고 나만 따라오시오."

"이 집에 무슨 일이 있소이까? 병환이 들었소? 내 비록 봉사이나 눈만 멀었지 점도 못 치고 경도 못 읽소. 어찌 남의 안방으로 들어가겠소?"

"여보, 헛말씀 그만 하고 들어가 보시오."

지팡막대를 끌어당기니 끌려가며 의심이 나서,

'아뿔사, 내가 아마도 보쌈에 들었나보다.'

혼잣말로 중얼거리면서 마지못하여 대청마루에 올라가서 자리에 앉으니 동편에서 한 여인이 은근히 묻기를,

"댁이 심 봉사입니까?"

"어찌 아시오?"

"아는 도리가 있지요. 먼 길에 평안히 오시었소? 내 성은 안가로 예전부터 서울에서 살았는데, 불행히도 부모님이 모두 돌아가시고 홀로 이 집을 지키고 있습니다. 십 세 전에 눈이 멀어 복술을 배웠는데 내 나이 스물다섯 살이나 되도록 배필을 얻지 못하여 시집을 가지 못하였습니다. 배필 될 사람을 알아보려 하였더니, 며칠 전에 우물에 해와 달이 떨어져 물에 잠기기에 제가 건져 품에 안는 꿈을 꾸었답니다. 가만히 생각해 보니, 하늘의 해와 달은 사람의 눈과 같으니 해와 달이 떨어졌으니 나처럼 맹인인 줄 알았고, 물에 잠겼으니 심씨인 줄 알았지요. 그날부터 아침 일찍 종을 시켜 지나가는 맹인에게 차례로 물어온 지 여러 날 만에 천우신조로 이제야 만나니 연분인가 합니다."

심 봉사가 '픽-' 웃으며,

"말이야 좋소마는 그러하기가 쉽겠소?"

그날 밤 안씨 여인이 종을 불러 차를 들여 권한 뒤에,

"사시는 곳은 어디며 어떻게 되시는 분이신지요?"

심 봉사가 자기 신세 전후 사정을 낱낱이 말하며 눈물을 흘리니, 안씨 맹인이 위로하고 그날 밤에 함께 잠자리에 들었다.

심 봉사 그날 밤 잠시 즐겁더니 꿈이 괴이한 지라 이튿날 근심스런 얼굴로 앉았다. 안씨 맹인이 묻기를,

"우리가 백 년 인연을 맺었는데 무슨 일로 즐거운 빛이 없고 걱정이 많으십니까?"

"나는 본디 팔자가 기박하여 평생을 두고 살펴보니 막 좋을 일이 있으면 꼭 서러운 일이 생기곤 하였소. 이제 또 간밤에 꿈을 꾸니 평생 불길할 징조가 보입디다. 간밤 꿈에 내 가죽을 벗겨 북을 메워 치고, 또 나뭇잎이 떨어져 뿌리를 다 덮었고 뜨거운 불꽃이 가득한데 벌 떼가 날아다녔으니 아마도 나 죽을 꿈이 아닌가 하오."

안씨 맹인이 듣고 한참 생각 후 해몽을 한다.

"그 꿈 참 좋습니다. 꿈이 흉하면 좋은 일이 생긴다 했으니, 내가 잠깐 해몽해 드리리다."

하고는 세수를 하고 향을 피워 놓고 단정히 꿇어 앉아 산통을 높이 들고 축문을 읽은 뒤에 점괘를 풀어 글을 지었다.

"거피작고(去皮作鼓)하니− 가죽을 벗겨 북을 만들었으니, 고성(鼓聲)은 궁성(宮聲)이라 궁성 안에 들어갈 징조요, 낙엽귀근(落葉歸根)하니 낙엽이 뿌리로 돌아가니 부모와 자손이 만나리라. 불꽃이 가득한데 벌 떼가 날아

다녔으니 즐거운 일에 춤출 일이 생길 것입니다. 좋은 꿈이오니 걱정하지 마십시오."

심 봉사가 웃으며 말하기를,

"속담에 '천부당만부당'이란 말이 있소. 내 딸 효녀 청이는 이미 죽었으니 어느 자식과 상봉할까. 하기사 잔치에 참례하면 궁궐에 들어가고 관청의 밥도 먹게 될 테지요."

안씨 맹인이 말하기를,

"지금은 내 말을 믿지 않지만 두고 보시지요."

안씨 맹인 만류에 며칠을 유하며 지내다가 아침밥을 먹은 뒤에 서로 작별하고 대궐 문 밖에 다다르니 황성이 오죽 좋으랴마는 각 도 각 읍의 소경들이 들거니 나거니 들끓는 것이 모두 소경천지라 어찌나 많던지 성한 사람까지 소경으로 보일 지경이다.

이때 명을 받들어 전하는 군사가 영기를 들고 골목골목 다니며 외치는 말이,

"각 도 읍 소경님들, 맹인 잔치 막바지에 이르렀으니 바삐 와서 참석하시오."

하고 가거늘 심 봉사가 객주에 잠깐 쉬었다가 궁 안에 찾아드니 수문장이 앉아서 기다리며 날마다 찾아오는 소경들 일일이 불러 이름 적고 안으로 들이는데 이때 심 황후는 여러 날 동안 맹인잔치를 하면서 맹인 명부를 아무리 들여놓고 보아도 부친의 성명이 없으니 혼자 앉아 탄식한다.

"이 잔치를 연 까닭이 아버님을 뵈옵자는 것이었는데 아버님을 뵙지 못

하니 내가 인당수에 죽은 줄로만 아시고 애통하여 죽으셨는가, 아니면 몽운사 부처님이 영험하여 그 동안에 눈을 떠서 천지만물을 보시어 맹인 축에서 빠지셨는가, 당년 칠십이시니 노환으로 병이 들어 못 오시는가. 오시다가 혹여라도 노상에서 무슨 낭패를 당하셨나. 내가 이리 귀히 된 줄 아실 길이 없으니 이 아니 원통한가. 잔치가 오늘 마지막이니 내가 몸소 나가 보리라."

하시며 뒷동산에 자리를 잡고 앉으셔서 맹인잔치를 구경하시는데 풍악도 낭자하며 음식도 풍성하였다.

잔치를 다 끝낸 뒤에 맹인 명부를 올리라 하여 의복 한 벌씩을 내어주시니, 맹인들이 모두 사례하는데 말석에 앉은 소경을 가만히 보니 머리는 반백인데 귀 밑에 검은 때 낀 모양새가 부친이 분명하다.

심 황후 시녀를 불러 묻기를,

"저 소경을 불러, 이리 와 거주 성명 고하게 하라."

심 봉사가 꿇어앉았다가 시녀에게 엎드려서 고하는 사연이,

"저는 본시 황주땅 도화동에 사는 심학규라 하옵는데, 이십에 눈이 멀어 집이 없어 천지로 집을 삼고 사해로 밥을 부치어 떠돌아다니오니, 어느 고을에 산다고 할 수가 없사옵니다."

황후께서 반가워하시면서 가까이 들라 하시니 시녀가 명을 받아 심 봉사의 손을 끌어 별전으로 들어갔다. 심 봉사는 무슨 영문인 줄 모르고 겁을 내어 더듬거리는 걸음으로 별전에 들어가 계단 아래 섰는데, 그 얼굴은 몰라 볼 만큼 변해 있었고 머리에는 흰 머리카락이 듬성듬성하였다.

황후가 삼 년 동안을 용궁에서 지내다 보니 아버지의 얼굴이 가물가물하여 묻기를,

"처자는 있으시오?"

심 봉사가 바닥에 엎드려 눈물을 흘리면서 여쭈었다.

"제 나이 사십에 상처하여, 초칠일이 못 지나서 어미 잃은 딸이 하나 있었사옵니다. 제가 눈이 어두워 늙은 몸으로 어린 자식 품에 안고 동냥젖을 얻어 먹여 근근히 길러내었사옵니다. 딸년의 이름은 청이라 하였사온데 점점 자라면서 효행이 뛰어나서 옛사람을 앞섰으니 그것이 밥을 빌고 품을 팔아 근근이 연명하며 살았더니, 한 중이 와서, '공양미 삼백 석을 몽운사 부처님께 시주하면 눈을 떠서 볼 것이다' 하니 저의 딸이 듣고, '어찌 아비 눈뜨란 말을 듣고 그저 있으리오' 하고는, 가세 빈한한 고로 다른 길로는 공양미를 마련할 길이 전혀 없어 저도 모르게 남경 뱃사람들에게 삼백 석에 몸을 팔아서 인당수에 제물로 빠져 죽었사오니, 그때 나이가 열다섯이었습니다. 눈도 뜨지 못하고 자식만 잃었사오니 자식 팔아먹은 놈이 세상에 살아 쓸데없으니 죽여주옵소서."

황후께서 들으시고 눈물을 흘리며, 그 말씀을 자세히 들으니 자기 아버지인 것이 완연하다. 아버지와 딸 사이의 천륜에 어찌 그 말씀이 끝나기를 기다렸겠는가마는 자연 이야기를 만들자 하니 그렇게 되었던 것이었다.

그 말씀을 마치자 황후께서 버선발로 우르르 뛰어내려 아버지를 얼싸안고,

"아버지, 살아왔소. 제가 살아왔소. 제가 정녕 인당수에 빠져 죽었던 청

이요."

심 봉사가 깜짝 놀라,

"아니, 이게 웬 말이냐?"

하더니 어찌나 놀랐던지 뜻밖에 두 눈을 번쩍 뜨니 일월이 조요하고 천지
가 명랑하다.

그 자리에 가득 모여 있던 맹인들이 심 봉사 눈뜨는 소리에 일시에 눈들
이 뜨는데, 뭇 소경이 밝은 세상을 보게 되고, 집 안에 있는 소경, 계집 소
경도 눈이 다 밝히고, 배 안의 소경 배 밖의 맹인, 반소경 청맹과니까지 모
조리 다 눈이 밝았으니 하늘님이 도우신 일이로고.

심 봉사가 반갑기는 반가우나 눈을 뜨고 보니 도리어 처음 보는 얼굴이
라, 딸이라 하니 딸인 줄 알지마는 한 번도 보지 못한 얼굴이라 알 수가 있
나. 딸의 얼굴을 다시 보니 예전 꿈에 보았던 그 선녀로다. 하도 좋아서 죽
을 동 살 동 춤을 추며 노래하다 일희일비(一喜一悲)한다.

"불쌍하다, 너의 모친. 황천으로 돌아가서 내가 너를 잃고 수삼 년을 고
생하다 이제 이곳에서 너를 만나 이같이 좋은 것을 너의 모친이 알 수 있
다더냐. 죽은 딸이 다시 사니 아니 기쁠쏘냐, 어두운 눈 다시 뜨니 대명천
지 새롭도다. 사람들아, 아들낳기 힘쓰지 말고 딸 낳기 힘쓰란 말이 나를
두고 이름이니 얼씨구 좋을씨고."

죽은 딸 심청이를 다시 보니
양귀비가 죽었다가 다시 살아난가.

우미인이 도로 살아서 돌아온가,
아무리 보아도 내 딸 심청이지.
딸 덕으로 어두운 눈을 뜨니
해와 달이 다시 밝으니 더욱 좋도다
별이 뜨고 구름이 이니 온갖 만물이 즐겨한다.
태평 세월 다시 보니 얼씨고 좋을씨고.

이렇듯 좋아할 제 무수한 소경들이 춤추고 노래하며,

"산호(山呼)[85] 산호 만세!"를 불렀다.

그날로 심 봉사에게 예복을 입혀 임금과 신하의 예로 천자와 인사를 하고 다시 내전에 들어가서 여러 해 쌓였던 회포를 풀며 안씨 맹인의 일까지 낱낱이 이야기하니, 황후께서 들으시고 비단 가마를 내어보내어 안씨를 모셔 들여 아버지와 함께 계시게 하였다.

천자가 심학규를 부원군[86]으로 봉하시고 안씨는 정렬부인[87]으로 봉하시고, 또 장 승상 부인에게는 특별히 많은 재물을 상으로 내리셨다. 도화동 동민들에게는 부역을 면제해 주고 많은 재물을 상으로 내리시어 마을에 어려운 일을 도와주라 하시니, 도화동 사람들이 하늘 같고 바다 같은 은혜에 감사하는 소리가 온 천지에 진동하더라.

<hr>

85. **산호(山呼)** 산호만세. 임금에게 축하하기 위해 부르던 만세.
86. **부원군** 왕비의 아버지나 정일품 공신의 작호.
87. **정렬부인** 조선시대 정렬한 부인에게 내리던 정삼품의 품계.

어화, 세상 사람들아, 예와 지금이 다를 것이냐. 부귀영화 한다 하고 부디 사람 무시 마라. '기쁨이 다하면 슬픔이 오고, 괴로움이 다하면 즐거움이 온다'는 이치는 누구에게나 있는 일이니 나쁜 일 있으면 좋은 일도 있나니, 심 황후의 어진 이름, 그 효행은 길이길이 억만 년을 전해진다.

심청전 끝

심청전

작품 해설

「심청전(沈淸傳)」은 작가가 알려져 있지 않은 작품으로, 「춘향전」·「흥부전」과 함께 판소리계소설의 3대 작품 가운데 하나이다.

「심청전」의 이본(異本)은 대단히 많은데, 필사본 10여 종·목판본 11여 종·활자본 11여 종 등 개화기를 전후한 시기까지만으로 국한해서 보더라도 40여 종에 이른다. 거기에 현대소설로 개작된 작품·판소리 사설·창극과 연극의 대본 등을 포함시킨다면 그 수는 훨씬 더 많아질 것이다.

여타 판소리계 소설과 마찬가지로 「심청전」도 오랜 기간 동안 여러 사람들의 손을 거쳐 형성되고 전승되었다. 이 작품이 처음으로 나타나는 영·정조 이후부터 개화기에 이르기까지 작품의 형태와 내용은 계속 변해 왔고, 오늘날에도 그 같은 현상이 계속되고 있다. 그러면서 「심청전」은 설화에서 소설의 형태를 띠게 되고, 또 판소리로 불려지면서 수많은 판소리 이본군을 생성시켰다.

또한 다른 판소리계 소설처럼 「심청전」도 역시 여러 근원설화를 배경으로 형성되었는데, 심청의 출생에 관계된 태몽설화, 심청의 성장과 효행에 관계된 효행설화와 인신공희설화(人身供犧說話), 심청의 죽음과 재생에 관계된 재생설화, 부녀상봉과 개안(開眼)에 관계된 개안설화 등이 그것이다. 「심청전」은 이러한 설화들이 결합되어 기본 골격이 만들어지고, 나아가 세부적인 내용이 첨가되면서 오늘날과 같은 작품으로 형성되었을 것이다.

우선 이 작품의 줄거리를 간략히 소개하면 다음과 같다.

황주 도화동에 심학규라는 이가 살았는데, 집안이 영락하여 일찍이 안맹(眼盲)하였으나 대대로 양반의 후손으로 행실이 청렴하고 지조가 강개하여 사람마다 군자라 일컬었다. 그 부인 곽씨도 현철하여 각종 품팔이로 집안을 잘 이끌어 나갔다.

그런데 부인 곽씨가 딸 심청을 낳고 죽으니, 심학규는 어쩔 수 없이 심청이를 업고 이집 저집으로 돌아다니며 젖을 얻어 먹여 키운다. 다행히 심청은 잔병 없이 자라나 아버지를 대신하여 걸식을 한다.

하루는 몽운사 주지가 공양하러 왔다가 심 봉사를 보고는 '공양미 삼백 석만 부처님께 바치면 눈을 뜰 수 있다'고 한다. 심 봉사는 눈을 뜰 수 있다는 말에 이를 선뜻 허락한다. 하지만 걸식으로 살아 가는 형편에 공양미 삼백 석은커녕 한 말도 없는 처지였으니 그는 날마다 근심만 할 뿐이었다.

이러한 아버지의 사정을 알게 된 심청은 그 돈을 구하기 위해 여러 가지로 애를 썼다. 때마침 남경으로 가는 상인들이 수로를 안전히 가기 위해 15살 된 소녀를 사서 바다에 넣는다는 말이 들렸다. 심청은 그 상인들을 만나 자기 몸을 팔기로 약속하고 쌀 삼백 석을 받아서 몽운사로 보낸다.

마침내 약속한 날이 되자 심청은 아버지와 이별하고 상인들을 따라 바다로 가 인당수가 있는 곳에 가서 제물이 되어 물에 몸을 던진다. 하지만 심청의 지극한 효성에 감동한 옥황상제가 용왕에게 명하여 그녀를 연꽃에 싸서 물에 띄우도록 한다.

남경으로 갔던 상인들이 돌아오다가 그 연꽃을 발견하여 건져다가 국왕에게 바쳤고, 국왕이 연꽃을 헤치니 아름다운 한 심청이 나왔다. 그래서 국왕은 심청을 왕후로 삼는다.

왕후가 된 심청은 아버지를 만나기 위해 맹인잔치를 열고 전국의 맹인을 초대한다. 심 봉사도 맹인잔치에 참석하려고 뺑덕어미와 함께 길을 떠났으나, 도중 뺑덕어미가 노자를 갖고 도망하여 버렸다. 심 봉사는 하는 수 없이 걸식하며 서울로 올라갔다.

심청은 혹시라도 아버지가 왔는가 해서 찾아다니다가 말석에 앉아 있는 부친을 발견한다. 심청이 '아버지!' 하고 부르는 소리에 심 봉사는 깜짝 놀라 두 눈을 번쩍 떴다. 그리하여 부녀는 서로 끌어안고 감격의 눈물을 흘렸다.

「심청전」의 주제에 대해서는 여러 가지 견해가 제시되어 있다. 지금까지는 대체로 권선징악(勸善懲惡), 인과응보(因果應報), 효(孝) 등을 주제로 제시하면서, 이에 따라 작품도 불교소설 또는 도덕소설로 규정하고 있다. 한편 「심청전」의 양면적 성격에 유의하여 작품의 주제를 이원적으로 파악코자 하였으니, 표면적 주제는 '비장'이며, 이면적 주제는 '골계'라고 하였다.

∿ 생각하는 갈대

첫째, 「심청전」도 여타 판소리계소설과 마찬가지로 여러 설화를 결합해
  서 작품의 기본 줄거리를 만들었을 뿐 아니라, 각 장면을 구성하
  는 데 있어서도 여러 설화적 요소들을 다양하게 삽입하고 있다.
  「심청전」에 삽입된 근원설화를 찾아보고, 아울러 그 삽입 방식에
  대해서도 알아보자.

둘째, 오늘날 「심청전」의 주제는 막연하게 '효(孝)'라고 규정하는 데서
  그치지 않고 '비극적 정화'라든가, '인간의식의 각성' 등 다양하
  게 파악하고 있다. 또 「심청전」의 주제는 이 밖에도 더 찾아볼 수
  있는 여지가 충분하다. 작품을 읽고 자기 나름대로의 주제를 설정
  해 보자.

셋째, 우리는 어려서부터 효녀 심청이에 관한 이야기를 수없이 들어왔
  다. 그러면서 자신도 모르게 '심청이=효녀'라는 공식에 자연스럽
  게 길들여져 왔다. 하지만 그녀의 아버지이자 시각장애인인 심학
  규에게 초점을 맞춘다면, 과연 '심청이=효녀'라는 등식이 성립할
  까 의문된다. 유난히 현실성이 두드러지는 작품 초반부를 중심으
  로 하여 심학규의 입장에서 「심청전」을 검토해 보자.

넷째, 「심청전」은 과거 여성들에게 가장 많이 애독되었던 작품이다. 그래서 혹자는 이 작품을 「박씨전」과 더불어 조선조 여성들의 이상주의적 문학이라고 평가하기도 하였다. 그 이유가 무엇이었을지 작품 내에서 찾아보고, 또 당시 여성의 현실과 관련지어 타당성을 조사해 보자.

옥단춘전

숙종대왕 즉위 십 년간은 나라가 태평하고 백성이 편안하여 집집마다 먹고 사는 것에 부족함이 없어 요지일월(堯之日月)과 순지건곤(舜之乾坤)[1]과 같으니, 백성들이 함포고복(含哺鼓腹)[2]하고 격양가(擊壤歌)[3]를 날로 불렀다.

이 무렵, 황성(皇城)에 두 재상(宰相)이 있었다. 한 재상은 이정(李楨)이고, 다른 한 재상은 김정(金楨)이라 하였는데 두 재상의 친분은 아주 남달랐다.

두 재상은 오랫동안 아들이 생기지 않는 바람에 날마다 서러워하고 있었다. 하루는 이정이 꿈을 꾸었다. 청룡(靑龍)이 오운(五雲)을 타고 여의주(如意珠)를 희롱하다 난데없이 나타난 백호(白虎)를 물어 한수(漢水)에 내버리고 도로 하늘로 올

---

[1]. **요지일월(堯之日月)과 순지건곤(舜之乾坤)** 중국 전살상의 제왕인 요(堯)임금과 순(淳)임금이 다스리던 시절. 태평성대를 말함.

[2]. **함포고복(含哺鼓腹)** 배불리 먹고 배를 두드린다는 뜻으로 풍요로운 생활을 말함.

[3]. **격양가(擊壤歌)** 풍년이 들어 농부가 태평시절(太平時節)을 즐기며 부르는 노래.

라가는 꿈이었다. 그달부터 태기가 있더니 십삭(十朔)이 지나자 기남자(奇男子)[4] 가 태어나는데 이름을 혈룡(血龍)이라 하였다.

한편 김정도 마찬가지로 꿈을 꾸었다. 백호가 산을 넘어 한수를 건너려다 용감한 청룡을 만나 싸우다 백호가 그만 물에 빠지고 마는 꿈이었다.

역시 그달부터 태기가 있어 십 삭이 차니 기남자가 태어났다. 이름은 진희(眞喜)라 붙였다.

두 아들이 각각 자라나니 기골이 장대하고 여기(勵氣)가 늠름하였다. 뿐만 아니라 열심히 학문을 배워 그 총명지재(聰明之才)가 옛사람을 압도하고도 남았다. 두 아이가 수년을 함께 공부하니 정의(情誼)[5]가 한 집안에서 태어난 것과 같으니, 후세 자손들도 그 세의(世誼)[6]를 알 것이다.

어느 날 진희와 혈룡이 서로 언약하였다.

"우리 두 사람의 정의를 생각하면, 둘의 생전(生前)은 물론이고 후세 자손들도 대대손손 세의를 모르지는 않을 거다. 하지만 세상 복록지리(福祿之理)[7]는 미리 알 수 없는 법이니, 네가 먼저 귀하게 되면 나를 살게 해주고, 내가 먼저 귀하게 되면 너를 살려 주마."

이처럼 태산같이 맺은 언약을 생각하며 두 사람이 한결같이 지냈다.

그러던 어느 날, 두 재상이 뜻밖에 병에 걸리고 말았다. 백약이 무효인

---

[4] 기남자(奇男子) 재주가 매우 뛰어난 남자.
[5] 정의(情誼) 사귀어 두터워진 정(情).
[6] 세의(世誼) 대대로 사귀어 온 정의(情誼).
[7] 복록지리(福祿之理) 복되고 영화로운 삶에 관한 이치.

지라 천명을 기약하기 어려웠다. 병세가 점점 위중하니 전하(殿下)도 그 소식을 듣고 대경실색(大驚失色)하여 만조백관을 모아놓고 말하였다.

"과인의 수족지신(手足之臣)은 김정과 이정이다. 지금 두 사람이 각각 병을 얻었으나 백약이 무효이고 만분위중(萬分危重)[8]하다 하니, 어찌해야만 살려 내겠는가?"

이에 백관들은 인력(人力)으로 어찌 천명(天命)을 어길 수 있겠는가, 라고 속으로 생각할 뿐이었다.

전하가 어의(御醫)를 불러 급히 말하였다.

"지금 달려가 두 승상의 병을 구하라."

이에 어의가 봉명(奉命)하고 두 승상부에 이르렀지만 벌써 병세가 불상(不祥)[9]하여 편작(扁鵲)[10]이라도 살려 내기 어려웠다.

이날 두 승상이 함께 세상을 떠나니 두 집 처자권속(妻子眷屬)이 모두 앙천통곡(仰天痛哭)[11]하였다.

전하가 이 소식을 듣고 못내 서러워하다 금은 삼백 금을 두 집에 각각 하사하였다. 두 집은 천은(天恩)을 축사하고 초종지례(初終之禮)[12]를 극진히 치르고 이후 삼년상(三年喪)까지 마쳤다.

이때 진희는 가세가 여전하여 태평을 누리고 있었지만, 혈룡은 가세가

---

8. **만분위중(萬分危重)** 대단히 위중함.
9. **불상(不祥)** 상서롭지 못함. 경사스럽지 못함.
10. **편작(扁鵲)** 중국 춘추시대(春秋時代)의 뛰어난 명의(名醫).
11. **앙천통곡(仰天痛哭)** 하늘을 보며 목놓아 크게 욺.
12. **초종지례(初終之禮)** 사람이 죽은 때로부터 삼우제 뒤의 제사까지 모든 장사(葬事)를 치르는 일.

점점 기울어 나날이 곤궁함을 면하지 못하고 있었다.

세월이 흘러 진희가 소년등과(少年登科)[13]하였다.

전하가 낙점(落點)[14]하여 평양도백(平壤道伯)에 제수(除授)하니, 진희는 천은을 축사하고 도임차로 내려갔다. 평양에 당도하니 사승구(四勝區) 대도상(大道上)에 씩씩한 팔백 나졸이 맞이하고, 육각풍류(六角風流)[15] 소리 가득하고, 호화로운 금마상(金馬上)에 앉아 위엄을 나타내니 찬란하기 그지없었다.

녹의홍상(綠衣紅裳)[16] 기생들은 각별히 단장하여 구름처럼 헝클어진 머리 반달같이 둘러 얹고, 세류(細柳) 같은 두 눈썹 팔자로 다듬고, 옥 같은 두 연지 삼사월 호시절의 꽃송이같이 채복단장(彩服端裝) 정히 하고, 박속 같은 두 잇속은 두 이자로 반만 들고, 백사전(白沙田)에 금자라 걸음으로 곱게 왕래하며 감사를 맞이하였다.

감사 도임하여 각 읍 수령들이 연명(延命)[17]을 받고 재삼일 지낸 후 다시 육방점고(六房點考)[18]마저 하고 나서, 이번에는 기생 점고를 하려 하였다. 그러자 영주선(營周鮮)이, 심선월(金仙月)이, 옥문(玉門)이 등 앵무 같은 기생들이 제각각 모양과 태도를 곱게 꾸며 아무쪼록 감사 눈에 들어 수청

---

[13] **소년등과(少年登科)** 젊은 나이에 과거에 급제함.
[14] **낙점(落點)** 관리를 뽑을 때 삼망(三望)의 후보자 가운데 한 사람의 이름 위에 임금이 친히 점을 찍어 뽑는 일.
[15] **육각풍류(六角風流)** 북·장구·해금·피리·태평소 한 쌍으로 이루어진 악기 편성.
[16] **녹의홍상(綠衣紅裳)** 젊은 여인의 고운 옷차림.
[17] **연명(延命)** 감사나 수령이 부임할 때 궐패(闕牌) 앞에서 왕명을 전포(傳布)하는 일.
[18] **육방점고(六房點考)** 이, 호, 예, 병, 형, 공방의 여섯 부서를 일일이 점검함.

이나 한번 들까 하고 서로 시기하며 아양을 피웠다.

그중에서 옥단춘이라는 기생은 행실이 송죽(松竹)과 같고 본심이 정결하여, 내려오는 감사마다 수청 들라 하여도 그 영을 듣지 않고 오로지 글공부에만 힘쓰고 있었다. 비록 기생에 매인 몸이라 점고를 받을망정 행실은 여전하였다.

옥단춘이 이러한 태도로 일관하니 순사또는 마음이 울적하여 호장(戶長)을 불러 분부하였다.

"내 옥단춘으로 하여금 수청을 들게 하리라."

이에 호장 수노(首奴)[19] 분부 듣고 옥단춘의 집으로 급히 가 일렀다.

"춘아 춘아, 옥단춘아. 버들잎에 세단춘(細緞春)아. 사또가 데리고 오라고 이렇듯 엄숙하게 분부하니 아니 가진 못하리라. 네 만일 불청하면 너로 하여금 우리들이 중죄를 당할 것이니 세수하고 얼른 들어가자."

옥단춘이 깜짝 놀라 말하였다.

"아이고 호장 들어 보소. 내 비록 기생이라 하나 글공부하는 처자요. 수청이란 말이 무어요."

호장이 다시 말하였다.

"네 사정이 그리하나 사또 분부가 지엄하니 아니 가진 못한다. 우리들도 아니 데려가지 못할지니 잔말 말고 어서 가자꾸나."

옥단춘이 별수 없이 입고 있던 복색 그대로 마치 광풍객(狂風客)처럼 들

---

19. **수노(首奴)** 관아(官衙)에 딸린 관노(官奴)의 우두머리.

어가 앉으니 순사또의 기롱수작(譏弄酬酌)[20]이 가관이었다. 옥단춘이 수응
수답(酬應酬答)[21]으로 비위를 맞추어 주니, 순사또는 치민치정(治民治政)
할 생각은 안 하고 오로지 풍악과 주색으로 날을 보냈다.

　한편, 혈룡은 가세가 곤궁하여 노모와 처자를 데리고 살 길이 망막한 지
경이었다. 품을 팔려고 하니 배운 게 없고, 빌어먹자 하니 가문을 더럽힐
것이고, 그렇다고 굶어죽자 하니 모친과 처자를 두고 차마 그럴 수 없었
다. 아무리 배가 고파도 노친이 있어 배고픈 흔적을 보일 수 없어 모친 모
르게 머리카락을 팔아 한 끼 두 끼 해결하고 있었다. 하지만 이러한 것도
일시에 불과하니 머리카락인들 더 이상 지탱할 수 없었다.

　아무리 배를 주려도 주린 기색을 내지 못하고 지내던 어느 날, 김 정승
의 아들 진희가 평양 감사로 갔다는 말을 풍편(風便)에 넌지시 듣고 혈룡
은 깜짝 놀랐다. 혈룡은 모친에게 여쭈었다.

　"김 정승 아들 진희와 예전 막역하게 지낼 적에 태산같이 맺은 언약이
약차약차(若此若此)하옵니다. 듣자오니 진희가 평양 감사로 갔다 하니 옛
일을 생각하여 괄시하지 않고 살려 줄 것이옵니다. 가서 만나보자 하나 재
상가 자손으로 구걸하는 모양으로 갈 수는 없고, 그렇다고 분전(分錢)[22]도
없어 갈 일이 망연하긴 하나, 잠시 시측(侍側)[23]하지 못함을 용서하소서."

---

[20] **기롱수작(譏弄酬酌)** 남을 업신여겨 희롱하거나 엉큼한 짓을 함.
[21] **수응수답(酬應酬答)** 요구에 응하고 질문에 대답함.
[22] **분전(分錢)** 푼돈.
[23] **시측(侍側)** 곁에 있으면서 어른을 모심.

그러나 평양 갈 일을 생각하니 머나먼 길에 어이할지 그저 한숨만 나올 뿐이었다. 날아가든지 뛰어가든지 그저 가기만 하면 배고픔을 면하고, 집에 돈백이나 가지고 올 터인데 백이사지(百而思之)[24]하여도 갈 길이 망연하였다.

"진희는 우리와 같은 충신의 후예로 저렇듯 귀히 되었건만 나는 어찌 궁곤(窮困)이 자심(滋甚)한가. 슬프고 가련하다. 복록(福祿)이 부족하여, 죄 주는 귀신이 시기하여 천운이 이러하다면 누구를 원망하겠는가?"

이렇듯 슬피 탄식하니 모친이 위로하였다.

"너는 조금도 서러워 마라. 남아(男兒) 궁달(窮達)[25]이 이르기도 하고 늦기도 한다 하니 어찌 하늘이 무심할까?"

혈룡이 물러 나와 부인더러 일렀다.

"부인은 노친을 모시고 잘 있게."

이에 부인이 서럽게 울며 고하였다.

"첩의 생각에도 평양에 가시면 괄시는 아니할 듯하오니 아무쪼록 가실 방도를 찾으소서."

부인이 우례(于禮)[26]할 때 입었던 의복을 팔아 주며,

"겨우 관전(貫錢)만 받았지만 그만 하면 가실 듯하니 길을 떠나소서." 하였다.

---

[24] **백이사지(百而思之)** 이모저모 많이 생각함.
[25] **궁달(窮達)** 빈궁(貧窮)과 영달(榮達).
[26] **우례(于禮)** 혼인한 신부가 처음으로 시집에 들어가는 예식.

혈룡이 모친과 부인을 생각하여,

"나는 가서 한 끼나마 연명하지만 부모 처자는 어찌 지낼꼬?"

하며 방성통곡하였다.

부인이 빨아 두었던 옷을 꺼내 주자 혈룡은 그 옷을 입고 모친에게 엎드려 아뢰었다.

"어머님 어머님. 가속(家屬)을 데리고 부디 안녕히 계시옵소서. 소자는 부모의 은공을 갚지 못하고 유리걸식(流離乞食)[27]하러 가니 누가 용납하오리까? 소자는 평양 가면 일시라도 배고픔을 면하지만 어머님과 가속은 어찌 면하겠사옵니까?"

이에 부인이 고하였다.

"나는 어찌하든 주려 죽지 않고 노친께도 배고픔을 끼치지 아니하겠지만 서방님은 보행으로 오백 리가 넘는 거리를 어찌 왕래하시겠소? 부디 금방 다녀오소서."

혈룡이 눈물로 작별하고 평양을 향해 길을 떠났다. 신세를 생각하니 슬픈 마음 둘 데 없어 비탈길을 내려가며 연신 한숨을 내쉬었다.

부지런히 걸어 어느덧 평양에 당도하니 구경할 게 많아 절승강산(絕勝江山)은 이를 두고 말하는 것 같았다. 혈룡은 동문 밖에 사관(舍館)[28]하고 관속을 불러 통기(通寄)[29]를 청하였다.

"통기할 수 없소이다."

---

[27] **유리걸식(流離乞食)** 떠돌아 다니며 빌어먹음.
[28] **사관(舍館)** 객지에 머무르는 동안 잠시 남의 집에 기거함, 또는 기거하는 집.

관속이 이러하니 다시 또 청하였다.

"나는 네 사또와 죽마구의(竹馬舊誼)[30]요, 형제같이 지낸 사람이다. 네 만일 통기하면 사또가 반길 것이니 염려 말고 통기하라."

관속은 들은 체도 하지 않았다. 혈룡은 생각다 못해 이방을 청하여 사정하였지만 이방도 매일반이었다.

"이 일을 어찌할꼬, 아이고 어찌할꼬? 부모 처자는 날 보내놓고 배고파 기진맥진하며 오늘이나 돌아올까 내일이나 돌아올까, 하고 주야장천(晝夜長天) 바라고 있을 터인데 통기(通奇)조차 못 하니 어찌하면 좋을꼬?"

이렇듯 슬피 울며 세월을 보내 십여 일을 유숙하니 노자가 떨어지고 말았다. 모친과 처자를 대면할 길이 망연하여 무수히 통곡만 할 뿐이었다.

"돌아가려 해도 노수(路需)[31] 한 푼 변통할 길 없고, 있자 하니 주인이 싫어하고 장차 이 일을 어찌할꼬?"

혈룡은 대동강에 빠져 죽으려고 결심하다 다시 부모 처자를 생각하고 차마 죽지 못하고 탄식하였다.

"어머님과 가속은 이런 줄 모르고 전대(錢駄)를 얻어 오늘이나 돌아올까, 내일이나 돌아올까, 주야장천 바라고 있을 터인데 차마 어찌 죽을까?"

겨우 입고 있던 의복을 팔아 당장 허기는 면하였지만 일시뿐이었다. 통기 없이 몰래 들어가려 하여도 사방에 수직(守直)[32]하고 있으니 도저히 들

29. **통기(通奇)** 기별하여 알림.
30. **죽마구의(竹馬舊誼)** 어릴 때부터 같이 자란 친구 사이의 정.
31. **노수(路需)** 먼 길을 가는 데 드는 비용. 노자.
32. **수직(守直)** 맡아서 지킴, 또는 그 사람.

어갈 방도가 없었다.

혈룡은 배고픔을 견디지 못하여 전전걸식(轉轉乞食)하였다. 그러던 차에 순사또가 각 읍 수령들을 모두 청해 대동강 연광정(鍊光亭)에서 연회를 베푼다는 말을 전해들었다. 혈룡은 그날 만나 보리라 생각하고 학수고대 기다렸다.

마침내 그날이 되자 대동강에 큰 잔치가 벌어지고 풍악 소리가 어지러웠다. 팔십 명 기생들이 재주를 자랑하며 제각기 노니는데 취흥을 이기지 못한 감사가 술에 취해 말하였다.

"갈매기야 훨훨 날아가지 마라. 너를 잡으려는 게 아니다. 이보게 하관 수령(下官守令)들, 내 말을 들어보라. 삼사월 호시절이 되어 온갖 잡화(雜花)들이 만발한데, 세류청천(細柳靑天) 버들과 좌우편 두견이 슬피 우니, 철석이라 한들 그 아니 슬프지 않으리오."

감사가 취흥이 도도하여 마음대로 놀고 있는데, 혈룡이 배가 고파 기진맥진하여 음식을 바라보니 그저 반가울 따름이었다. 하지만 아무리 반가운들 화중지병(畵中之餠)[33]이었다. 주위를 살펴보니 십 리 청강에 오리들이 물결따라 둥실둥실 떠 쌍쌍이 놀고, 백 리 평사(平沙)에 갈매기 또한 쌍을 지어 노닐고 있었다. 혈룡은 구경을 한 뒤 틈을 타 감사가 노는 앞으로 가만히 들어가 말하였다.

"평양 감사 김진희야, 이 혈룡을 아느냐 모르느냐?"

---

[33] 화중지병(畵中之餠) 그림의 떡.

감사가 가만히 듣고 있다가 호장을 불러 호통쳤다. 호장이 수령의 분부에 겁을 내 다짜고짜 혈룡에게 달려들어 뺨을 치고 등을 밀고 부복하게 하였다. 사또가 분부하였다.

"네놈은 듣거라. 어디 사는 미친 놈이 와서 나를 모욕하느냐?"

이에 혈룡이 어이없어 다시 말하였다.

"너를 친구라고 찾아왔다가 통기조차 못하고 벌써 일 삭이 지났다. 이제 노자도 떨어져 더 이상 배고픔을 견디지 못해 전전걸식하다가 오늘 너를 보니 죽어도 한이 없다. 나는 너를 친구라고 찾아왔건만 이다지도 괄시하니, 대대 친구 다 소용없고 결의 형제 다 소용없다. 나 같으면 이다지 괄시하지 않으리라. 다만 전백(錢百)이라도 주면 부모 처자를 먹일 수 있으니 그것만이라도 바랄 뿐이로다. 이 몹쓸 진희야. 푼전 노수 없어 경성(京城) 천 리 어이 가겠는가?"

혈룡이 대성통곡하니 사또가 분을 내어 호통치며 대동강 사공을 불렀다.

"미친놈이로세. 이놈을 배에 실어 강에 던져 버려라."

사또의 분부가 지엄하니 사공들이 물러 나와 이 생원을 결박하여 배에 실으려 하였다. 이때 옥단춘이 넌지시 보니 비록 의복이 남루하나 얼굴이 비범하여 순간 불쌍한 생각이 들어 감사에게 여쭈었다.

"소녀 지금 오한이 일어나며 만신이 아파 도저히 견딜 수 없나이다."

감사가 일렀다.

"물러나 치료하라."

이에 옥단춘이 급히 물러 나와 사공을 불렀다.

"이보시오 사공들, 잠깐 기다려 주오. 값을 후히 줄 터이니 이 양반을 죽이지 말고 죽은 모양으로 모래 속에 은신해 두오."

사공들이 하나같이 말하였다.

"제아무리 사또 영이 지중하다 한들 어찌 우리라고 사람 죽이기를 좋아하겠소?"

사공들이 혈룡을 배에 싣고 망경창파 깊은 물에 두둥실 떠나갔다. 혈룡은 옥단춘과 사공들이 서로 약속한 줄은 꿈에도 몰라, 그저 죽을 줄로만 알고 하늘을 우러러 방성통곡하였다.

"명명(明明)한 청천은 하감(下瞰)³⁴하시어 불쌍한 이혈룡을 살려 주옵소서. 경성에서 부모 처자가 나를 평양에 보내고 이리 죽게 된 줄도 모르고, 오늘 올까 내일 올까 주야장천 바라고 있을 터인데, 이내 팔자는 무슨 일로 갈수록 이러한고."

사공들은 백 리 청강 맑고 긴 물에 배를 두둥실 띄워 어기여차 소리내며 계속 내려갔다. 혈룡은 주위를 살펴보며 그저 탄식을 하였다.

"무산(巫山)³⁵ 십이봉은 구름 밖에 솟아 있고, 연광정 내린 물은 대동강을 따라 흐르는구나. 산천 초목이 형용백백(形容百百) 경개를 뽐내는 좋은 곳에 어부들은 청강 좋은 경치를 구경하고, 갈매기들은 높은 하늘 너울너울 날며 쌍쌍이 노닐고 있고, 동정(洞庭) 추야월(秋夜月)은 어수청풍(御水

---

³⁴. **하감(下瞰)** 위에서 굽어살핌. 아래를 내려다봄.
³⁵. **무산(巫山)** 중국 사천성(四川省) 동쪽에 있는 명산(名山). 무산 십이봉(巫山十二峰)이 유명함.

淸風) 노닐고 있는데, 이내 팔자는 충신의 후예로 태어나 성은(聖恩)도 갚지 못하고 어복중(魚腹中)에 혼이 된다 말인가? 죽는 건 서럽지 않으나 북당(北堂)에 모신 팔십 모친은 나를 보낸 뒤 주야장천 기다리다 이런 줄도 모르고 자식 낳아도 쓸데없다 할 것이고, 가련한 나의 처자 모친 모시고 오늘 올까 내일 올까 주야로 바라고 있다가 소식이 적막하여 나 죽은 모르고, 부모 처자 잊었는가, 야속하다 낭군아! 왜 그리 무정한고? 하며 눈물로 세월을 보내리라. 아이고 답답한 일이로다. 어찌해야 부모 처자 만나 볼꼬? 죽은 혼백이 천 리 고향 어이 갈꼬?"

혈룡은 계속하여 통곡을 하며 자기 처지를 비관하였다.

"수중고혼(水中孤魂) 귀신 되어 어지중천 다니며 원통한 마음이 생기면 명천(明天)[36]은 소소(昭昭)[37]하게 알아 판명하여 주옵소서. 절지고행(絶地孤行)[38]하더라도 생전에 부모 처자를 만나게 하옵소서. 청천에 울고 가는 저 기러기 한양을 지날 때 부모 계신 곳을 지나며 이곳에서 나를 보았다고 이를 것이로다. 불효자 혈룡은 부모 처자와 이별하고 대동강물에 수중고혼 되어 팔십 노모 버린 죄로 이승도 저승도 갈 수 없어, 어지중천 떠다니며 통곡하며 부모 처자 머리 위를 주야장천 떠돌아다닌들 불쌍한 부모 처자는 나를 어찌 알아볼 수 있을 것인가? 수중고혼이 되더라도 제발 소식만이라도 전해다오. 무심한 저 기러기 창망한 구름 밖에 두 날개를 퍼덕이며

[36.] **명천(明天)** 모든 일을 살피는 하느님.
[37.] **소소(昭昭)** 일의 내막이나 이치가 분명하고 뚜렷함.
[38.] **절지고행(絶地孤行)** 멀리 떨어진 외진 곳을 홀로 다님.

그저 무심히 가버리니 이내 마음 둘 데가 없구나. 부모 처자 남겨두고 고대광실(高臺廣室)[39]을 버려 두고 천리 타향에는 무슨 일로 왔다가 이 모양이 되었단 말인가? 참으로 한심하고 가련하여 이내 심사 둘 데가 없다. 서러운 심정으로 원정(原情)이나 하나 지어 옥황전에 바치고자 하여도 구만리 장천이라 바칠 방도가 없구나. 구중궁궐(九重宮闕)[40] 우리 성군 이런 일알게 되면 어찌 선악을 구별 못하리요?"

혈룡이 무수히 통곡하니 일월이 무광(無光)하고 산천초목 비금주수(飛禽走獸)[41]가 슬퍼하고, 대동강 맑은 물도 흐르지 아니하고 그 자리에 울렁출렁 머물렀다.

그러자 사공들이 혈룡을 위로하였다.

"이보시오, 안심하시오. 비록 사또 영을 지엄하게 모셨지만 차마 무고한 인생을 어찌 죽이겠소? 모래 속에 몸을 숨기고 있다가 날이 저물거든 멀리 도망가시오. 만일 사또가 알게 되면 무죄한 우리들이 중죄를 당할 것이오."

사공들이 신신 당부하고 혈룡을 물가에 내려놓자 이 생원이 일어나 사공들의 손을 일일이 잡으며 말하였다.

"죽게 된 목숨을 선공(先功) 없이 살려 주니 은혜가 백골난망이로소이다. 내 만일 살아나면 후일 다시 만나게 될 터이니 부디 이름을 가르쳐

39. 고대광실(高臺廣室) 매우 크고 좋은 집.
40. 구중궁궐(九重宮闕) 문이 무수히 달린 깊은 대궐. 구중심처.
41. 비금주수(飛禽走獸) 날짐승과 길짐승.

주오."

하지만 사공은 손을 뿌리치며 말하였다.

"인연이 있으면 다시 만날 터이니 후일을 기약하시지요."

사공이 돌아가자 혈룡은 모래를 파고 은신하여 해가 떨어지기만을 고대
하였다. 배가 고파 기력이 쇠진하여 거의 죽게 되었는데 뜻밖에 어떤 사람
이 모래를 파헤치며 말하였다.

"일어나오, 일어나오."

두세 번 부르자 혼미 중에도 깜짝 놀라 마치 죽은 것처럼 누워 있으니
그 사람이 다시 말하였다.

"두려워하지 말고 일어나 정신을 차리소서. 나는 그대를 죽이려는 사람
이 아니니 염려 말고 일어나 나를 자세히 보시옵소서."

혈룡은 그제야 정신을 차려 눈을 떴다. 눈앞에 어떤 여인이 미음 한 그
릇을 손에 들고 지성으로 권하고 있었다. 혼미중에 생각하여도 꿈인지 생
시인지 알 수가 없었다. 배고픔이 심한 차에 먹을 걸 보니 반가운 생각에
얼른 미음을 받아먹었다. 혈룡은 그제야 정신이 돌아오는지라 여인에게
물었다.

"당신은 어디 사는 누구요? 어떤 사람인데 죽어 가는 인생을 살려 주는
거요? 은혜가 백골난망이니 거주와 성명을 일러 주오."

이에 옥단춘이 대답하였다.

"소인은 다른 사람이 아니라 평양 기생이옵니다. 오늘 그대가 무고하게
죽게 되었음을 보고 그저 불쌍한 생각에 사공과 약속하여 이곳에 살려 두

라 하였사옵니다. 아무 염려 말고 내 집으로 가시지요."

이 생원은 속으로, 만일 따라가면 두 번 죽게 되어 더 이상 어찌할 방도가 없게 되리라고 여겨 굳이 사양하였다.

"죽을 사람을 살려 주신 은혜는 이 몸이 반드시 결초보은(結草報恩)하겠소. 하지만 내 사세(事勢)⁴²가 이 땅에 잠시라도 더 머무르지 못하게 하니 더 이상 권하지 마오."

옥단춘이 이에 대답하였다.

"내 비록 기생의 몸이지만 그대를 살린 사람이고, 또한 노할 마음이 전혀 없사오니 조금도 염려 말고 함께 가시지요."

옥단춘이 은근히 권하자 이 생원이 가만히 생각하였다.

"일사(一死)면 도무사(都無事)라 하니 어찌 아녀자를 근심하여 따라가지 않으려 하는가, 함지사지이후(陷之死地而後)에 내 몸이 세상에 다시 사니 이런 일 또 어디 있을까?"

혈룡이 마침내 춘을 따라가니 세상을 다시 본 듯하여 슬픈 마음을 이기기 힘들었다.

춘의 집에 다다르니 단장이 정결하고 경개도 좋았다. 좌우를 두루 살펴보니 온갖 화초가 만발하였다. 화중부귀(花中富貴) 모란화, 화중선(花中仙) 해당화, 어화일(御花逸) 국화, 충신회일화(忠臣回日花) 등이 가득 피어 있었다. 월색은 만정한데 단청흑백(丹靑黑白) 찬란하였다. 뜰 아래를 보니

---

⁴² **사세(事勢)** 일이 되어 가는 형편.

학두루미가 주적주적 나오며 짧은 목을 길게 늘여 끼룩끼룩 하며 사람을 반겨주었다.

방 안에 들어가니 분벽사창(粉壁紗窓)⁴³ 찬란하고 좌우 편에는 천하 명화 좋은 그림들이 여기저기 붙어 있었다. 위수(渭水)의 강태공(姜太公)이 곧은 낚시를 물에 넣고 의연히 앉아 있는 모양을 그린 것도 있고, 시중천자(詩中天子) 이적선(李謫仙)이 채석강(采石江) 명월하에 포도주를 취하도록 마신 뒤 물밑에 비친 달을 잡으려 섬섬옥수(纖纖玉手)를 넌지시 내미는 모습을 그린 것도 있고, 또 저편을 바라보니 한종실(漢宗室) 유황숙(劉皇叔)이 와룡선생(臥龍先生)⁴⁴ 보려 남양초당(南陽草堂) 풍설에 걸음 좋은 적토마를 몰아가는 모양을 그린 것도 있었다. 다른 곳을 바라보니 청천에 외기러기가 짝을 잃고 끼룩끼룩 울고 가는 모양이 그려져 있고, 산중처사 두 노인이 함께 앉은 모양이 그려져 있고, 상산사호(商山四皓) 네 노인이 바둑판을 앞에 놓고 흑기백기(黑碁白碁) 두는 모양이 그려져 있었다.

혈룡이 차례로 그림을 구경하고 있는데 옥단춘이 어느새 주안상을 들여놓고 맛좋은 계강주(桂薑酒)⁴⁵를 유리잔에 가득 부어 주며 혈룡에게 말하였다.

"권주가(勸酒歌) 한 곡 잡으시지요. 일배일배부일배(一杯一杯復一杯)라. 이 술은 그냥 술이 아니라 한무제(漢武帝) 승로반(承露盤)⁴⁶에 이슬 받아

---

⁴³ **분벽사창(粉壁紗窓)** 희게 바른 벽과 비단 바른 창. 여자가 기거하는 아름다운 방을 말함.
⁴⁴ **와룡선생(臥龍先生)** 누워 있는 용. 초야에 묻혀 있는 큰 인물을 비유한 말. 곧 제갈공명.
⁴⁵ **계강주(桂薑酒)** 계피와 새앙을 넣은 술.
⁴⁶ **승로반(承露盤)** 한무제가 감로(甘露)를 받기 위해 건장궁(建章宮)에 만들어 두었던 구리 쟁반.

만든 술이오니, 이 술 한잔 잡수시면 천만 년을 사시옵니다."

한 잔 두 잔 계속해서 술을 마시며 혈룡이 취중에 말하였다.

"전사(前事)를 생각하면 세상사가 허망하구나. 천강무궁(千疆無窮)한 흥미를 어찌 다 말하리요."

두 사람이 이럭저럭 노니는 동안 세월이 흘러 세자가 탄생하였다. 이를 기뻐하여 왕이 태평과(太平科)⁴⁷를 본다는 말을 풍편에 전해들은 옥단춘이 기뻐하며 혈룡에게 아뢰었다.

"낭군님은 속히 과거 보러 가옵소서. 충신의 후예로 어찌 이런 경과(慶科)⁴⁸를 지나치리요?"

이 생원이 말하였다.

"그대의 말이 당연하나 북당에 계신 우리 노모 주야로 나를 기다리며 오늘 올라올까 내일 올라올까 초조해 하시는 간장을 생각하면 내 어찌 오늘까지 몸을 편히 있으리오. 불효막심이야 어찌 모르겠소마는 이 모양 이 꼴로 경성에 올라가 무슨 면목으로 부모 처자를 대하겠소?"

이 생원이 두 눈에 눈물을 금치 못하자 춘이 위로하며 말하였다.

"과거를 힘써 보아 입신양명(立身揚名)하면 영화를 볼 것이니 과히 상심 마시고 속히 올라가옵소서."

급히 치행(治行)⁴⁹을 차리며 춘이 다시 당부하였다.

---

⁴⁷· **태평과(太平科)** 나라에 경사가 있을 때 특별히 실시하던 과거.

⁴⁸· **경과(慶科)** 나라에 경사가 있을 때 기념하고자 보이던 과거.

⁴⁹· **치행(治行)** 행장을 차림.

"이 길로 올라가시어 서대문 밖 경기감영 앞에 이섬부댁(李瞻富宅)을 찾아가시옵소서. 미리 부탁한 말씀도 있고 또한 내 하인도 그 댁에 있사오니 그 하인을 장중에 부리옵소서. 이제 이별하오나 후일 다시 만날 것이니 조금도 섭섭하게 생각 마시고, 후일 입신양명하신 연후 북당이 평안하시면 곧 돌아오소서."

춘이 혈룡의 손을 잡고 이별할 때 연연한 정을 못내 서러워하였다.

혈룡은 그 길로 곧장 경성에 올라가 서대문 밖에 다다랐다. 이섬부(李瞻富) 댁을 찾아가니 고대광실은 아닐망정 수십여 칸 집이었고, 별배(別陪)[50] 놈들이 일시에 문안하고 내정(內庭)으로 인도하였다.

이 생원이 물었다.

"이 댁이 누구 댁이냐?"

하인들이 여쭈었다.

"이 댁은 서방님 댁이옵니다."

이에 이 생원이 깜짝 놀라 안으로 들어가니 모친이 기다리고 있었다. 혈룡은 모친 앞에 엎드려 통곡으로 여쭈었다.

"불효자 혈룡이 이제 왔나이다. 모친은 그간 안녕하셨사옵니까? 불초한 자식을 생각하여 여태까지 바라고 사셨사옵니까?"

모친이 깜짝 놀라 혈룡의 손을 잡고 슬피 울며 말하였다.

"혈룡아, 네가 충신지자(忠臣之子)로다. 효성이 저러하니 어찌 기쁘지

---

50. **별배(別陪)** 벼슬아치 집에 기거하는 하인.

아니하리오. 네가 평양 간 후 근근히 지냈는데 평양 감사가 재물을 보내주어 가세(家勢)가 요부(饒富)[51]하고, 노비와 전답을 많이 샀으니 말년 재미가 족하고 편안하다마는, 너를 기다리며 주야로 한탄하다 이제 너를 보게 되니 어찌 즐겁지 아니하고 반갑지 아니하겠느냐? 죽었던 자식을 다시 본 듯하니 이제 죽어도 여한이 없구나. 너는 객지에 얼마나 고생이 많았느냐?"

혈룡은 그제야 모든 게 춘이 한 짓임을 알고 내심으로 칭찬하다 부인을 돌아보며 물었다.

"부인은 모친을 모시고 얼마나 고생하셨소?"

부인이 반겨 대답하였다.

"첩은 서방님 덕택에 잔명(殘命)을 보전하였사오니 은혜 난망이옵니다. 또한 평양 감사의 은혜를 어찌 다 갚으리까?"

혈룡은 이에 그간의 사연을 낱낱이 말하였다. 모친과 부인이 다 듣고 나서 혈룡이 죽을 고생을 한 정경(情境)을 떠올리며 눈물을 흘렸다. 그리고 나서 춘이 구제한 사실을 듣고 그 은혜를 서로 치사불이(致謝不已)하였다. 모친과 부인이 수년 동안 그리던 정회를 서로 이야기하며 잠시도 떠날 마음이 없었다.

세월이 흘러 과거를 볼 날이 다가 오니 혈룡은 그제야 모친 슬하를 떠나 장중에 들어갔다. 거기에는 팔도 선비들이 구름같이 모여 있었다. 글제[52]

---

51. **요부(饒富)** 살림이 넉넉해짐.
52. **글제** 글의 제목. 제목.

는 천하태평춘(天下泰平春)이었다. 해제(解題)를 생각하며 용연(龍硯)에 먹을 갈아 조맹덕(曹孟德)의 체를 본받아 일필휘지(一筆揮之)로 글을 적어 나갔다.

임금이 나중 살펴보는데 자자(字字)마다 비점(批點)[53]이고, 구절구절마다 관주(貫珠)[54]였다. 이에 임금이 크게 칭찬하며 말하였다.

"참으로 아름답도다. 이 글씨와 문장을 지은 사람은 분명 범상한 사람이 아니로다."

임금은 알성급제(謁聖及第) 도장원(都壯元)에 한림(翰林)을 제수하고 즉시 어전에 들어오라 명하였다. 이에 이 한림이 입시하니 임금이 크게 기뻐하며 칭찬하였다.

"충신지자는 충신이요, 소인지자는 소인이라 하거늘, 용모를 살펴보니 용안호두(龍眼虎頭)요 목목지인(穆穆之人)이로다."

한림이 복지하여 임금에게 아뢰었다.

"소신처럼 무재무능(無才無能)한 사람을 충신이라 하시고, 또한 한림을 제수하시니 더욱 황공하나이다."

혈룡은 물러 나와 대연을 베풀어 향당(鄕黨)[55] 친지를 청하여 경사를 축하한 뒤 홀로 곰곰이 생각하였다.

---

53. **비점(批點)** 과거 등에서 시관(試官)이 응시자가 지은 시나 문장을 평가할 때 특별히 잘 지은 대목에 찍던 둥근 점.
54. **관주(貫珠)** 시문(詩文)을 평가할 때 잘된 시구 옆에 치던 동그라미.
55. **향당(鄕黨)** 자기가 태어났거나 사는 마을.

"평양 감사 김진희의 불의무도(不義無道)한 일을 어찌 나만 당하였으리오. 한 사람의 학정(虐政)으로 인해 평양 백성들이 무고하게 어육(魚肉)[56]이 되었다. 이러한 일을 전하께 아뢰어 바로잡아야겠다."

혈룡은 전후 사실을 일일이 밀록(密錄)하여 임금에게 바쳤다. 임금은 받아 보고는 무수한 탄식과 함께 봉서(封書) 세 장을 내려주며 친히 하교하였다.

"첫 봉서는 서대문 밖에 가서 뜯어보고, 둘째 봉서는 평양 가서 뜯어보고, 셋째 봉서는 맨 나중에 뜯어 보라. 그러면 조심하여 다녀 오라."

혈룡이 사은숙배(謝恩肅拜)하고 즉시 나와 모친과 부인에게 하직하고, 서대문 밖으로 나갔다. 혈룡이 첫 봉투를 뜯어보니, '평안도 암행어사 이혈룡'이라 적혀 있고 마패(馬牌)도 들어 있었다. 이 한림이 다시 사은숙배하고 수의를 입고 마패를 찬 연후에 급히 평양으로 내려갔다.

수일 만에 평양에 당도하니 산도 옛적 보던 산이고 물도 옛적 보던 물 그대로였다.

연광정도 잘 있었고 대동강도 무양(無恙)[57]하였더냐?
무산(巫山) 십이봉은 여전히 구름 밖에 솟아 있고,
좌우 산천에는 온갖 화초가 만발하고 세류청강(細柳淸江)
버들가지 황금 같은 꾀꼬리는 춘흥(春興)을 못 이겨
화류(花柳) 중에 왕래 하는구나.
나는 한양 가서 부모 처자 다 만나고 다시 내려 왔다.

---

[56]. **어육(魚肉)** 생선의 살. 짓밟히고 으깨어져 아주 결단이 나는 걸 비유한 말.
[57]. **무양(無恙)** 몸에 탈이 없음.

대동강상 일엽선(一葉船)아,

나를 싣고 망경 창파 둥둥 떠가던 배야,

내가 오는 줄 모르고 어디 가 매여 있느냐?

산수도 새롭구나.

운무청천(雲霧靑天) 저 구름은 내가 오는 모양을 보고

저리도 뭉실 뭉실 피어 있고, 범피 창랑(汎彼滄浪)

갈매기들은 참으로 무심 하구나. 나를 어이 모르는 체하는고?

이 어사(李御史)는 역졸들을 단속하여 각 처로 보내고 다시 둘째 봉서를 뜯었다. '암행어사 출두하고 감사 봉고파직(封庫罷職)[58]하라' 라고 적혀 있었다.

형룡은 다시 역졸들을 단속한 뒤 춘의 집을 찾아가 대문 밖에서 살폈다. 침침칠야(沈沈漆夜) 삼경에 옥단춘은 사또에게서 물러 나와 님 생각을 절로 하며 노래를 불렀다.

오늘 올까, 내일 올까.

오늘이나 소식 올까,

내일이나 편지 올까.

주야장천 출문하여 바라보아도 소식이 없고, 독수공방 빈 방에 홀로 앉아 있으면 님 생각 절로 나니, 님의 음성이 귀에 쟁쟁하고 옥 같은 님의 모양이 눈에 삼삼하였다.

[58]. **봉고파직(封庫罷職)** 암행어사가 부정을 저지른 원을 파면시키고 관의 창고를 잠그던 일.

춘삼월 호시절이라 사방에 꽃들이 만발하고 황금 꾀꼬리들이 양류 가지를 오가고 있었다. 이런 경개 구경하니 님 생각 다시 나 거문고를 찾아 섬섬옥수 넌지시 들어 노래 불렀다.

님아 님아 낭군님아.
전세(前世) 연분으로 청실 홍실 비루지는 아니 하였지만
정이 남달라, 배가 고파 밥을 먹자 하여도
님 생각이 문득 나니 한 술도 못 먹겠소.
낭군님은 내가 이런 줄 모르는가,
어이 그리 더디 오시오?
도중에 표모(漂母)[59] 만나 주린 기색 채우고 있소?
홍문연(鴻門宴) 높은 잔치 가서 패공(沛公)[60]을 구하고 있소?
계명산(鷄鳴山) 추야월(秋夜月)에 장양(張良)의 옥퉁소 소리에
팔천 제자 헤어져 못 오시오?
항왕(項王)[61]의 어린 고집 범증(范增) 말 아니 듣고,
팔천 제자 달아난 후 우미인[62]으로 이별 구경 하시오?
천리 마 타고 오는 행차가 어이 그리 더디시오?
님아 님아 서방님아. 과거를 낙방하여 무안해서 못 오시오?
과거를 하신 후 내직에 계시는 게요?
일신이 귀히 되어 나를 아주 잊었는가?
설마 사람으로 태어나 어이 잊겠소?
인편 없어 그리 하오?
편지 한 장 없어 소식이 망연 하오.

---

59. **표모(漂母)** 빨래하는 늙은 여자.
60. **패공(沛公)** 한 고조(漢高祖)가 황제에 오르기 전에 붙이던 칭호.
61. **항왕(項王)** 중국 초나라 왕 항우.
62. **우미인(虞美人)** 항우가 총애한 여인.

과거를 하게 되면 급제도 하련마는
낙방거자(落榜擧子) 되었소?
어찌 그리 더디시오?
야속하다 낭군님아, 무정하고 무정하다.
침침칠야 이삼경에 앉았으니 님이 올까?
누워도 잠이 오지 않으니 흐르는 건 눈물이요.
한숨으로 벗을 삼아 다시 생각하니 님이로다.

옥단춘이 거문고를 들어 줄을 맨 뒤 둥기둥기 한참 타고 있는데, 어사또
는 중문 안에 들어가 모양을 일부러 험상궂게 꾸며 어험 하고 기침소리를
냈다.

그러자 백두루미 깜짝 놀라 짧은 목 길게 늘여 끼룩끼룩 소리를 내니,
옥단춘이 깜짝 놀라 거문고를 무릎 아래 내려놓고 문을 열고 말하였다.

"거기 누구요? 들어오시오. 누가 와서 날 찾는가? 날 찾는 이 없건마는
누가 와서 날 찾는가? 계산영수(溪山潁水) 맑은 물에 소부(巢父), 허유(許
由)가 날 찾는가? 채석강(采石江) 이적선(李謫仙)이 망월(望月)하려고 날
찾는가? 산림처사(山林處士) 도연명(陶淵明)이 술 먹자고 날 찾는가? 상산
사호(商山四皓) 네 노인이 바둑 두자고 날 찾는가? 남양(南陽) 초당(草堂)
와룡선생이 병서를 의논하려 날 찾는가? 밀양읍 운심(雲心)이가 놀음 가자
고 날 찾는가? 당나라 양귀비가 후원 화계(花階)에 물 주자고 날 찾는가?
삼사월 호시절에 천하문장 김 생원이 풍월 짓자고 날 찾는가? 봉래산 박
처사가 옥적(玉笛) 불자고 날 찾는가? 누가 날 찾는가? 경성 가신 서방님
이 편지를 부치어 날 찾는가?"

옥단춘이 이리저리 살펴보니 검은 사람이 흔적 없이 앉아 있어 깜짝 놀라 물었다.

"웬 사람이 침침칠야 야삼경에 주인 모르게 들어와 엿보고 있소? 비록 조선이 편소(偏小)[63]하나 예를 지키는 나라인데, 아무리 무식한들 남녀가 유별하다 하거늘, 남의 내정에 들어와 자취 없이 앉아 있으니 그런 발칙한 행실이 어디 있으리오?"

노복을 불러 호통을 쳐도 언연히 앉아 있으니 춘이 의심을 하였다.

"도적놈 같으면 도망을 치련마는 언연히 앉아 잇으니 참으로 괴이하다."

다시 불을 켜 들고 나가니 알지 못할 사람이 고개를 푹 숙이고 앉아 있어 춘이 다시 물었다.

"누구인데 여기 왔소?"

아무리 물어도 대답이 없어 춘이 무색하여 와락 떠밀었다. 그제야 고개를 들고 말하였다.

"한양 낭군이 이제야 왔네. 그동안 평안하였느냐?"

춘이 깜짝 놀라 손을 잡고 여쭈었다.

"한양 낭군이라니, 누가 왔소? 가세 가세 들어가세, 방으로 들어가세."

옥단춘이 방으로 들어가며 혈룡의 행색을 살폈다.

"이것이 웬일이오? 과거 급제는 못할망정 행색이 어찌 된 일이오? 내 집이 뉘 집이라고 첩을 이다지 속이시오? 서방님 가신 뒤 일각(一刻)이 여삼

---

[63] **편소(偏小)** 땅이나 장소가 작고 협소함.

추(如三秋)[64]와 같았사옵니다. 독수공방 빈 방에 홀로 앉아 세월을 수심으로 보내며, 오늘 올까 내일 올까 주야장천 바라고 있었는데, 낭군님은 어찌 그리 무정하시오?"

춘은 매월(梅月)을 불러 목욕물을 퍼 오게 하여 혈룡의 몸을 씻겼다. 섬섬옥수로 대모빗을 집어 헝클어진 머리를 어리설설 빗겨 내어 상투를 새로 짜고, 산호동곳 호박풍잠, 성뉴동곳, 옥동곳을 멋을 찾아 넌지시 꽂았다.

이번에는 자개함롱(紫玎函籠) 반닫이와 앵경대를 펄쩍 열어, 찬찬 의복 꺼내 삼백돌 통영갓, 외올뜨기 망건, 쥐꼬리 당줄에 공단싸개 호박풍잠 관자까지 달아 깨끗한 의복을 새로 입혔다. 춘은 새 옷을 갈아입은 서방 얼굴을 다시 보며 무척 기뻐하였다.

"님아 님아 낭군님아. 이다지 좋은 얼굴 왜 그 지경이 되어 왔소?"

이 어사가 대답하였다.

"본가에 돌아가니 수십여 명의 권솔(眷率)이 있고, 어찌 된 영문인지 가세가 넉넉하고, 노비 전답이 흡족하게 있거늘, 그 연고를 물어 보니 그대가 재물을 많이 보냈다 하였소. 그대의 은혜는 백골난망이오. 가족이 치사(致謝)함을 잊지 않고 지내다, 전일 곤궁할 때 남의 빚 수천 냥을 진 적이 있었는데, 빚쟁이들이 그 소문을 듣고 모여와 빚을 갚아 달라고 하였소. 양반으로 위명(爲名)하고, 아니 줄 수 없어 가장재물(家藏財物)을 모두 팔

---

[64] **일각(一刻)이 여삼추(如三秋)** 매우 짧은 순간이 마치 삼 년과 같다는 뜻으로, 기다리는 마음이 매우 간절함을 말함.

았지만 오히려 부족하였소. 과거도 낙방하여 그대 볼 낯이 없어 오지 않으려 하였지만, 배은망덕이 될 것 같아 이리로 오다가 아니 되는 놈은 뒤로 자빠져도 코가 깨진다고, 주막에서 자다 도적한테 의복까지 모두 잃고 이 모양이 되었소. 그대 볼 낯이 없어 그리 되었소."

춘이 대답하였다.

"일생을 살다 보면 무슨 일인들 당하지 않으리까? 일체 근심 마옵소서. 과거는 천수(天數)⁶⁵라 하오니 금년뿐 아니라 후일에 다시 보면 되옵니다. 내 집에 옷이 없소, 밥이 없소? 그만 한 일로 장부가 근심하면 큰일을 이루지 못하옵니다."

다음날 춘이 다시 아뢰었다.

"오늘 순사도(巡使道) 연광정(鍊光亭)에 사또께오서 놀러 가신다는 영이 내려 내 기생의 몸으로 따라가지 않을 수 없사오니, 서방님이 잠시 용서하시고 집에 계시면 내 곧 다녀오리다."

춘이 길을 나서자 어사 또한 뒤를 따라나가 숨어 있던 역졸을 단속하고 이리저리 다니며 연광정에 구경하러 내려갔다. 이때 순사또는 각 읍의 수령들을 모두 모이게 하여 놀이를 즐기는데 기구가 찬란하고 배반(杯盤)⁶⁶이 낭자(狼藉)⁶⁷하였다.

지금이 춘삼월 호시절이라 좌우 산천은 꽃들이 만발하여 화산하고 잎들

⁶⁵· 천수(天數) 하늘이 내린 운명.
⁶⁶· 배반(杯盤) 술을 마시는 잔과 그릇, 또는 그 안에 담겨 있는 음식.
⁶⁷· 낭자(狼藉) 물건 따위가 마구 어지러운 상태.

이 가득 피어 청산이었다. 황금 같은 꾀꼬리는 세류변(細柳邊)에 왕래하고, 두견 접동 온갖 새들이 쌍쌍이 모여드는데, 말 잘하는 앵무새, 춤 잘 추는 학두루미, 요지연(瑤池宴)에 소식 전하는 청조새, 만첩 청산 홀로 앉아 슬피 우는 두견새가 보였다.

그중에 뻐꾹새는 청천명월(靑天明月) 야심경(夜深更)에 이리 가며 뻐꾹, 저리 가며 뻐꾹 하고 처량하게 울었다. 구경하는 사람들은 녹의홍상(綠衣紅裳)에 이리저리 거닐며 춘흥을 못 이겨 춤도 추고 노래도 불렀다.

한편 어사또는 헌 파립(破笠)[68]에 헌 의관을 떨쳐 입고 이리저리 구경하였다. 의기양양하여 대상(臺上)에 가려 하니 나졸들이 달려들어 덜미를 잡아끌었다.

"미친놈아, 어느 존전(尊前)에 올라가려는 게냐?"

곤욕이 심하여 어사또의 헌 파립과 헌 의복이 모두 떨어져 나갔다. 혈룡은 소리를 크게 질러 감사의 이름을 불렀다.

"네 이놈, 김진희야. 이 혈룡을 모른단 말이냐?"

이에 춘이 깜짝 놀라 살펴보니 음성은 분명 임의 음성이나 의복이 전연 달랐다. 감사가 크게 진노하여 당장 잡아들이라고 하명하였다. 좌우 나졸들이 일시에 달려들어 상투를 휘휘 감아쥐고 등을 밀어 번개같이 혈룡을 잡아들여 계단 아래 엎어 놓으니 사또가 큰 소리로 호령하였다.

"혈룡, 네 이놈. 아직도 죽지 않고 살아 있느냐? 하지만 이번에는 견디지

---

68. **파립(破笠)** 찢어진 헌 갓.

못하리라."

혈룡이 얼른 대답하였다.

"내 비록 신세가 이러하나 나도 어엿한 양반의 자식이다. 네 이놈 진희야 들어라. 지난 날 너를 찾아왔다 통기도 못 하고 근근히 지내다가, 네가 나를 미친놈이라 하여 대동강 사공을 불러 나를 배에 싣고 강에 던져 죽였다. 내 원혼이 되어 네놈을 이제야 찾아왔노라."

이에 사또가 깜짝 놀라 좌우 비장(裨將)을 돌아보며 물었다.

"어찌 된 일이냐?"

비장이 여쭈었다.

"죽은 원혼이 어찌 왔겠사옵니까? 그때 갔던 사공을 불러 문목(問目)하여 보겠나이다."

비장이 다시 나졸을 불렀다.

"사공을 급히 잡아오너라."

나졸들이 청령하고 물러나 사공들을 급히 불러 모았다.

"큰일났다, 큰일났어. 너희놈들 큰일났다. 어서 가자."

나졸들이 사공들의 덜미를 잡고 들어섰다.

춘이는 자기가 문초 당할 건 생각지도 않고 당장 서방이 죽을 것 같아, 구상전(舊上典)[69] 만난 듯 벌벌 떨고 있었다.

사또가 추상같이 분부하였다.

---

[69]. **구상전(舊上典)** 옛날 섬기던 주인.

"추일형방(秋日刑房) 불러 형벌 기구를 차려놓고 문초하라."

이에 형방이 겁을 내며 추열(推閱)[70]하였다.

"이놈들. 저 양반을 죽였느냐 살렸느냐? 바른 대로 고하라."

형방이 엄숙하게 호령하자 사공들이 악형을 못 이겨 바른 대로 고하였다.

"약차약차(若此若此)하였나이다."

사또가 다시 호령하였다.

"저놈 형방도 즉시 잡아 태거(汰去)[71]하라."

그러자 일시에 형방마저 잡아냈다. 사또가 다른 형방을 불러 다시 분부하였다.

"저 혈룡이란 놈은 효수(梟首)[72]하여도 죄가 남을 놈이건만, 내 앞에서 양반이라 부르니 저 형방도 혈룡과 죄가 같다."

사또가 분을 이기지 못하고 서안을 치며 대성호통(大聲號痛)하니 음성이 다 변하였다. 사또가 이번에는 옥단춘을 잡아들이라고 분부하였다.

사또의 분부가 하도 지엄하여 좌우 나졸들이 일시에 달려들어 옥단춘의 분결 같은 손목을 덥석 잡아끌었다.

그러자 일평생 처음 당하는 일인지라 옥단춘은 네 수족을 벌벌 떨며 어사를 돌아보며 아뢰었다.

---

[70] **추열(推閱)** 범인을 심문함.

[71] **태거(汰去)** 죄 있는 하급 벼슬아치를 파면함.

[72] **효수(梟首)** 죄인의 목을 베어 높은 곳에 매달아 놓음.

"아이고 낭군님. 이게 대관절 웬일이요? 집에 있으라고 하였더니 귀신 들려 여기 왔소, 살매 들려 여기 왔소? 내가 준 재물 가졌으면 호의호식 지내건만 어찌하여 여기로 와서 이 지경이 된단 말이오? 아이고 낭군님, 아이고 낭군님. 죽을 목숨 살려내 백년해로 언약하였더니 일 년이 못 지나 영별 죽음을 당한단 말이오? 아이고 낭군님, 야속하오 낭군님. 나는 지금 죽더라도 원통할 게 없지만 낭군님은 대장부로 태어나 공명(功名)[73] 한 번 못 해보고 황천객이 된단 말이오? 원통하고 가련하다. 낭군 팔자나 내 팔자는 전생에 무슨 죄가 있어 이다지 험하고 험하단 말이오? 사주팔자 이러하니 누구를 원망하리오? 죽어도 같이 죽고 살아도 같이 살자. 이제 죽어 후세에 다시 만나면 미진한 우리 정을 백년해로하며 나눕시다."

춘이 이렇듯 무수히 통곡하니 어사또가 답하였다.

"울지 마라. 네 울음과 네 말에 이내 간장 다 녹는구나. 내가 죽고 네가 살면 내 원수는 네가 갚고, 네가 죽고 내가 살면 네 원수는 내가 갚으마."

이때 사또가 사공에게 호령하였다.

"저들을 당장 한 배에 실어 내가 보는 데서 대동강 깊은 물에 던져 버려라."

사공이 청령하여 물러나자 사또가 또다시 형리에게 영을 놓았다.

"북소리가 세 번 나면 저 둘을 함께 죽여라."

형리가 땅에 엎드려 아뢰었다.

---

[73]. **공명(功名)** 공을 세워 이름을 널리 알림.

"저 둘은 사또전에 죽어 마땅하오니 나중 거행을 직접 보소서."

한편 어사또는 사공에게 덜미를 잡혀 배에 오르며 탄식하며 말하였다.

"붕우유신(朋友有信)이란 소용없고 결의형제도 다 소용없다. 이전에 너와 내가 사생동거(死生同居)하자고 태산같이 맺은 언약을 나는 철석같이 믿었다. 그런데 살리기는 고사하고 죽이기를 일삼으니 참으로 야속하다. 오륜(五倫)을 박대하면 나중에 앙급자손(殃及子孫)[74] 하게 되노라."

대동강 맑고 푸른 물을 바라보며 어사또가 또다시 대성통곡하여 말하였다.

"대동강 맑은 물아. 이내 몸과 무슨 원수가 있어, 한 번 죽기도 어려운데 두 번이나 죽으라고 하느냐? 참말로 죽게 되면 가련하고 원통할 뿐이다."

옥단춘도 또한 어사또의 손을 부여잡고 만경창파 바라보며 애통해 하였다.

"참으로 원통하고 가련하다. 무고한 우리들이 천명을 못다 살고 어복중(魚腹中)에 원혼이 되게 생겼으니 어찌 아니 원통한가? 명천(明天)은 감동하여 무고한 목숨을 제발 살려 주옵소서."

무수히 통곡하고 있는데 멀리서 북소리가 났다. 춘이 더욱 기가 막혔다.

"아이고 아이고. 이 일을 어찌할꼬. 님아 님아 낭군님아. 어찌하면 살아 날꼬."

어사또가 춘을 달랬다.

---

[74] **앙급자손(殃及子孫)** 지은 죄로 인해 불행이 자손에게 미침.

"울지 마라, 울지 마라. 죄 없으면 살아난다. 울지 말고 진정하라."

이때 두 번째 북소리가 나니 춘이 또다시 놀라며 아뢰었다.

"님아 님아 서방님아. 이제는 견지지 못하겠소. 살려 주오, 제발 살려 주오. 무고한 소첩을 제발 살려 주오. 아무 죄도 없나이다."

무수히 통곡하는데 멀리서 세 번째 북소리가 들렸다. 그러자 사공이 재촉하며 말하였다.

"어서 물에 들어가소서. 일시라도 지체하면 내 목숨이 위태로우니 어서 어서 물에 들어가소서."

사공이 재촉하자 춘이 넋을 잃고 정신없이 말하였다.

"아이고 사공님. 내 말 좀 들어보소. 그대가 사람이라면 무고한 목숨을 어찌 그리 죽이려 하시오? 나는 자결(自決)할 터이니 제발 우리 낭군만은 살려 주오."

사공이 대답하였다.

"아무리 야속하여도 사또의 영이 저리도 엄숙하오니 더 이상 살릴 묘책이 없소이다. 어서 빨리 들어가시오."

춘이 별수 없이 눈을 질끈 감고 치마로 머리를 뒤집어썼다. 이를 바싹 갈며 벌벌 떨고 있던 춘이 정말로 강물에 뛰어들려 하자, 어사또는 깜짝 놀라 춘의 손목을 부여잡고 연광정을 향해 말하였다.

"서리(書吏)와 역졸(驛卒)들은 지금 어디 있느냐?"

어사또의 소리가 천지를 진동하니 난데없이 수많은 역졸들이 벌 떼같이 내달았다. 마패를 일월같이 높이 쳐들고 소리를 벽력같이 질렀다.

"암행어사 출도요. 저기 가는 사공아, 어사또 놀라시지 않도록 고이 모셔 오라."

이에 어사또가 사공더러 배를 급히 연광정에 대라고 명하였다. 사공들이 어찌할 줄 모르다 배를 재빨리 저어 연광정에 대었다. 춘이 그제야 정신을 차리고 어사또에게 아뢰었다.

"님아 님아, 어사또 서방님아. 이것이 꿈이오? 꿈이라면 행여 깰까 염려되오."

어사또가 대답하였다.

"함지사지(陷之死地)[75]에서 생(生)하고 치지망지(置之亡地)에서 존(存)한다고 하였다. 너는 이런 재미를 보았느냐?"

춘이 기쁜 와중에 재담을 발설하였다.

"구중궁궐 아녀자가 어디 가서 보겠사옵니까?"

어사또가 연광정에 좌기(坐起)하여 출도 구경 살펴보는데, 가는 놈 오는 놈 모두가 넋을 잃고 있었다. 그 중에 역졸에게 맞은 놈들은 유혈이 낭자하였다. 눈이 빠진 놈, 코가 깨진 놈, 두상이 깨진 놈, 팔이 부러진 놈, 다리가 부러진 놈, 엎어진 놈, 자빠진 놈 등 가지가지였다.

그중에 각읍 수령들이 불의지변(不意之變)을 당해 우왕좌왕하는 모습은 참으로 가관이었다. 칼집 쥐고 오줌 싼 놈, 안장 없는 말 타고 개울로 들어간 놈, 말을 거꾸로 타고 동서를 분별치 못하여 이리저리 헤매는 놈, 수령

---

[75] **함지사지(陷之死地)** 위험한 지경에 빠짐.

들이 이처럼 오다가 혼을 잃고 가다가 넋을 잃어 한참 동안 요란하고 있는
데, 사또 또한 의기양양 노닐다 암행어사 출도 소리에 혼불부체(魂不附
體)[76] 하여 이리저리 몸을 숨기기 바빴다.

이때에 비장들이 달려들어 사또를 구하려 하자 어사또가 추상같이 분부
하였다.

"비장들을 잡아 오라."

좌우 나졸들이 일시에 달려들어 비장들을 결박하여 잡아들였다. 어사또
가 다시 분부하였다.

"네 이놈들, 들어라! 남의 막하에 있으면서 관장(官長)[77]이 불선(不善)한
정사를 행하면 당연히 착한 일을 권하여야 하거늘, 도리어 악한 일을 권하
고 있으니 무죄한 백성들은 어찌 살아 가고 양반 또한 어디 있겠는가?"

어사또가 형벌 기구를 차려놓고 숙정패(肅靜牌)[78]를 세우게 하더니, 팔
십 명 나졸 중에 날랜 놈 십여 명을 골라 다시 엄숙히 호령하였다.

"네놈들 중에서 헐장(歇杖)[79]하는 놈이 있으면 살아 남지 못하리라."

비장들에게 절곤(絕棍) 육십 대씩 때리고 큰 칼을 씌워 하옥한 뒤, 이번
에는 감사를 잡아들이게 하였다. 서리와 역졸들이 영을 받들어 감사를 끌
어왔다.

---

[76]. **혼불부체(魂不附體)** 몹시 놀라 넋을 잃음.
[77]. **관장(官長)** 고을 원을 높여 부르는 말.
[78]. **숙정패(肅靜牌)** 사형(死刑)을 집행할 때 떠들지 못하게 하기 위해 숙정(肅靜)이란 글자를 써서 세우던
나무 패.
[79]. **헐장(歇杖)** 장형(杖刑)에서 때리는 시늉만 하는 매질.

"평양 감사 김진희 잡아들였나이다."

그 소리가 천지에 진동하였다.

어사또는 감사를 봉고파직한 뒤 옛일을 생각하였다. 그러자 비회(悲懷)가 솟아나고 분한 마음 또한 측량할 수 없었다. 형구를 갖추고 감사를 형틀에 올려 매게 하였다. 팔십 명 나졸과 서리, 역졸들이 좌우로 길게 서는데, 형장 든 놈, 곤장 든 놈, 능장 든 놈, 태장 든 놈 등 제각각이었다. 어사또가 큰 소리로 호령하였다.

"네 이놈, 김진희야. 나를 자세히 보아라. 이혈룡을 아직도 모르느냐? 천하의 몹쓸 김진희야. 네 놈과 내가 오래 전에 사생동거 공부할 때, 성은 서로 다를망정 대대 친구였고, 정의를 생각하면 동태동골(同胎同骨)인들 우리보다 더하지 않았다. 서로 맹세할 때, 네가 먼저 귀하게 되면 나를 살리고, 내가 먼저 귀하게 되면 너를 살려 달라고 네놈 입으로 먼저 말하였다. 언제 내가 먼저 하자고 하였더냐? 마침내 네놈이 먼저 등과(登科)⁸⁰하여 평양 감사로 갔다는 말을 풍편에 듣고, 옛일을 생각하여 너를 찾아가려 하였다. 하지만 푼전 노수 전혀 없어 아내가 친행(親行) 시에 입었던 옷을 팔아 겨우 관돈을 마련하여 그 돈을 가지고 평양에 오게 되었다. 하지만 통기도 하지 못하고 여러 날을 유숙하니, 마침내 노수도 떨어지고 주인도 나가라고 박대하였다. 이리저리 떠돌아다닐 적에는 배고픔을 못 이기고 입고 있던 의복을 팔아 겨우 밥을 사 먹었지만 그것도 일시뿐이었다. 헌 누

⁸⁰· **등과(登科)** 과거에 급제함.

더기 주워 입고 전전걸식 다닐 때, 네놈이 대동강에서 뱃놀이한다는 소문을 듣고 이제야 볼까 하고 근근이 찾아가니, 배반(杯盤)이 낭자하고 음식도 소담하고 게다가 풍악도 굉장하였다. 그러니 배고픈 이내 마음 구미는 오죽 당겼겠느냐? 하지만 네놈은 나를 모르는 체하고 미친놈이라 하였다. 뿐만 아니라 나를 배에 실어 대동강 물에 빠뜨려 죽이라고 하였으니 그 무슨 까닭인가? 이 천하에 몹쓸 놈 김진희야. 바로 이실직고 아뢰어라."

이에 좌우 나졸들이 벌 떼같이 달려들어 번개같이 툭탁툭탁 한참을 내려쳤다. 감사가 애원하며 아뢰었다.

"아이고 어사또님. 제발 살려 주소서. 죽고 살기는 어사또 처분이옵니다. 죽을죄를 지은 놈이 무슨 말씀을 하오리까?"

어사또가 다시 호령하였다.

"네 이놈. 그러면 옥단춘은 무슨 죄로 나와 같이 죽이려 하였느냐? 네 죄를 생각하면 도저히 살려 둘 수가 없다."

어사또가 사공을 불러 분부하였다.

"이놈을 당장 배에 실어 대동강 깊은 물에 던져 버려라."

사공이 영을 받들어 사또를 배에 싣고 만경창파 둥둥 떠가는데, 어사또가 어진 마음에 다시 생각하였다.

"저놈은 제 죄로 죽어야 마땅하지만 선의(先誼)를 생각하고 옛정을 생각하니 차마 죽일 수가 없구나."

그리하여 나졸 한 놈을 급히 불러 분부를 내렸다.

"네 급히 배에 가서 사또를 한참 동안 물에 빠뜨려 두었다 거의 죽게 되었을 때 도로 건져 오라."

나졸이 영을 받들어 급히 가는데, 난데없는 뇌성벽력이 대작(大作)하여 진희에게 천벌(天罰)을 내리니 그 시신도 사라졌다. 나졸과 사공이 돌아와 진희가 죽었다고 전하니, 어사또는 옛일을 생각하여 슬피 통곡하였다.

어사또는 잠시 후 진희의 처자와 노비, 비장들을 불러 말하였다.

"나는 진희를 정배(定配)[81]하려 하였는데 하늘이 괘씸하게 여겨 천벌을 내렸으니, 내 원망은 하지 말고 각기 노비를 후히 주어 집으로 보내라."

이 말을 전해들은 만성(滿城) 백성들이 제각기 어사또를 칭송하였다. 사또가 즉시 조정에 장문(狀文)을 보내니 임금도 칭찬을 무수히 하였다.

이때 어사또가 셋째 봉서를 뜯어보았다. 거기에는 암행어사 겸 평양 감사 이혈룡이라고 적혀 있었다. 어사또는 크게 기뻐하여 천은을 배사(拜謝)하고 도임하였다. 새 감사가 된 혈룡은 육방 점고를 다 받고, 각 읍 수령에게 연명(延命)한 후 대연을 크게 베풀었다. 또한 옥단춘의 은혜를 못내 치사하고, 사공들에게는 금안을 각각 만금씩 하사하였다. 사공들은 황감무지(惶感無地)하여 고두사은(叩頭謝恩)[82]하였다.

그 이후 혈룡이 어진 정사(政事)를 펼쳐 치민(治民), 치정(治政)을 잘 하니, 거리마다 송덕비가 서고 송덕성(頌德聲)이 천지에 진동하였다.

이 소식을 들은 임금도 크게 기뻐하여 즉시 승차(陞差)[83]시켜 우의정에

---

81. **정배(定配)** 장소를 정하여 귀양을 보냄.
82. **고두사은(叩頭謝恩)** 머리를 조아리며 은혜에 대해 감사함.
83. **승차(陞差)** 윗자리 벼슬에 오름.

봉하였다. 다시 대부인에게는 충정부인(忠貞夫人)을 봉하고, 처 김씨에게
는 정렬부인(貞烈夫人)을 봉하고, 옥단춘은 정덕부인(貞德夫人)에 봉하였
다. 혈룡이 부귀공명하고 국태민안하니 그 위엄이 일국의 제일이고, 위의
존명(威儀尊名)[84]이 천하에 크게 빛났다.

옥단춘전 끝

---

[84] 위의존명(威儀尊名) 위엄 있는 태도와 존귀한 이름.

옥단춘전

작품 해설

「옥단춘전」은 작자 미상의 고전소설로 의로운 기녀와 양반 청년의 사랑, 어사에 의한 부정한 관리의 징치(懲治), 시련을 극복하고 이루는 지극한 사랑이라는 내용을 그려내고 있다는 점에서 「춘향전」과 아주 흡사하다. 이런 이유로 이 작품을 「춘향전」의 아류작으로 보는 경우가 있다.

그러나 구성이 복잡한 「춘향전」과는 달리 「옥단춘전」은 짧은 이야기에 어울리게 아주 단순한 구성을 보여준다. 아울러 작품의 내용도 주제를 드러내는 마지막 부분에서 보이는 차이가 자못 크다. 즉 우의와 신의를 저버린 자에 대한 징계를 통해 인륜강상(人倫綱常) 중에서도 우의의 중요함을 강조하고 있다.

한편, 「옥단춘전」은 숙종 때 김우항이라는 사람이 등과(登科)하기 전 불우하게 살다 강계부사로 있던 이종사촌에게 도움을 청하였는데, 오히려 감금당하자 도망쳐 나와 기생 홍도의 도움으로 과거에 급제하여 평안감사가 되어 이종을 치죄한 일이 있다는 설화와 그 친연성이 느껴진다. 그래서 혹자는 「옥단춘전」이 김우항 설화를 소설화한 것이라 보기도 한다.

그러나 현재로서는 「옥단춘전」이 「춘향전」을 모방했다고 단정하기는 힘들듯이 김우항 설화의 소설화라고 단정짓기도 어렵다.

조선 후기에는 영락(榮落)한 사대부에 대한 기생의 동정적인 사랑, 또는 영락한 양반들이 고난 끝에 어사가 되어 입신한다는 설정을 통해 불우한 처지에 대한 보상 욕구가 상당했음을 인정할 수 있겠는데, 이러한 모티프들이 결합되어 소설 작품으로 생성된 것이라 볼 수 있다.

또한, 「옥단춘전」의 주인공 이름이 김재철 채록 「산대도감극」의 대사나 예천 군위지방의 민요에 등장하는 것을 보면 민간에도 널리 유포되어 읽힌 작품으로 추정된다.

「옥단춘전」의 이본으로는 필사본 9종이 전하고, 활자본으로는 14여 종이 전하며, 방각본은 전해지지 않는 것으로 알려져 있다. 이 중 필사본의 이본간에는 다소 편차가 나타나기도 하지만 활자본의 경우에는 작품의 분량이 조금씩 다를 뿐 내용은 차이가 없다.

먼저 작품의 내용을 살펴보자.

황성(皇城)에 김정(金楨)이라는 재상과 이정(李楨)이라는 재상이 있었다. 그들은 아주 절친한 친구로 그 우정이 남달랐다. 이들은 각기 신이한 태몽과 함께 아들을 얻었는데, 김 재상은 그 아들의 이름을 진희(眞喜)라 하였고, 이 재상은 혈룡(血龍)이라고 했다.

진희와 혈룡은 동갑으로 같이 공부하며 자란다. 그들은 부모들의 우정을 생각하면서 그 우정을 돈독히 하기로 맹세하고, 누구든지 먼저 출세하면 서로를 적극 도와주고 천거해 주기로 굳게 약속한다.

그 후 두 재상은 늙어 죽게 되는데, 진희는 과거에 급제하고 승진을 계속하여 평양감사가 되어 호화로운 생활을 한다. 반면에 혈룡은 벼슬길에 나아가지 못한 채 어려운 처지에서 노모와 처자를 데리고 근근이 살아간다. 그러던 중, 혈룡은 오랜 친구 진희가 평양감사가 되었다는 소식을 듣고 몇 푼의 돈을 얻기 위해 유리걸식으로 평양에 가지만, 친구를 만나지도 못하고 오히려 호장에게 천대를 받는다.

혈룡은 며칠을 묵으며 감사를 만나려 애썼으나 소용이 없다. 노자도 떨어지고 하는 수 없이 거지 생활을 하며 한 달 남짓 지낸다. 그러던 중, 마침 연광정이라는 곳에서 평양감사가 잔치를 한다는 말을 듣고 혈룡은 기쁜 마음으로 그를 찾아간다. 그러나 진희는 혈룡을 환영해 주기는커녕 매질을 하더니 급기야 사공을 불러 대동강으로 끌고가서 죽이라는 명령을 내린다.

그곳 연광정에는 잔치 시중하던 기생들 중에 옥단춘이 있었다. 옥단춘은 절개가 대쪽 같아 감사의 강권에도 굴하지 않는 기생이었다.

그런데 감사의 친구라며 찾아온 거지 혈룡을 보고 범상치 않은 인물임을 짐작하고, 혈룡이 감사의 손에 죽게 된 것을 불쌍히 여긴다. 그래서 옥단춘은 병을 핑계로 잔치 자리에서 물러나 뱃사공을 매수하여 혈룡을 살려 달라고 한다.

옥단춘은 밤이 깊어지자 백사장에 가서 혈룡을 구출하여 집으로 데리고 온다. 그리고 옥단춘은 혈룡의 옷을 새것으로 갈아입히고 자기의 심정을 고백하여 그와 인연을 맺는다.

혈룡은 옥단춘의 집에서 행복하게 지낸다. 그리고 옥단춘의 권고로 과거에 응시하고 그리운 부모처자를 만나고자 옥단춘과는 후일을 기약하고 평양을 떠나 서울로 돌아온다.

　서울로 돌아온 혈룡은 뜻밖에도 노모와 처자가 좋은 집에서 시비를 거느리고 사는 모습을 보고 놀란다. 그리고 이 모두가 옥단춘의 도움이라는 것을 깨닫고, 가족들에게 평양에서 겪은 이야기를 자세하게 한다.

　드디어 혈룡은 과거를 보아 장원급제를 하여 평안도 암행어사의 임무를 맡게 된다. 혈룡은 걸인 행색을 하고 평양으로 가서 역졸들을 풀어놓고, 먼저 옥단춘의 집을 밤에 찾아간다.

　옥단춘은 반가워서 어쩔 줄을 몰라하며, 몸도 씻어주고 머리도 빗겨주고 새 옷을 내어 입힌다. 혈룡은 거짓말로 과거에도 떨어지고 가산도 탕진하여 거지가 되었다고 한다. 그러나 옥단춘은 조금도 싫어하는 얼굴빛을 보이지 않고 오히려 걱정하지 말라며 위로한다.

　혈룡은 이튿날 감사가 연광정에서 잔치한다는 말을 듣고, 거지 행색을 하고 찾아가서 큰 소리로 혈룡을 모르느냐며 욕을 한다. 감사는 크게 노하여 혈룡을 잡아들이라는 명을 내린다. 혈룡을 묶어 놓고 전에 혈룡을 놓아준 사공을 잡아다가 고문하더니 옥단춘과 혈룡을 한 배에 싣고 가서, 자신이 보는 곳에서 물에 던지라고 명한다.

　물에 빠질 것을 알리는 최후의 북소리가 울릴 때, 혈룡이 연광정을 향하여 천지가 진동하도록 역졸들을 부르니, 역졸들이 암행어사 출도를 알리며 순식간에 모여든다.

　혈룡은 진희를 붙잡아 봉고파직하고 죽이려 한다. 그러나 옛정을 생각하여 크게 혼쭐을 내되 목숨만은 살려 주려고 하였으나 결국 진희는 뱃전에서 벼락을 맞고 처참하게 죽고 만다. 그 후로 혈룡은 우의정에 올랐으며, 옥단춘은 국왕으로부터 정덕부인(貞德夫人)을 책봉받고 일세간에 부귀를 누렸다.

그렇다면 「옥단춘전」이 갖는 의미와 소설사적 위상은 어떤가?

우선 「옥단춘전」은 그 구성이나 주제 측면에서 상당히 구태(舊態)를 벗었다. 물론 결말 부분에서 김진희가 벼락을 맞아 죽고, 그것이 곧 친구를 배신한 데 대한 하늘이 내린 재앙이라고 생각하는 점에서는 완전히 탈태하지 못한 점도 있다. 그렇지만 신비한 체험이라든가 초월적 존재의 개입으로 인해 문제가 해결되어가는 종전의 소설 전개 방식이 많이 극복되었고 해결 방식이 또한 현실적이다. 또 종전의 전기적 구성의 틀도 떠났으며, 주인공들의 일대기적인 서사방식도 지양하였다. 인물의 성격 창조면에서도 비교적 전형성을 확보하고 있다.

그리고, 옥단춘과 이혈룡 사이의 사랑을 세속적인 것이 아니라 지극히 순정적인 것으로 그리려고 한 작자의 의도는 훌륭하게 작품 속에 스며들어 있다. 처자식이 있는 이혈룡에 대한 옥단춘의 사랑을 결코 세속적 차원의 천박한 것이 아닌, 매우 고상하고도 순수한 차원으로 승화시킨 데서 작자의 뛰어난 창작기법을 엿볼 수 있다.

아울러 옥단춘과 이혈룡이 신의를 바탕으로 결합하여 폭압적인 지배층과 대결하여 승리한다는 주제 역시 커다란 사회사적 의미를 갖고 있다.

이러한 점은 「옥단춘전」을 비약적으로 발전했던 19세기 고전소설사의 진면목을 잘 드러내 주는 가치 있는 작품으로 평가하는데 부족함이 없는 작품으로 꼽힌다.

❧ 생각하는 갈대

첫째, 「옥단춘전」의 주제는 크게 '순수한 사랑' 과 '우의의 강조' 라는 측면에서 거론되어져 왔다. 그렇다면 기존의 입장을 나름대로 정리해 보고, 그 이유를 작품의 내용을 토대로 제시해 보자. 그리고 앞서 언급한 두 가지 외에 다른 주제적인 의미를 찾을 수 있는지에 대해서도 생각해 보자.

둘째, 비슷한 내용을 보이는 「김우항이야기」는 흔히 설화로, 「옥단춘전」, 「춘향전」 등은 소설작품이라고 이야기한다. 그리고 우리나라 고전소설 중에는 위와 같은 경우가 상당히 많은 것은 주지의 사실이다.
그런데 이렇듯 비슷한 이야기를 지칭하는 개념이 다른 이유는 무엇일까?
「김우항이야기」와 「옥단춘전」을 꼼꼼히 읽어보고 두 작품간의 미세한 차이점을 느껴보도록 하자.

셋째, 「옥단춘전」의 주인공인 옥단춘은 비록 신분이 기녀였지만 지혜로운 여성이었고 신의를 굳게 지킬 줄 아는 여성이었다. 이런 점에서는 춘향이와 비슷하다고 하겠는데, 두 인물간에는 커다란 차이가 있다. 즉, 춘향이는 끝까지 수청을 거부하다가 옥살이를 한 반면 옥단춘은 김진희의 수청기생이 된 것이다.

「옥단춘전」과 「춘향전」의 성격을 구별하는데 있어서도 두 주인공들의 이러한 차이는 매우 중요한 것이다. 당시의 시대상황을 고려해서 수청기생이 된 옥단춘이 보여주는 여성상을 추측해 보자.

넷째, 이혈룡과 김진희는 모두 명문가의 자제로서 서로 학업을 권면하며 매우 절친하게 지냈다. 하지만 진희는 과거에 급제하여 영화를 누리는 반면 혈룡은 어사가 되기 전까지 매우 곤한 생활을 한다. 가진 배경과 능력의 차이가 거의 없었음에도 불구하고 성장 후의 모습이 이렇게 극명하게 구별되는 이유는 무엇일까? 조선 후기 변모하는 양반 사회상을 고려해서 생각해 보자.